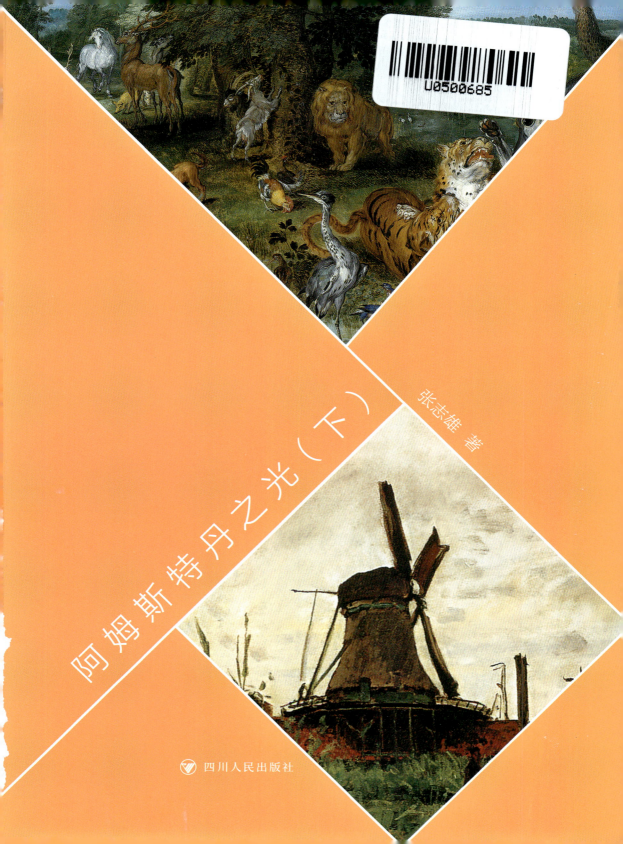

阿姆斯特丹之光（下）

张志雄 著

U0500685

四川人民出版社

目录（下）CONTENTS

第十五章

I

在上海就犹豫要不要去阿姆斯特丹附近的历史名城哈勒姆，我总觉得它的风华已过，也许选择其他地方更有意思。到了阿姆斯特丹仍然在犹豫，后来听说周三哈勒姆有集市，就决定去看看吧。

我对全球各地的集市总是很感兴趣，因为游览集市时可以吃吃喝喝，能感受当地人的生活乐趣，打破从一个景点到另一个景点的旅游状态和节奏，不亦乐乎。

哈勒姆的集市与荷兰其他城镇的大同小异，特点是鲜花茂盛，虽然我已经领略了阿姆斯特丹的花市，可还是忍不住拍了不少这里的鲜花照片。

哈勒姆创建于罗马时期。哈勒姆大广场在10世纪时只有一座由木头建成的纪念教堂和一所为荷兰公爵修造的石头房子，以此为中心慢慢扩展开来，成了可以容纳近16万人的中型城市。

1245年，荷兰公爵威廉二世授予哈勒姆城市权利，哈勒姆成了荷兰最重要的城市之一。哈勒姆是著名纺织工业城市和啤酒酿造基地，包括哈尔斯在内的许多知名画家都来自于此。除了这些，它的造船业也很有名，在荷兰独立战争的80年间，许多佛兰德斯人来到这里，振兴了这里的亚麻工业。荷兰第一条铁路是从哈勒姆到阿姆斯特丹，从1839年开始运行。

II

哈勒姆的集市照例在大广场上，按欧洲的规矩，广场上一般都会有市政厅和大教堂。

市政厅建于1370年，原先是荷兰伯爵狩猎时的住处。1593年佛兰德斯建筑师利芬·德凯被任命为哈勒姆的城市建筑师，1622年他在市政厅旁建造了一栋具有文艺复兴风格的房子，楼梯的右手边是旅游信息中心。

哈勒姆集市

哈勒姆市政厅

圣巴福大教堂（Grote of St Bavokerk）建于1370到1520年，1735年时收藏了一架巨大的管风琴，这架管风琴是由德国著名的管风琴制作家克里斯蒂安·穆勒制作的，是当时世界上最大的管风琴。莫扎特10岁时演奏过它。

广场旁有原来的肉市（Meat Hall），是由17世纪初利芬·德凯主持建造的荷兰文艺复兴时期的代表作。荷微霍（Verweyhal）原先是个绅士俱乐部，与肉市、它们中间的小房子组成了现在的当代艺术博物馆。

广场上还有罗伦·科斯特（Laurens Janszoon Coster，1370—1440年）的雕像，他一生都住在哈勒姆地区，荷兰人声称他是印刷术的发明者。

这些都是走马看花，我需要找到哈勒姆最精彩的地方。

圣巴福大教堂

圣巴福大教堂内景

罗伦·科斯特雕像

柯丽·滕·博姆博物馆

Ⅲ

　　我来哈勒姆的主要目的是参观弗朗斯·哈尔斯博物馆（Frans Hals Museum），据说这里是研究哈尔斯绘画必看的地方。但哈尔斯博物馆离广场比较远，我们刚离开广场，就发现了柯丽·滕·博姆博物馆（Corrie Ten Boom Museum）。

　　柯丽（Corrie Ten Boon，1892—1983年）是一位虔诚的基督徒，她也是荷兰第一位女钟表匠。二战期间，她和父亲及家人坚信犹太人是"上帝选择的子民"，将自己的居所开放，成为犹太难民的地下庇护所，帮助了相当一部分犹太人从纳粹大屠杀中逃脱，她也因此被关进了纳粹监狱。关在集中营的日子不好过，但她仍坚持虔诚地信仰基督。后来因为办事员的失误，她被放出了集中营，与她关押在一起的女囚则被全部处死。离开集中营后的柯丽周游世界，向各国的人们讲述这段救助犹太人的故事，传播她一直以来的信仰。她撰写的《藏匿处》一书讲述了她家庭的故事以及她在集中营里度过的时光。广场附近的博物馆就是她家族的居所，也是供犹太难民藏匿的庇护所。

这个地方被猫途鹰评为哈勒姆的最佳景点，日本的《走遍全球》也对其隆重推荐。但我看到下面的点评说这套房子容量有限，每次参观的人数最多20人，而且最好预约。我来哈勒姆也是临时起意，根本没想到预约（阿姆斯特丹国立博物馆与凡·高博物馆都是在上海时就已预约），所以只不过来此地看一眼。

没想到博物馆门前排队的人不多，只有十几个学生。我很兴奋，觉得大不了排一会队吧。可悲的是，排了一个多小时后，又有十多个学生插在我们前面，原来他们是去吃午饭的。我们明显不能第一批进去了，但已经排了一个多小时，实在想努力一下。

结果又排了将近一个小时的队！等到有个老太太开了门，学生全被放了进去，我们果然被拦在门外。

当时我真的很恼火，眼看已经要下午两点了，哈勒姆竟然一个地方都没好好玩过。

从此我有了教训，像这种限制人数的小景点，除非预约，不要轻易尝试。

Ⅳ

我赶紧去哈尔斯博物馆，一路上走街串巷，遇见几家餐厅，但怕耽误时间，不敢进去，后来在一家快餐厅吃了点披萨，然后直奔博物馆。

从1913年开始，哈尔斯博物馆就坐落在原来的哈勒姆公立养老院所在的位置。1606年，60位老人居住在这个养老院里，他们两人一间，所有的费用都是当时的彩票基金提供的。1911年，伦勃朗有了专门的博物馆，即他本人在阿姆斯特丹的故居。在哈尔斯300岁诞辰时，哈尔斯的崇拜者效法伦勃朗买下了这所养老

哈尔斯博物馆

院，作为专门展出哈尔斯作品的博物馆。尽管他本人从未在养老院居住过，只曾为养老院董事会的成员创作过一幅团体肖像。

坐落于哈勒姆的这家博物馆收藏的哈尔斯作品在数量上堪称世界之最，其中最多的是团体肖像，比如从1797年开始就隶属于哈勒姆市政的五幅公民警卫队团体肖像和三幅摄政官员群像。这些画作之所以如此令人叹为观止，主要是因为其独特的色彩和光线、大胆而鲜明的笔触，还有画面中人物那些非正式的姿势。哈尔斯甚至反其道而行之，一改荷兰黄金时代含蓄的绘画艺术风格，他的绘画用色鲜明、笔触流畅、张力十足，恰到好处地低调收尾，温和而不失气势，让观者的眼睛为之一亮。

V

19世纪末，法国画家库尔贝、莫奈和马奈专程来哈勒姆，就是为了一睹哈尔斯作品的风采。与他们同时代的凡·高1885年第一眼看到哈尔斯的作品之后就深深迷上了这位画家的惊世之才。凡·高在写给他弟弟提奥的信件里不遗余力地对这位画家和他的作品大加赞颂："能够参观弗朗斯·哈尔斯博物馆真是三生有幸，这完全不同于其他艺术作品，他笔下的每一个人物每一个客体都是如此鲜明富有张力，却又不失平稳、温和，这样的作品绝对是独一无二的。"

VI

1930年代末，欧洲大陆笼罩着日益增长的战争威胁的阴影，为了保护荷兰的国家级艺术宝藏不受战火摧残，荷兰当局在海岸线上建造了三个防弹掩体。但工程的进度非常缓慢，当局1939年8月动用了荷兰陆军、海军和空军，能承受战争炮火的博物馆应运而生。由于掩体的空间有限，成千上万的珍贵画作和其他珍宝就被转移到了教堂、学校和其他可供隐藏的地方。比如，伦勃朗的《夜巡》就被转移到了梅登布里克的城堡中，原本存放于哈尔斯博物馆的著名的民间警卫团肖像组画也被转移到了哈勒姆公墓的礼堂中。

1940年5月初，整个荷兰陷入战火之中，人们不得不转移《夜巡》这幅画。黄昏时分，"货物"没来得及到达下一个目的地——卡斯特里克姆的一个地下墓穴，负责转移的人员连夜将这个国家最为价值连城的画作暂时藏在一个铁匠铺的雨篷下面。第二天，这幅画才到达卡斯特里克姆，高度为3.5米的画作无法顺利放进墓穴地窖，工作人员只能拆除画框后再放入，他们把画作卷成圆柱体，为了防止画作表面的油彩破裂，工作人员细心地将画面朝外。很长一段时间里，纳粹分子对于这批荷兰宝藏毫无所知。

荷兰投降之后，战火依旧持续了四天——这些艺术杰作和瑰宝都被转移到位于荷兰海姆斯凯克和赞德福特那些建于沙丘中的避难所和掩体之中，当时，大部分博物馆都闭门谢客。1941年，那些沙丘之中的艺术瑰宝再次被转移，与此同时，德国占领军在北部海岸筑起了戒备森严的防线——亚特兰蒂卡墙。

VII

为了防止这些无价的艺术文化遗产毁于盟军的炸弹下，纳粹在荷兰帕斯略修建了一个巨大的地堡，并在圣彼得斯堡地下35米处修建了一个庞大的地下艺术宝库。讽刺的是，这些泥灰岩铸就的地下洞穴也是反抗者偷偷从荷兰向比利时偷运艺术瑰宝的通道。

第二次世界大战期间，纳粹集团挨家挨户地搜查艺术品充公，甚至强迫人们低价转让他们的财产。彼时的欧洲，希特勒、戈林和其他纳粹高级军官偷盗了大约65万件艺术珍品。更有甚者，希特勒还打算在林茨修建一座让卢浮宫相形见绌的希特勒博物馆。

战争期间，纳粹集团从荷兰转移了大约两万件艺术品到德国。幸运的是，大部分价值连城的大师级杰作安全地掩藏在荷兰境内的地底深处。1945年春天，希特勒个人名下的荷兰古典大师作品至少包括8件哈尔斯的作品、17件伦勃朗的作品、20件扬·斯特恩的作品、7件维米尔的作品和14件鲁伊斯达尔的作品。

战争结束后，这些深藏地底的艺术品重见天日，人们将其装船运回了荷兰各大博物馆。

VIII

亨利科斯·巴尔德是荷兰国家文化遗产的战时守护者，1946年，当局为了奖励他战时的辛劳，任命他为哈尔斯博物馆馆长。他是哈尔斯艺术的忠诚粉丝，在第一次参观了哈尔斯的艺术展之后就对哈尔斯的艺术风格深深着迷。一些伪造者对哈尔斯也是极度崇拜的，在展出的116幅画作中，大概只有33幅出自哈尔斯本人之手。

作为馆长，亨利科斯将哈尔斯博物馆管理得井井有条。当地政府向博物馆另外捐赠了20件大师作品。此外，哈尔斯博物馆还以永久性租借的方式展出了来自阿姆斯特丹国家博物馆和海牙莫瑞斯皇家美术馆的一部分艺术杰作。

1962年，博物馆再度举办哈尔斯的作品纪念展，这次一共展出了画家的76幅作品。来自10个国家的博物馆和私人收藏者，英国女王伊丽莎白二世和瑞典国王古斯塔夫六世等纷纷无偿献出各自的收藏。最为珍贵的是，好多孪生组画也借着这次纪念展的机会重新组合在一起，比如，科伊曼斯家族的成员肖像300年之后终于第一次悬挂于同一面墙上。约瑟夫·科伊曼斯来自剑桥，他的太太多萝西娅来自巴尔的摩。遗憾的是，他们的女儿伊莎贝尔的肖像这次并没前来团聚，而是留在了卢浮宫，不过他们女婿的肖像却成功从安特卫普的博物馆赶来团聚。总而言之，这次纪念展十分成功。

一年之后的一场拍卖会上，荷兰一位俄罗斯移民和他的太太兴之所至，花了40荷兰盾又25分买下了一幅极不起眼的画作。他们拜托一位在阿姆斯特丹国家博物馆工作的朋友修复这幅作品，这位朋友认为它很有可能是哈尔斯的遗作。接着，这幅画被亨利科斯确认为哈尔斯的作品。不久之后，这幅画在伦敦克里斯蒂拍卖会上拍出了75万荷兰盾的价格。几年过后，一家位于德克萨斯的博物馆以200万荷兰盾的天价买下了这幅画。

IX

之后，越来越多的不为人知的哈尔斯遗作逐渐重回世人眼前。2008年夏天的一个礼拜里就发现了五幅哈尔斯遗作，数周之后，第六幅哈尔斯遗作再度问世。在此之前，这些画作都属于私人收藏，它们的收藏者也都早已辞世，这些遗作的价值都在几百万欧元以上。

已故女演员伊丽莎白·泰勒的后人也面临与之相似的局面。伊丽莎白在她做艺术品经销的父亲的建议下，买了一幅1630年代的男子肖像画。1956年，伊丽莎白接受了背部手术，手术结束后她就在纽约的病房里休养。休养期间，她把这幅男子肖像画和另外几幅雷诺阿和莫奈的画作拿到病房作为装饰，这幅画一直以来都被认为是哈尔斯的学生或是模仿者画的。2011年，这位好莱坞女星去世之后，专家们对她名下的这幅画进行了仔细的研究，得出的结论是这幅画是哈尔斯的遗作。于是，这幅画作的价值立马翻了10倍，在2012年的拍卖会上，其成交价为209.85万美元。

X

让我们走进哈尔斯博物馆，细细品味具体的作品吧。

《修士和修女》（*A Monk and a Nun*）是荷兰画家科内利斯（Cornelis van Haarlem，1562—1638年）的作品。这幅画的内容很特别，一个修道士正在挤压修女的乳房。对这幅画最常见的解释是，这是一幅16世纪对修道院里的修道士和修女放荡不羁生活的讽刺画：当时，修道士和修女经常被指控醉酒、暴饮暴食、贪婪和行为不检。葡萄酒和果子暗示着不检点的生活。

然而，在旧编的美术馆目录上，这幅画的主题被描述为"哈勒姆的奇迹"。据传，一个哈勒姆的修女被指控隐瞒妊娠和分娩，人们认为，可以通过挤压她的乳房检测到她的身份：如果母乳溢出来，这个指控就是真实的。这幅画描绘了当一个修道士根据医学经验挤压修女乳房的瞬间，以及奇迹突然发生的那一刻：从她的乳房流出的不是母乳，而是葡萄酒，从而证实了修女的虔诚和清白。葡萄酒和果子象征了贞洁的生活。

到底哪种解释才是正确的，至今仍是谜。

《修士和修女》，科内利斯，1591 年，哈尔斯博物馆藏

与《修士和修女》同处一间展厅的是巨幅画作《珀琉斯和忒提斯的婚礼》（*The Wedding of Peleus and Thetis*）。

这个故事起源于古典时期，众神均受邀参加希腊王子珀琉斯和海洋女神忒提斯的婚礼，唯有"散布痛苦和仇恨"的不和女神厄里斯没收到邀请，她决意在这次喜宴上散播异议和不满来报复。于是，厄里斯不请自来，席间向参加婚礼的众多宾客们抛出一只上面刻有"献给最美丽的女神"字样的金苹果。

铁匠之神伏尔甘坐在前景的地面上，正在喝干陶罐里最后的几滴葡萄酒。他的身后放置着他的锤子，左边的前景上坐着牧羊神潘，可以通过他典型的大耳朵、小羊角和山羊胡子以及他的牧神箫来鉴定其身份。右边坐着一群正在奏乐的

《珀琉斯和忒提斯的婚礼》，科内利斯，1592—1593 年，哈尔斯博物馆藏

仙女，她们的音乐代表了和谐之美。左上角的树下是太阳神阿波罗，他正在拉小提琴，他的右边，不请自来的厄里斯飞离宴会。

在这幅画的正中心，宙斯坐在桌子上，手里拿着那只具有争议的金苹果。三个女神——爱与美之女神维纳斯、天后朱诺和智慧女神弥涅瓦都抢着对这只金苹果宣誓主权。于是，帕里斯面临一份吃力不讨好的苦差——在众多女神之间决定金苹果的归属权。对此场景，这幅画的右上角有相应的解释：帕里斯最终把金苹果给了维纳斯，作为回报，维纳斯把美女海伦带到了帕里斯的身边。但帕里斯的选择招致了灾难性的后果——它间接地导致了特洛伊战争。

这幅画是为了警告那些当权者不要做出不和谐以及愚蠢的决断。

XII

《痛快的豪饮者》（*The Jolly Toper*）是由哈勒姆的第一位女画家朱迪斯·扬斯特·雷瑟特（Judith Jansdr Leyster，1609—1660年）创作的，她的画作与哈尔斯在风格上很相似，笔触坚定而又狂放不羁。她选择与哈尔斯相同的主题：自画像、玩耍的儿童、音乐家、跳舞和饮酒的人物。

这个拿着酒杯咧嘴大笑的男人是佩克尔哈林，他是当时经常在闹剧里出现的舞台人物。他名字的意思是"盐腌鲱鱼"，但在荷兰语中，这词意味着"强烈的口渴"，所以画上的佩克尔哈林是个不折不扣的酒鬼。

他不仅酗酒，而且抽烟。左边的桌子上放着一个燃烧着的炉子，它的旁边是一根管子、一张烟草纸和一些木头的碎片，这是用来点燃管子的。当时，酒精和烟草被视为对人类的巨大威胁。

佩克尔哈林经常出现在画中，哈尔斯画于1629年前后的一幅画中也可以找到他的身影。

《痛快的豪饮者》，雷瑟特，1629 年，哈尔斯博物馆藏

XIII

　　在17世纪，郁金香风靡荷兰，这种花是16世纪从奥斯曼帝国引入的。1635年，郁金香球茎价格大幅上升，富人和穷人都加入了这次投机。然而在1637年的2月3日，流言四起，传说这些郁金香球茎是毫无价值的，每个人都试图抛售自己的球茎，投机泡沫崩溃。

《讽刺郁金香狂热》，小扬·勃鲁盖尔，约 1640 年，哈尔斯博物馆藏

　　小扬·勃鲁盖尔（Jan Brueghel the Younger，1601 — 1678年）是老彼得·勃鲁盖尔的孙子，也是这个绘画家族中的第二绘画能手，他的《讽刺郁金香狂热》（*Satire on Tulip Mania*）展示了人们如何像愚蠢的猴子那样行事。猴子们有的在讨价还价，有的在称球茎的重量，有的在数钱，有的在记录。左边的猴子拿着一张球茎价格表，在右边，一只猴子正对着郁金香撒尿。在它的身后，一只投机猴被告上法庭还债。一只猴子坐在郁金香球茎股票上哭泣。在背景中，一个失望的买家大打出手。在背景的右边，一个投机者甚至被抬进坟墓。

　　我1991年进入上海证券交易所，后来又帮助中国证监会做过投资者风险教育，郁金香泡沫是必讲的案例。我似乎在哪本书里看到过这幅画，当与原作不期而遇时，蛮兴奋的。

《放荡的厨房女佣》（*The Dissolute Kitchen Maid*）出自荷兰静物画家彼得·格里茨·罗斯特拉登（Pieter Gerritsz van Roestraten，1630—1700年），画家用幽默的方式谴责厨房女佣的行为，在17世纪的荷兰艺术中是近乎经典的主题。

　　一个咧着嘴笑的男人正在殷勤地斟满厨房女佣手中的酒杯，他的意图是显而易见的——勾引她。他的努力没白费，女仆把一只脚放在他的膝盖上，并松开了自己的胸衣，使她的乳房暴露在他的目光下。这个场景被一个倚靠在半敞的门沿上的老人看在眼里，他伸出手指警告，这当然是不能干的事。

　　被拴在石头上的猴子进一步强调了两人的无耻行为，这只猴子无耻地看着女佣的裙子。猴子象征着被束缚在自己罪恶中的人。

《放荡的厨房女佣》，彼得·格里茨·罗斯特拉登，
约 1665 年，哈尔斯博物馆藏

XV

1616年到1639年之间，哈尔斯为哈勒姆两大民兵组织——圣乔治公民警卫队和轻火枪兵公民警卫队绘制了5幅群体肖像画。这是一项浩大的绘画工程，这5幅帆布油画包含了不少于68位人物。

当时哈勒姆民兵组织分为橙色、白色和蓝色，每个民兵组织由一名上校和一名宪兵司令领导，宪兵司令（或财政部长）负责财务和纪律。军官由镇议会任命，为期三年，服务期满之后，他们会参加一个荣誉宴会。哈尔斯的5幅公民警卫群体肖像画描绘了这个宴会。

这些期满人员不能立即被重新任命，至少要等待三年，才能被再次任命。每个民兵组织都有自己的旗手：少尉，只要未婚，他们就可以一直任职。通常可以从绘画中的位置或从他们手中的武器推断其军衔。

所有身强力壮的人都可以加入公民警卫队，只要他们能为自己的装备买单。从1612年起，哈尔斯就是哈勒姆圣乔治的公民警卫队的成员之一。

他在成员名册中标记为画家弗朗斯·哈尔斯，他的名字边上有个字母"M"，这意味着他的武器是步枪。哈尔斯在1616年被授予"公民警卫队最权威的第一委托画家"。

当然荷兰早已没有了公民警卫队，哈勒姆画中的公民警卫队组织总部等场地已经改建为市政图书馆、住宅、商店和办公室。

现存的"公民警卫队"群像作品超过20幅，其中的18幅在哈尔斯美术馆。

哈尔斯的第一幅公民警卫群体肖像画是《圣乔治公民警卫队军官宴会图》（*The Banquet of the Officers of the St George Militia Company*），这些军官们的服役期为1612年到1615年。

哈尔斯使用了一个简单的方法，通过把旗的尖端假想为金字塔的顶端，再根据金字塔从上到下的顺序来显示军官们社会地位的高低。桌子的左前端坐着上校，宪兵司令坐在上校的右边。他们是最高级别的军官。

然后是3位上尉，最后是3位中尉。他们的附近站立着3名少尉和1个佣人，画中的两名少尉在1627年仍是少尉，还出现在1627年的《圣乔治公民警卫队军官宴会图》中。

坐在前景的一位上尉是米尔，哈尔斯1631年再次绘制了米尔和他妻子。

XVI

1627年的《圣乔治公民警卫队军官宴会图》中的人物拴着他们组织颜色的腰带：白色、橙色或蓝色。桌首是象征荣誉的位置——被上校贝尔肯罗德占据。

1627年的《轻火枪兵公民警卫队军官宴会图》（*Banquet of the officers of the Calivermen Civic Guard, Haarlem*）中有11名军官，仆人站在背景里。坐在桌子左前方的是上校克莱茨，这可以通过他身上的橙色锦缎辨认出来。他的旁边坐着财政部部长达米厄斯，后者正要接过一个玻璃杯。

这幅画的构图很和谐，在构图中，公民警卫队的成员被划分成两个小组，通过拿着刀的军官来连接——他属于右边的小组。公民警卫队的军官是没有薪水的荣誉职务。

这些军官是有影响力的富裕公民。在哈勒姆市，酿酒厂主是最富有的一群人，这里的不少军官是酿酒厂的拥有者，还有医师、金匠、起草人和雕刻师。

《1633年的圣阿德里安公民警卫队军官会议》（*The Officers of the St Adrian Militia Company in 1633*）。轻火枪兵公民警卫队的军官和军士在户外开会，排名最高的人物在前面：上校、上尉和中尉。军士被分配到桌子后面，这是哈尔斯第一次画上没有委托他作画的军士。

这幅画之前的颜色应该是更鲜艳的，这可以从背景树上找到证明：它们曾经是绿色的，经过几个世纪的沉淀，褪成棕色和褐色。

《圣乔治公民警卫队军官宴会图》，哈尔斯，1616 年，哈尔斯博物馆藏

《圣乔治公民警卫队军官宴会图》，哈尔斯，1627 年，哈尔斯博物馆藏

《1633 年的圣阿德里安公民警卫队军官会议》，哈尔斯，1633 年，哈尔斯博物馆藏

《轻火枪兵公民警卫队军官宴会图》，哈尔斯，1627 年，哈尔斯博物馆藏

《圣乔治公民警卫队的军官和军士》，哈尔斯，1639年，哈尔斯博物馆藏

　　最后一幅《圣乔治公民警卫队的军官和军士》（*The Officers of the St George Militia Company in 1639*）再次说明城市中的重要职位是如何在几个显赫的家族之间轮换的。

　　上校约翰·克莱茨·鲁拥有一家酿酒厂，并且是哈勒姆镇议会的成员，从1630年到1633年，他是轻火枪兵公民警卫队的上校。

　　尼古拉瑟斯·詹斯兹·鲁是上校的儿子，他也有一家酿酒厂。上校的女婿约翰·克莱茨·鲁是一名上尉，他也是警长和市长，并在公民警卫队中担任各种职务。上尉尼古拉瑟斯·格拉沃特是上校的连襟，同样是议员和警长。

　　按照传统说法，后排左边第二个人物是哈尔斯自己。自1612年以来，哈尔斯一直是公民警卫队的成员，但普通成员从来没有出现在公民警卫队的群体肖像画中。因此，如果这确实是哈尔斯的肖像，这就是一种特权。

　　也许，哈尔斯被赋予特权让自己跻身于军官和军士们之间，因为他已经画了五大组公民警卫队肖像画。

《哈勒姆市圣伊丽莎白医院的女董事们》（*The Regentesses of the St. Elisabeth's Hospital in Haarlem*）由约翰尼斯·科内利斯·维斯普伦克（Johannes Corneusz Verspronck，1597—1662年）创作于1641年前后。《哈勒姆市圣伊丽莎白医院的男董事们》则由哈尔斯创作。

前一幅画中，女董事们坐在桌旁，好像在开会。《收支总账目本》、石板上的粉笔、墨水和钢笔都表明她们是医院董事会的成员，她们负责管理和内务，还负责监督女性职员。从右边的一扇敞开的门可以看到病床，床边是一根拐杖，墙上挂着一盏壁灯。

《哈勒姆市圣伊丽莎白医院的女董事们》，维斯普伦克，约 1641 年，哈尔斯博物馆藏

《哈勒姆市圣伊丽莎白医院的男董事们》，哈尔斯，约 1641 年，哈尔斯博物馆藏

我们知道这些女性的名字，但无法分清谁是谁。女董事们穿着素净的深色衣服，她们衣服上大磨盘一样的襞襟已经过时，只有年长的妇女们仍然在穿。这些女人年事已高，最年轻的也有50岁左右。

接下来的一幅约作于1664年的肖像画中，五位董事坐在圣伊丽莎白医院的办公室内。圣伊丽莎白医院是专门为穷人开设的医院，位置就在今天哈尔斯博物馆的对面。这些董事任期为一年，从左到右依次是西韦特·塞姆·沃玛特、所罗门·科萨特、约翰·凡·科莱伦比克（秘书）、迪尔克·德尔克施·德尔（董事长）、弗朗索瓦·沃特斯（桌上的硬币正对着她，应该是掌管财务的）。

这些董事看起来十分严肃，她们的着装全部是朴素的黑色，这既是时下的潮流，也是慈善机构里最适合的装束。

背景墙上的地图暗指这些医院董事应当履行的职责：她们要管理医院名下的所有土地。

《哈勒姆市圣伊丽莎白医院的女董事们》，哈尔斯，约 1664 年，哈尔斯博物馆藏

XVIII

哈尔斯的《养老院董事像》（*Regents of the Old Men's Almshouse*）描绘的是五位老人，他们正坐在一张铺着红色桌布的桌子的周围，男管理员则站立在背景的右边。

哈尔斯画这幅画的时候，已年逾80岁高龄。他后期这种不精确的绘画方式在19世纪受到了抨击，据说是因为他太年迈了，画不动了。

右边第二个董事的眼神有些奇怪，过去人们认为他是喝醉了，但现在专家认为他正在遭受面瘫的痛苦。

有人认为哈尔斯曾住在养老院。据说，这幅作品是他对严苛的董事会的一种报复方式。但哈尔斯从没有住过养老院。我们只知道，1630年代，哈尔斯和他的大家庭居住在格鲁特·海力兰得街，养老院正好在这条街上。

《养老院董事像》，哈尔斯，约 1664 年，哈尔斯博物馆藏

XIX

博物馆内的哈尔斯肖像画也很精彩。

《雅克布斯·扎非厄斯像》（*Portrait of Jacobus Hendricksz Zaffius*）是已知的哈尔斯最早的作品，尽管这幅作品的风格存在争议，哈尔斯的风格很容易识别，他以自信十足和心血来潮的笔触闻名，但这幅肖像不能反映这种风格。

扎非厄斯是哈勒姆天主教堂的最高官员，他是教务长和副主教。1578年以来，哈勒姆市经历了宗教改革，天主教被正式禁止。但市议会对此视而不见，扎非厄斯从而能继续担任他的职务。

《岛瑞斯·斯若沃列斯像》（*Portrait of Theodorus Schrevelius*）的主人公是哈勒姆的一位校长，后来他成了莱顿一所拉丁学校的校长。1648年出版的一本哈勒姆市的历史书，使得斯若沃列斯声名鹊起。在这本书中，斯若沃列斯高度赞扬了哈尔斯自由奔放的绘画方式。他写道，哈尔斯画他的肖像画"看起来在呼吸"，这幅画是哈尔斯画在一块铜板上的。铜赋予画作光滑的搪瓷状的外观。即便如此，哈尔斯强烈的风格还是清晰可见。

哈尔斯还用同样的模式刻画了神职人员和学者的小肖像。

《雅克布斯·扎非厄斯像》，哈尔斯，约 1611 年，哈尔斯博物馆藏

《岛瑞斯·斯若沃列斯像》，哈尔斯，1617 年，哈尔斯博物馆藏

《尼古拉斯·凡·德·米尔像》，哈尔斯，
1631年，哈尔斯博物馆藏

《科妮莉亚·佛克特像》，哈尔斯，
1631年，哈尔斯博物馆藏

XX

尼古拉斯·凡·德·米尔和科妮莉亚·佛克特是哈勒姆市一对著名的夫妻，尼古拉斯是酿酒商和警长，也担任过市长和公民警卫队的军官。在他担任上尉的时候，也是哈尔斯的《圣乔治公民警卫队军官宴会图》的画中人。

这对夫妻像分别画在两幅油画上，但两幅画是一体的。一幅画像中的墙似乎一直延续到了另一幅画上。

传统上，男性的肖像挂在左边，女性的画像挂在右边。在哈尔斯漫长的职业生涯中，他绘制了许多男性和女性的悬挂式肖像画。

两幅画中的盾徽大概是19世纪前后添加的。

《旅行者》，哈尔斯，哈尔斯博物馆藏

17世纪肖像画的创作期通常很漫长，《旅行者》（*The Traveller*）这幅穿着旅行衣物的男子小型肖像是个例外。哈尔斯没刻意准备画板，甚至连清漆都没上，直接用湿画法叠加颜料。这幅画几乎是一气呵成的，足见画家那非凡的技艺。小巧的尺寸也方便肖像的主人随身携带。

《彼得·雅各布斯·奥利肯像》（*Portrait of Peter Jacobs Olikan*）这幅描绘哈勒姆市长的肖像显得有些倾斜。哈尔斯在创作这幅画的过程中，画面受了损伤，右侧处有很深的划痕，底部的一大块背景不得不被锯掉。于是，这幅画就从半身肖像变成了只有胸部上方的半身像，画面上的那只手是后来为了维持平衡而加的。人物身穿市长袍服，可以看出袍服里还穿着其他衣物，这表明哈尔斯在1630年奥利肯就任市长前就开始创作这幅绘画，市长袍服明显是后来添加上去的。

这幅描绘《旅店老板》（*De Waardin*）的作品在跨越了一个世纪之后，终于又一次出现在欧洲人的眼前。哈尔斯博物馆从美国私人收藏者的手里借了这幅画，放在自己这里展览。画框里的女人微笑着看向观众，显得十分友好。她身后的墙壁上有一些白粉笔留下的记号，这是盈利和消费的统计数据。画面左侧可以看到比较流行的乐器——小提琴的一部分。老板娘的衣服表明她来自荷兰北部。也许哈尔斯跟她私交很好，所以他经常光顾她的旅店。

《彼得·雅各布斯·奥利肯像》，哈尔斯，1630 年左右，哈尔斯博物馆藏

《旅店老板》，哈尔斯，私人收藏

XXII

参观完哈尔斯博物馆，已是黄昏。我忽然想起，如果下午去了彭柯丽博物馆，可能会与哈尔斯博物馆失之交臂，损失就大了。

当然，我本来还想去1778年开馆的荷兰最古老的泰勒博物馆（Teylers Museum），现在没机会了。

幸运的是，我在哈尔斯博物馆内买到了马克·杰格林的《海边的小王国：荷兰文化遗产》，让我对所到之地的各种住宅如数家珍，下面去看看哈勒姆的三处住宅吧。第一个当然是泰勒博物馆。

皮耶特·泰勒·范·德尔·胡特的家族来自于苏格兰，他的祖父母1583年来到宗教自由的荷兰，他们在这里可以自由信仰浸信会。

1702年，皮耶特出生于哈勒姆，是泰勒夫妇——艾萨克和玛丽亚的长子。他的名字皮耶特取自于他单身的叔叔皮特·范·德尔·胡特，这个小男孩和他的这位叔叔和未婚的姑姑伊丽莎白关系十分亲密，为了防止家族姓氏后继无人，1721年母亲去世后，皮耶特将母亲的姓氏放在自己名字的后面。同年，他

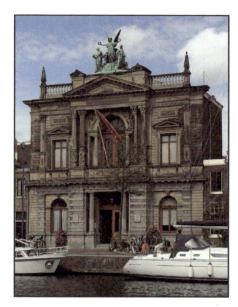

泰勒博物馆

的叔叔和姑姑指定他为家族资产的唯一继承人。他们在遗嘱中写明，如果小皮耶特后继无人，这笔资产将划归范·德尔·胡特家族继承。

XXIII

皮耶特的姑姑伊丽莎白死于1727年11月8日，两周后，她的兄弟也去世了，这个25岁的年轻人一夜之间就成了富翁。不过，这位年轻的丝绸商人在哈勒姆有了一个响当当的称号——吝啬鬼。他的生活方式十分有节制，也很朴素，这使他得以深入地了解穷人和孤儿。他叔叔和姑姑去世三个月后，皮耶特迎娶了海琳。

作为一对没有子女的夫妇，他们俩将全部精力都投入社会公益事业，皮耶特还是社区浸信会的执事。1740年，皮耶特和海琳搬到哈勒姆大街21号的新房子里。这栋房子更大，可以更多地容纳他这些年累积下来的大量收藏品。

海琳过世14年之后，皮耶特逐渐淡出了公共生活，他卖掉了丝绸生意，把所

有的注意力都转移到金融世界。作为一个银行家，皮耶特贷出了很多钱，他的收藏品数量也在大幅度上升。

1755年，皮耶特起草遗嘱，指定他的五个朋友在他离世后成立一个基金会，负责打理他遗留下来的家族资产。不过这个委托在当时是很不成熟的，毕竟他在此之后继续活了23年。那段时间里，他多次修改遗嘱，明确指出位于达姆街的这栋房子不得出售，用来存放自己遗留下来的收藏品。

XXIV

18世纪的时候，欧洲思想文化界吹起了一股哲学风，启蒙运动的追随者们坚信只有知识才能创造一个全新且更好的社会。基于这一认识，皮耶特开始大规模收集历史书籍、艺术作品、硬币、化石、矿产、动物标本、科学仪器以及其他与之相关的古董珍品等，例如25幅出自米开朗基罗之手的原始手稿，它们是研究梵蒂冈西斯廷大教堂天顶壁画的重要参考资料。

1776年，皮耶特在遗嘱上添加了重要的一条，他私下收藏了4个铁箱子，他过世后箱子里的东西由其母亲那边的家族成员继承。如果在他过世100年后这4个铁箱子仍然无人申请继承，"就由泰莱尔最为亲密的朋友平分"。此外，他还加上了一句令人匪夷所思的话："所有的人都会高兴的。"1778年4月8日，皮耶特去世，留下了200万荷兰盾的遗产。

皮耶特的朋友遵照他的遗嘱成立了一个基金会和两个协会，皮耶特神学协会的成员主要研究基督教历史、《旧约》和《新约》以及宗教哲学；另一个协会负责研究自然历史、诗歌、人文历史、绘画和钱币学。这两个协会都为后来的科学研究奠定了不容忽视的基础，时至今日，这两个协会每年仍在举办科学竞赛，据说胜利的一方能获得一枚黄金勋章。

XXV

五位忠心耿耿的朋友执行了已故的皮耶特的遗嘱，1779年，来自阿姆斯特丹的建筑师伦德特·维埃维特受聘在斯帕尔讷河（Spaarne）沿岸，即皮耶特·泰勒生前宅邸的后面修建一座"图书艺术室"。这个造型优美的椭圆房间是荷兰新古典主义建筑的典型代表，可以说见证了18世纪启蒙思想和知识发展的缩影。在丝绸商雅各布·巴纳特的要求下，屋顶上建造了一个天文观测台，用来研究天空。

1784年，图书艺术室正式对外开放，凯瑟琳·奥斯本也随着泰勒基金会出现在公众面前。她宣称自己是皮耶特·泰勒的远房侄女，现在来行使自己继承遗产的权利。为了进一步对基金会施压，凯瑟琳还将此事上诉法庭，她的一系列举措使得皮耶特·泰勒的朋友们大为震惊。不过，法官还没来得及宣判，她就过世了。两年后，她的后人获得了10万荷兰盾，包括后来补上的利息36991荷兰盾。所幸的是，皮耶特虽然去世了，但是他留下来的公共储金足够支付给那些在他死后突然冒出来的野心勃勃的所谓后裔。随着时间的推移，陆陆续续地出现了越来越多的合法继承人，这些所谓的继承人对那4个铁箱子虎视眈眈。

据说几百个所谓的后人为了这笔遗产蝇营狗苟，无所不用其极。自皮耶特·泰勒去世后，有9起庭审案件是冲着这笔遗产来的。

XXVI

1811年10月23日，拿破仑拜访了泰勒博物馆。这位法国皇帝对泰勒和这座博物馆的评价很高，但是对于博物馆的管理颇有微词。据说拿破仑从这座博物馆里明目张胆地把好些藏品作为战利品运回巴黎，他先是过问了博物馆的财务状况，假装不知道皮耶特留下好几百万的遗产，还问了财产托管人好些很细致的问题，但在得到托管人含糊其辞的回答后，这位皇帝恼羞成怒，直接叫来了博物馆负责人范·马鲁姆询问。拿破仑很粗鲁地询问这位负责人的年收入为多少，马鲁姆并没有正面回答他，而是十分机敏地将话题转移到带皇帝参观博物馆馆藏上。

拿破仑对于马鲁姆在1784年建造的静电发生器很感兴趣，这是一个在工作状态中可以产生静电的仪器。这位皇帝在宣布拜访后的一个小时后就来到了博物馆，这点时间根本不够这台仪器启动，于是这位皇帝感到十分扫兴。若干年前，皇帝的兄弟路易斯在做荷兰国王的时候曾经看到过运行中的静电发生器，据说那一次路易斯专门指派了一名士兵当小白鼠去做电击试验，好让他亲眼见到触电的影响。参观结束后，这位皇帝非常礼貌地说了声再见，九天之后还给马鲁姆送了一张感谢卡片以谢谢他的热情导览。幸运的是，法国对荷兰的占领并没有对泰勒博物馆造成什么实质性的影响。

XXVII

1778年，管理人员决定将博物馆的正门移到斯帕尔讷河16号。来自威尼斯的建筑师克里斯蒂安·乌尔里奇设计了博物馆主楼，建筑的立面采用的是新古典主义风格，上面装饰着丰富的古典主义图案。建筑顶部的青铜组合雕塑被称为"盛名之下的科学与艺术"，其创作者为巴特·范·霍夫。就在同一年，博物馆新添了两间化石厅和一间乐器展厅。100多年之后的1966年，博物馆再度扩容，增加了一个全新的大型展厅。该博物馆最后一次扩容是在2002年。

2013年，荷兰政府向联合国教科文组织提出将泰勒博物馆列为世界文化遗产的申请。

建筑顶部的青铜组合雕塑

斯帕尔讷河

XXVIII

泰勒博物馆所在的斯帕尔讷河1000多年前就是哈勒姆历史的源头，15世纪，河水为这座城市带来了繁荣，尤其是酿酒这一块，100多家啤酒厂取得了巨大的成功，斯帕尔讷河如水晶般清澈的水生产出来的啤酒远销海外。

经历了势头迅猛的经济腾飞之后，从16世纪初开始，哈勒姆的发展势头一度超越了阿姆斯特丹等大都市，然而紧随其后的长期大萧条差点导致该城市破产。1514年，城市里一半的居民处于贫困中，城市也处于分崩离析的状态。80年战争初期，即1573年，西班牙人对哈勒姆进行了为期8个月的围攻，摧毁了许多民宅。3年之后，就在人们万念俱灰的时候，一场大火席卷了船厂堤坝那边的酿酒厂，再度摧毁了哈勒姆城所剩无几的老建筑。

凭借其得天独厚的地理位置优势，哈勒姆在16世纪下半叶重新站了起来，成为数一数二的船舶工业城市。富有的商人和外国船运公司在位于斯帕尔讷河河湾的造船厂争相订购了数以百计的商船和货船。由于气候的原因，时不时的涨潮让哈勒姆遭受到洪水的袭击，船厂的堤坝不得不越造越高。和这个国家的其他地区一样，黄金时代给哈勒姆带来了繁荣和发展，为了建造更大的船只，好多造船厂都搬到城市北部。18世纪初期，船厂堤坝地区的仓库被改造成了大厦，变成了木材市场（Houtmarkt）。如今，这里留存下来的一些山墙石还能唤起人们记忆里关于该地区造船厂的昨日辉煌。

XXIX

木材市场17号的房子建于1708年到1724年，主人是拜伦茨。后来，两位商人弟兄在哈勒姆大肆购买建筑作为投资，1734年的时候买下了木材市场17号，并对其进行了大规模的翻修。翻修时采用的是当时最时髦的建筑设计，建筑山墙设计成颈形山墙，不过他们的预算并不宽裕，所以建筑侧面都只是用砖简单地砌一下。为了让建筑立面看起来端庄宏伟些，兄弟俩用一个拱形的山形墙放在立面顶端，山形墙的每个角落都装饰有一个石制花瓶。

到了18世纪末，周边的房子因为没得到适当的维护修缮，情况日渐恶化，许多房子惨遭拆除。所幸木材市场17号这栋房子逃过此劫，幸存了下来；接下来的一个世纪里，这栋房子前后换了好几个主人。寒来暑往，风云变幻，涨潮的时候，河水肆虐泛滥，斯帕尔讷河的河水经常会冲上码头，淹没了房屋。

木材市场的地基也因此被抬了又抬，地面的水平高度已经和木材市场17号一楼的窗户底线持平。1930年代，这栋房子经过检测，被宣布为不再适宜居住，建筑立面前倾了大概50厘米。

替换了18世纪的窗户之后，人们在建筑上安装了木制框架，以确保建筑不再拉伸。1934年，专门负责古建筑维护修缮的凯泽协会买下了这栋历史性建筑，自此，木材市场17号就开始租赁给普通住户。1998年，人们对这栋建筑再次进行翻修，彼时这栋楼里住的是荷兰著名的脱口秀主持人。

XXX

哈勒姆的克里夫之家（Huis ter Kleef）是荷兰唯一一个从16世纪运转至今的室内网球俱乐部。室内网球早在500多年前就在欧洲流行，它是集网球、壁球和西洋棋于一体的一项运动。黄金时代，贵族们称这是"专属于国王的运动"。室内网球作为一种原始的网拍式墙球运动，也是现代网球的鼻祖。

不过，16世纪的时候，室内网球并不是用球拍来打的——"真正的男人"都是直接用自己的双手来打球的，阿姆斯特丹的游戏规则里甚至还列明"禁止使用球拍"。

克里夫之家的历史开始于13世纪，当时是哈勒姆城外一个小岛上的一座不起眼的塔楼，第一任屋主是一位名叫皮耶特·范·罗兰的骑士，也就是所谓的骑士官邸。然而，到了1334年，这间小屋转手到荷兰伯爵威廉三世的私生子兄弟威廉·库什的名下。

中世纪的时候，即便是私生子，也能在宫廷里拥有高贵的头衔，毕竟他们也是具备家族血缘的，那时候的私生子和正统嫡出相互依存。库什当时的身份是伯爵的顾问。

库什的儿子昆德拉1354年继承了这栋小屋城堡，并且扩建了一个侧翼。

昆德拉的儿子小威廉继承了他祖父的衣钵，继续为宫廷效力，成为巴伐利亚伯爵宫廷里的高层顾问，当时的威廉主要负责重要书信往来和陪同重要客人。

据说巴伐利亚伯爵甚是精通风月之事，他的情妇数量也非常可观，美丽的阿蕾德就是他宠爱的女伴，身为情妇的她每个月都有固定的进项，伯爵还给她置办了住处。盛宠下的阿蕾德时不时会收到伯爵送给她的礼物，比如一只来自异域的猴子、一匹马或是昂贵的布匹衣料和毛皮大衣等。1392年9月21日晚上，克里夫之家的主人小威廉·库什护送阿蕾德漫步走在海牙的某个街头时，一群男子突袭了他们，并将他们活活刺杀。

XXXI

小威廉的父亲昆德拉在儿子被杀后拼命寻找凶手，想将他们绳之以法，为儿子报仇雪恨。在不断的追查下，终于查清这次袭击谋杀事件背后的主谋之一是巴伐利亚伯爵自己的儿子。这位始作俑者最后逃过了惩罚，但心中深感愧疚的伯爵家成员前往里昂朝圣，为枉死的阿蕾德和小威廉祈祷了800次。这事过去20年之后，受害者的家属和凶手在哈勒姆的圣巴福教堂举行了盛大的宗教仪式，以安慰枉死之人的在天之灵。

与此同时，伯爵那诡计多端的儿子霸占了昆德拉·库什的城堡，并且让伯爵未来的妻子玛格丽莎成为城堡的新主人。而伯爵只给了昆德拉一笔数额很小的钱来补偿他失去城堡的损失。

于是，城堡院子里建造了一座新塔楼，但塔楼的基座并不稳固，它很快就倒塌了。之后，人们又建造了一座新塔楼。玛格丽莎过世后，她的妹妹凯瑟琳继承了这座城堡。

1434年，凯瑟琳将城堡转手卖给一个贵族。60年之后，它再度转手给雷奴特三世，克里夫之家再次扩张和翻新。

XXXII

城堡新主人雷奴特三世是阿姆斯特丹附近阿姆斯特尔芬市的市长，除了履行循例的职责外，这位贵族老爷每天沉迷于赌博喝酒。1529年6月15日，醉得一塌糊涂却又兴致高涨的市长将阿姆斯特尔芬的土地作为赌注，试图在骰子游戏中赌个输赢。不用说，他输得一败涂地，不得不为此引咎辞职，为他的狂妄自大承担后果。说实话，当时的雷奴特三世在地方上已有了一定的名气，日子过得顺风顺水，前后一共诞育了20个孩子，一半是私生子。1556年，雷奴特的长子亨德里克步其后尘，不仅生活奢靡，也沉湎于喝酒赌博。1560年，亨德里克在城堡附近建了一座室内网球场。

亨德里克虽不失为一个精明的玩家，可与他父亲一样债台高筑。为此，他不得不将克里夫之家在1563年的一场拍卖会上售出。3年后，亨德里克买回了父亲留下来的豪宅。

这位28岁的豪宅主人最终改邪归正，成了虔诚的新教徒。亨德里克定期在克里夫之家的城堡里组织活动，当时天主教是荷兰唯一合法的宗教，他们这些新教徒揭竿而起，与统治西班牙的国王菲利普二世对抗，旷日持久的80年战争从此展开，亨德里克为自己的军队起名为乞丐军。1568年，亨德里克遭遇流放，接替他领导军队的是奥兰治亲王威廉的兄弟范·拿索。可惜的是，亨德里克35岁去世，他名下的克里夫之家被充公。

西班牙军队领导人阿尔巴公爵的儿子在哈勒姆战役中担任指挥官，征用克里夫之家作为司令部。西班牙军队撤退时，他下令炸毁城堡，城堡建筑中只有那座塔楼和室内网球场幸免于难。1576年，哈勒姆全城遭遇了大火侵袭，之后哈勒姆的居民都跑来城堡废墟捡拾废弃的建筑材料，拿回去用在自己家房子的重建上。

1612年，人们重新修缮了室内网球场，并将其变成了一座公园宾馆。经过一代又一代人的继承，一位德国伯爵成了这块地方的主人，他的后人于1713年将它卖给了哈勒姆市政府，市政府又将它租给了农民。到了19世纪，原来的室内网球场变成了牲口棚和谷仓。1909年，这里成了城市公园，种植着各色花卉植物，而早已面目全非的网球场又变成了一座食堂。

直到2011年，人们筹款重建了历史上著名的室内网球场。

第十六章

赞斯安斯风车村

阿尔克马尔

I

来荷兰，风车是必须看的。在荷兰的历史上，风车不计其数，可今天已寥寥可数（19世纪中期有1万多座风车在运作，到20世纪末只剩下950座风车了）。

我原本计划去鹿特丹东南方10公里处的小儿堤坝（Kinderdijk，又称小孩堤防），那里有19座风车分布于运河的两侧，入选联合国教科文组织世界遗产名录。据说，1421年圣伊丽莎白日，这里遭遇了一场大洪水，一个装有婴儿的摇篮被冲到堤坝上，摇篮里还有一只猫不停地动来动去，以保持摇篮的平衡，不让水进入摇篮。从介绍看，这里野趣横生，很值得一去。可惜的是，从阿姆斯特丹去小儿堤坝来回需要4个小时，有些远。最后我们还是选择了阿姆斯特丹附近的赞斯安斯风车村（Zaanse Schans）。

Ⅱ

从阿姆斯特丹坐15分钟的火车，然后再步行15分钟，就可以抵达赞斯安斯风车村。

荷兰人与西班牙人的80年战争期间，这里修有一座名为思汉斯（Schans）的堡垒。1574年，当地人与西班牙军队争夺这个堡垒时，牺牲了不少士兵，这里因此得名赞斯安斯。

过去这里地势平坦，距离阿姆斯特丹很近，又有四通八达的水上航道；这里拥有1000多座风车，作为锯木厂的能源，又利用斯堪的纳维亚的树干，几个世纪来一直为首都提供建房和造船的锯制木材。

从风车村入口望去，大大小小的风车映入眼帘

《赞丹附近的磨坊》，莫奈，1871 年，哥本哈根新嘉士伯博物馆藏

《赞丹附近奈斯赛德费尔德的磨坊》，莫奈，1871 年，凡·高博物馆藏

1596年，一位名叫科内利斯的人在他的风车小蜻蜓上装了一个曲轴，从而将叶片的旋转运动转换成一种上下运动的模式（锯制）。这一革命性的发明不仅成倍提高了木材的加工速度，加工价格也得以大幅降低。因此该地区成为世界上最大的木材港口之一。

赞斯安斯地区来过不少名人，沙皇彼得大帝1697年在赞丹度过一段时间，学习造船技术，然后带回圣彼得堡；拿破仑来到这里，赞叹这里的景色无与伦比；印象主义画家莫奈曾在这里作画，并有画作留存。

III

设立风车村的想法来自1947年，当时这里的许多人越来越感到经典的荷兰遗产正在消失，决定建立一个包括风车在内的赞式木结构保护村。1955年，第一座风车"德豪斯曼"移居此地，几年后，第一座住宅落户风车村。最近的搬迁是在2015年。

走进风车村，给人的感觉是来到童话世界。与一般的博物馆不同，这里是有居民居住的，只是打理得实在美轮美奂。

风车村门口是法式花园和1968年来自一所赞式庄园的茶亭，这种穹顶茶亭是典型的荷兰特色，它们往往都在郊外，是城里富人的象征。18世纪的时候，本地商人从茶亭朝赞河水域观望贸易品的到来。现在茶亭里面是锡匠铺。

风车村门口的茶亭

建于 17 世纪的"赞时间"博物馆

阿尔贝特·海因博物馆式小商店

特色餐厅"黑鲸希望"

接着是17世纪的建筑"赞时间"（Zaanse Tijd）博物馆，来自阿森德尔夫特，里面是钟表收藏系列。

第三座建筑建于1650年，居然有两层楼，是赞式木屋中稀有的品种。如今这里是阿尔贝特·海因（Albert Heijn）博物馆式小商店，1887年，阿尔贝特·海因连锁超市的创始人就是在这样的香料铺子里发家的。

接下来是特色餐厅"黑鲸希望"（De Hoop Op d'Swarte Walvis），这里包括建于1717年的赞西村落孤儿院、一所商人小住宅和一个库房。库房曾被称作"滑台大厅"，当年捕鲸人和渔民把各种船用品存放于此，滑台大厅可以直接通向停泊着的船只。

我们中午时分匆匆路过此地，急急忙忙地去看风车，在里面吃了顿汉堡包。下午回来，才知道"黑鲸希望"是家著名的餐厅，里面的布置也很经典。我们只能喝个下午茶作为补偿。

IV

我们即将回来的时候，才发现风车村中不仅有风车，还有一些值得细细品味的荷兰传统建筑。

"黑鲸希望"旁是商宅"北府"（Noorderhuis），建于17世纪中叶，原来是赞代克一座造价不菲的商宅，1970年被迁往此地，现在是B&B（住宿加早餐）。《赞斯安斯风车村步行指南》提示，北府屋顶的烟囱上有个被称为"风流片"的装置，它会跟着风向转，即使在吹大风时，烟囱也不会往房子里倒灌。

今天的烟囱已经不再是日常需求，我们对上述的小发明不再注意。可是，就像能锯木头的小蜻蜓风车，这对人类文明的发展是极有价值的，但它往往被历史教科书所忽略。我们只有在走读的过程中发现这些人类的创造力火花，可以细细琢磨。

建于 17 世纪中叶的 "北府"

V

北府的邻居也是一所商宅"的摩尔"（d'Mol），建于1660年，它的首任主人摩尔在捕鲸生意中发家致富。这里共有13个房间，是风车村内最大的住宅。

"的摩尔"最后的主人是著名的造纸家族霍妮赫，这个家族曾经制造出世界上最好的纸张，印刷美国《独立宣言》的纸就是该家族提供的，上面有蜂窝水印（霍妮赫，Honig，荷兰语是蜜蜂的意思）。

我们刚才所说的这排建筑在进村道路的左边，对面是佐尼维泽小道，其间是多处工人小屋和商人住宅，它们一般都只有一层，几乎总是漆成绿白两色。商人住宅与工人住宅相似，但更大更华丽。

小道的1号是马鬃垫制作工坊，马鬃垫是干什么用的？今天已无从想象，其实它是用来挤压在油磨坊内研磨过的油籽和花生。

《赞斯安斯风车村步行指南》（后简称《步行指南》）接着提醒我们，从7号住宅前门上的铁艺件可以看出，一个富人曾经在这所房子里居住过，而这正是霍妮赫家族的标志。

位于8号的赞式小屋建于18世纪。它在阁楼里设有卧室，非常罕见，当时人们一般睡在下面的床柜里，上面的空间只用作储存室。它还在入口处加建了木鞋小屋，进正房前可以在这里脱下木鞋。

7号和8号赞式小屋在拐角墙面上开有窗口，这样有利于住户更清楚地看到外边发生的事情。

建于18世纪的8号赞式小屋拐角的墙面上开有窗户

佐尼维泽小道，其间是多处工人小屋和商人住宅

赞斯安斯风光

这里的房屋都造得离地面相当高，以防洪泛，房子下面的空间往往都被用作鸡舍。

风车村有街道委员会，住户有明确的分工，比如谁负责桥梁的维护，谁照顾病人，谁负责把死者从家里抬出来。

VI

下面是一些商店的库房，如"和平"（De Vrede）库房、"扫帚"（De Bezem）风车仓库、"百合"（De Lelie）库房、"乌鸦"（De Kraai）库房、"双头凤"（De Tweekoppige Phoenix）风车仓库。

"和平"库房原是18世纪储存谷物和鼻烟的，现在是木鞋制作坊和木鞋博物馆，这里据说可以看到全荷兰最美的古董收藏系列。

《步行指南》介绍说，全木木鞋是典型的荷兰特色，农村至今仍在使用，最

库房

早的木鞋可以追溯到1240年。木鞋有利于足部的健康暖和，对于荷兰的沼泽土壤而言不可或缺。

赞斯安斯呈独特的细长形地貌风光，不管是木结构建筑还是风车都显得很合适。风车村号称有8座风车，但我们那天看到的只有4座在运行。风车与帆船类似，如果撑上帆布，就会转动。

香料磨坊"德豪斯曼"（De Huisman）最初是用来制作鼻烟的，后来生产有名的赞式粗芥末，直到今天。

锯木风车"戴皇冠的坡伦堡"（De Gecroonde Poelenburg）1869年建于科赫安登赞，现在它已不再用于生产，只在特殊的场合才会启动。

颜料风车"猫"（De Kat）将原料加工成颜料，用传统的方法生产绘画颜料，颜料生产使用的是伦勃朗的配方。"猫"是参观人数最多的荷兰风车，每年有13万人次的访客。我们登高望远，好不惬意。

另外几座风车也提供有偿参观的服务，大同小异，不看也罢。

"追寻者"（De Zoeker）榨油风车是全世界唯一一座每天仍然在用传统方式榨油籽和花生的风车，风车旁边的库房里住着风车主人和他的家人。它曾经是一座排水和制作颜料的风车。

"小绵羊"（Het Jonge Schaap）锯木风车仍然保留了17世纪荷兰的锯木技术，现在的风车主人继续经营锯木业务，以加工当地木材为主，如橡木、榆木和松木等。

"德邦泰母鸡"（De Bonte Hen）榨油风车是风车村内最北边的一座风车，建于1693年，多次遭到雷击和火灾，闲置多年后，1975年通过集资方式修复了一部分。

我原以为风车村比较人工化，会不会变成游乐园？去之后发现还不错，特别是在村里放牧牛羊，配以河流、风车和野地，就是一幅经典的荷兰风景画。

香料磨坊 "德豪斯曼"

颜料风车"猫"

风车村就像是一幅经典的荷兰风景画

原本没打算去阿尔克马尔（Alkmaar），阿姆斯特丹酒店公寓的管理员建议我们去看一下每周五早上10点到下午1点的奶酪市场（Cheese Market），它只在4月初至9月底开放。

荷兰的铁路交通非常方便，买好票，一般最多等上一刻钟，就可以坐上火车。从阿姆斯特丹去阿尔克马尔只需40分钟左右，到了车站门口，有一位奶酪小姐欢迎你。然后跟着奶酪大赛的标志走一公里左右，就到达人山人海的奶酪市场了。

阿尔克马尔是世界闻名的奶酪之城，4月到9月，每个季节都有大约15万的游客从世界各地来到这里。

火车站门口的奶酪小姐

奶酪市场的标志是称重大楼（Weighing House），这里原本是一座教会建筑，有着哥特式的窗户，用作接待贫穷的旅行者和病人。

对着河的山墙前面赫然刻着一条箴言："勇气和力量再次赋予阿尔克马尔政府和人民称重的权力。"这则箴言让人们联想起1573年阿尔克马尔人民成功抗击西班牙入侵的故事，为此，他们获得了称重权。1712年，大楼的表面下方又添加了许多箴言，如"生者铭记亡者，流光易逝"和"把每小时都看成一种单独的生活"等。

早期的时候，你根本不可能看到像今天这么大的广场。人们拆除了很多房间，扩大了这个经营良好的奶酪市场。在200年时间内，广场就扩展了不止8倍。

阿尔克马尔奶酪市场

称重大楼

VIII

阿尔克马尔的奶酪历史可以往前追溯到1365年，但有关奶酪的商业贸易，一直到17世纪荷兰北部大省的几个湖泊排干之后，才开始逐步成熟起来。

17世纪的阿姆斯特丹人口增长十分迅速，要喂饱这些飞速增长的人口，就要有足够的农耕土地。1607年，一群投资者制定了一个雄心勃勃的计划，他们把荷兰北部湖泊的水抽干，填出了新的土地。1612年，43台风车连续5年运转，将水从湖泊里排空之后，一条长达38公里的巨大堤坝建成了，荷兰历史上第一块围垦地就此诞生。

富有的商人看到了新开垦的土地的商机，但这些沼泽地实际上根本不适合栽种粮食作物。所以，大面积的土地租给牧民之后，成千上万的奶牛带来的是严重的供大于求的牛乳产量。于是，人们开始大规模生产小奶酪等乳制品，其中一些圆形的奶酪有一个独特的名字，叫克鲁特奶酪（Klootkaasjes）。

这种类型的奶酪远销海外，几个世纪以来，各地的人们对这里出产的奶酪情有独钟，当时人们管这种奶酪叫作荷兰球形干酪。黄金时代，阿尔克马尔的奶酪市场从5月到11月的每周五和周六两天人头攒动，生意兴隆。到了18世纪，市场的交易日从两天增加到四天。

IX

周边城镇的奶酪由货船沿着运河运来，上午10点左右，质检员拿着一把小的空心钻挖出一小块奶酪，先摸一摸，再闻一闻，最后再尝一尝，以此来确定奶酪的质量。交易的价格通过拍手的方式确定，一旦买卖达成，搬运工们就把奶酪搬到手推车上运至称重大楼进行称重（一块荷兰球形干酪的平均重量是1.7公斤）。这些没有轮子的木制手推车看上去更像是担架。

这些搬运工都属于某个特定的仓储公司，比如，那里有红、绿、黄、蓝四家

买卖达成后，搬运工就把奶酪搬到独轮车上运至称重大楼进行称重

公司，这可以从他们使用的推车和头上草帽的颜色来分辨。

奶酪搬运工商会仍然遵循旧的传统，比如，戴着橘色帽子的是总负责人，所有的搬运工都叫他"爸爸"。而且，搬运工都有外号：绰号"刽子手"的搬运工小心翼翼地跟踪迟到的搬运工，这些人会被罚款。这里禁止谩骂：搬运工抬着车子跑的时候，有时奶酪会掉下来，但监管者不会骂他们，最多叫一声"笨蛋"！

但我仔细观察，现在这一切表演成分居多，搬运工时不时搬上一个乃至几个孩子在广场上跑来跑去，称重处也把孩子当奶酪称着玩。

X

广场周围到处是各种售卖摊贩，奶酪当然最吸引人。我一直对奶酪敏感，生怕中招会反胃，很难受。我过去只敢吃意大利帕尔马奶酪，其他的一概拒绝。我

奶酪搬运工

　　这次看着奶酪市场气氛热烈，尝试了一下橘黄色的"老奶酪"，味道还可以嘛。接着在荷兰其他地方也吃了点类似的奶酪，味道越来越好，等到确定荷兰奶酪有其独特的风味时，已经要离开这里了。我们在鹿特丹美食市场买过真空包装的荷兰奶酪，舍不得吃，回到上海后才慢慢与意大利红酒和博洛尼亚醋搭配着吃。

　　奶酪市场出售的奶酪会被储藏于专门的仓库中，从而使之有足够的时间和相对稳定的环境成熟。荷兰语中所谓的"年轻的奶酪"通常需要四周的时间来成熟；而"老奶酪"则要在仓库架子上存放18个月才能成熟。仓库厚重的墙壁使得库内全年的温度维持在12℃到15℃。在奶酪成熟期间，需要人工对奶酪进行翻转，这是为了预防奶酪在长期固定摆放后因为自重而变形。

XI

离奶酪市场几百米路程的康宁街（Koningsstraat）4号原来是有名的奶酪仓库，1891年3月21日，10岁的马修斯·德·波尔和他弟弟尼古拉斯作为仓库建筑师迪尔克·德·波尔的儿子也参与了庆祝活动。仓库一共有五层，是这座建筑中最高的，其仓储面积足足超过400平方米。建筑的山墙采用的是新文艺复兴风格，顶部有一个造型柔和的方尖碑。

建造这样一座仓库的初衷是让它成为百年仓库，经过长时间的空置，1995年这座仓库以22万荷兰盾的价格卖给了专司度假屋租赁的一家名叫快乐家庭的公司。易主后的仓库需要从上到下进行改建，在建筑工人入驻前，阿尔克马尔的一个市民租借了两个月，专门用来展出他收藏的中世纪古物，其中包括一套盔甲。建筑的新主人将其改建成了办公室，窗户漆成了黄色，看起来就好像是奶酪堆积在那儿。新的办公大楼在1996年1月26日开张，同时在大楼顶层放置了一定量的奶酪。2004年，这家公司搬离了大楼，以80万欧元的价格卖给了一个私人买主。

XII

奶酪广场此时人流量达到了高峰，人流几乎无法动弹，这状况让我们有些窘迫，赶紧离开此地，去周边地方走走。

我们步行了一段路程，后来又乘游船沿运河绕城一圈，阿尔克马尔面积不大，却精致美丽。类似的小镇在荷兰也不多见，我们后来去的阿姆斯特丹附近的哈莱姆和代尔夫特都比它大，但都没它经典。

有关阿尔克马尔最早的文献记录源于10世纪，当时的城市与现在大不相同。那时，城市的主街是条泥土路，两边分布着农田和小屋，不时还有家畜在小屋的墙上蹭来蹭去，街上到处都是垃圾和吃剩饭剩菜的猪，它们吃剩下的就留给老鼠。所以，那时的健康条件堪忧，人们没有干净的饮用水，疾病和瘟疫肆虐。

后来，牲畜跑到城墙外去吃草。城墙周围有条护城河，架在上面的吊桥晚上要拉起来，所以，人们一定要准时返回城里。

1514年，阿尔克马尔的人口数只有3500人；今天，这里的人口已接近9.4万。

阿尔克马尔也是运河环绕。虽然历史上阿尔克马尔与欧洲其他城市一样受到黑死病的严重打击，但损害较小，可能得益于那些持续流动的运河。1559年，阿尔克马尔设立了一间疫病房。从早上8点到晚上5点，患者们不能离开这里；其他时间如果要外出，就要在前面放一根白色的棍子。黑死病最严重的当属1656年，当时有近10%的人口死亡；10月份，疫病房里一周死亡人数高达100人。

我事先对这个城市没做什么研究，觉得它到处都是景致，建筑很美，就买了一本当地的步行手册，说是用90分钟走完3500米的路程。我们开始还按照它的路线走，后来兴致所至，就跟着感觉走了。好在大部分的景点和历史遗迹都很集中，我大致明白了阿尔克马尔的历史。

XIII

阿尔克马尔最引以为傲的是在1573年与西班牙军队的战争中，成为第一个荷兰人取得胜利的城市。

今天，我们仍然能找到残余的老城墙。1562年时，这座城市有一道石头围墙、12座塔楼和5个城门。1572年，市议会决定加固围墙，但是进度缓慢。1573年，因为西班牙军队抵达附近的哈勒姆，工程进度迅速推进。阿尔克马尔动员所有能用的劳动力参与修建，连小孩都来了。在战争开始的6个月前，城墙终于修建好了。

1573年9月23日，星期三。此时的阿尔克马尔市已在菲利普二世的军队围攻下受困数周，被称为乞丐军的荷兰人撤退到了这里，受到了6500名西班牙士兵的包围。

就连距此十分遥远的阿姆斯特丹都能听到这里的炮火声，乞丐军得到阿尔克马尔市民的帮助，他们用熔化的焦油和燃烧的树枝成功地将侵略者阻隔在城外。作为一项战略措施，乞丐军挖穿了堤坝，倾泻而出的大水将城外的战场变成了泥沼，从而迫使西班牙军队撤退。

这次胜利在很大程度上鼓舞了士气。在须德海，西班牙军队也遭到了重创。一年后经过残酷的战争，人们最终赢得了胜利。虽然战争持续到了1648年，但阿尔克马尔保卫战无疑是反抗西班牙人胜利的开端，当时流行的口号是"胜利从阿尔克马尔开始！"至今仍经常听见。

每年的10月8日，阿尔克马尔都会举办一场盛大的庆典，用来纪念1573年城市的解放。但接下来的几个世纪对于城市里的天主教而言，日子过得并不轻松。直到第一次世界大战之后，他们才获准参加阿尔克马尔城市的解放纪念庆典。

XIV

在奶酪市场附近的运河桥右边有一座尖顶的木质房屋，人们称其为炮弹屋（House with the Bullet）。1573年，西班牙军队包围了阿尔克马尔，整个城市陷入猛烈的炮火中。据说，有一枚炮弹击穿了编篮子的扬·阿伦茨松家的窗户，还打碎了正坐在纺车前工作的女孩的椅子。当时屋子里有7个人，但都没受伤。为了记住这个奇迹，人们就把这枚炮弹保留了下来。

炮弹屋

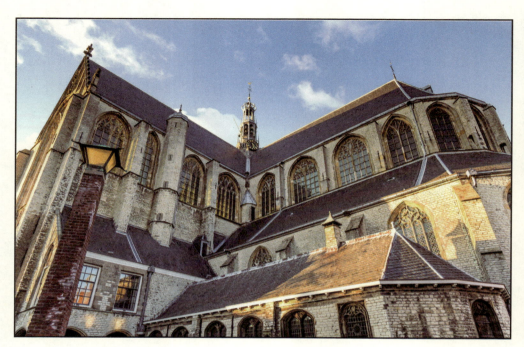

圣劳伦斯教堂

在圣劳伦斯教堂（Saint Laurens Church）北面有一个拿着跳杆的男人的雕像，他叫迈尔滕斯·皮特逊·范德梅，是一个勇敢的木匠。在保卫战时，他把几封信藏在跳杆里，想方设法把信送到奥兰治州长迪艾德里克·索娜的手里，信中述说了水淹阿尔卡马低地的计划，这个计划最终顺利实施。这封信件的原件就在市博物馆（Municipal Museum of Alkmaar）内。

市博物馆内还有一幅有关特里恩·伦勃朗的大型壁画。阿尔克马尔保卫战时，特里恩还是一个16岁的小女孩，据说在战争中，她与人们并肩作战，巾帼不让须眉，表现出非凡的勇气。但她的故事遭到了人们的质疑，因为没有证据可以证明她的存在。

阿尔克马尔人还有一个称呼叫奶酪头，他们以此为傲——保卫战时期人们把压制奶酪的模具当作头盔戴在头上，因此而得名。

市博物馆

XV

　　阿尔克马尔保卫战两年后，和平安宁又回到了这座古色古香的小城，内战的烽火则继续向南挺进。1575年，人们在靠近老城区的堤坝上的一个驿站上修建了一栋房子，这栋现在为戴克街11号的房子设计了带有壁锚的简单阶式山墙，十字窗上方是下立面檐口和砂岩立拱。山形墙顶部是一个人骑在马背上拿着驿车造型的风标。

　　戴克街11号是阿尔克马尔城市的地标建筑，也是一家生意不错的旅店。这里曾是非常著名的集散地，来往的马车都是从这里启程的，旅客也在这里购票，去阿姆斯特丹的马车行程仅仅为5个小时，比耗时12个小时的马拉牵引船快了不止一倍。

　　驿车号建筑最初的主人到底是谁，我们无从知晓。值得注意的是，这栋建筑在之后的4个世纪里先后换了25次主人。1922年，《阿尔克马尔信使报》上刊登了有关新任酒店主人的内容，说这位店主决定驿车号旅馆除了提供住宿，还额外提供停车设施。这位主人显然很懂得与时俱进，他在经营这家旅馆的时候开辟了自行车和摩托车停泊的区域。

第二次世界大战之后，弗里斯兰大门附近的住宿客栈日渐没落，驿车号最终也难逃关张的命运。自此，那引以为傲的山墙风标也淡出了人们的视线，这栋建筑后来唯一留存下来的是前门窗户上的驿车号图案。如今的戴克街11号是一家小食店。

XVI

炮弹屋斜对面运河边上的110号装饰着铲子的建筑（House with the Spades）建于1609年，它有一面阿尔克马尔最漂亮的垂直阶梯形的山墙，山墙石头上面包师傅的铲子告诉我们，当时这里是阿尔克马尔糕点师工作的地方。我们还能看见前面的起重钩和装卸门（现在是窗户），它表明这座宏伟的建筑也曾用作仓库，以当时的情况看，应该是谷仓。楼下的房屋改成了商店，里面还安装了百叶窗用以展示商品。

在奶酪市场附近的运河上，砖拱桥的中间是米恩特街（Mient）。那里有排街灯，过去是实施枷刑的地方。"枷刑"就是把罪犯装进颈手枷里游街示众，人们可以往犯人身上扔烂水果或别的东西。

更引人注目的是，这里从右到左分别是修建有漂亮山墙的房子：桑蚕馆（Zijdeworm）、皇冠宫（Kroon）和琉温堡（Leeuwenburg）。

桑蚕馆归一个丝绸商人所有。

皇冠宫是典型的文艺复兴晚期风格，前面有一面装饰丰富的山墙，上面一块色彩鲜艳的石块上镶嵌了一顶皇冠，挨着它的是阿尔克马尔和霍伦（Hoorn）的城市纹章。此外，你还能看见两尊女性的雕塑：希望女神（右）和信仰女神（左）。

建于 1609 年的装饰着铲子的建筑，这里曾是糕点师工作的地方

从右至左：桑蚕馆、皇冠宫、琉温堡

　　霍伦离阿姆斯特丹40分钟火车车程，它曾是17世纪荷兰东印度公司全盛时期的港口城市。我有位中学的女同学嫁于此，但由于我们不是同一班级的，不熟悉，只是微信联系而已。到了荷兰后，她倒是盛情邀请我们去霍伦游玩，可惜时间不够了，否则让她介绍一下霍伦，一定很精彩。

　　琉温堡是一位名叫琉温伯格的独立创业人在1707年建造的，他在装饰精美的屋檐上放置了两尊砂岩狮子来代表自己的名字，不过，这两尊狮子的姿势并不优美，因为它们的屁股对着阿尔克马尔的城市纹章。这一点与他之前在市议会遭遇的不愉快经历有关，他向市议会提出的房屋建造申请等了很久，城市建筑师一而再，再而三地修改图纸，直到第四次才允许他修建山墙。他很生气，就把狮子这么放置。

XVII

　　皇冠宫值得我们多说几句，因为它曾经是阿尔克马尔的天价房子。

　　1566年，它的第一任屋主、红酒商人雅各·格里兹去世，他的儿子格里特·科伦为了继承这栋房子，支付了巨额的房产税，可谓是倾囊而出。每年，税务官都会根据这栋建筑的烟囱数、门窗数和建筑平面图尺寸来确定需要支付的税费。1587年，科伦去世。之后的一个世纪，皇冠宫先后换过好几任主人，其中不乏富有的商人和政界高层，比如阿尔克马尔市长和丝绸商人。

1650年，布商丹尼尔·涅琉斯用1万荷兰盾买下了皇冠宫，他来自安特卫普，在此之前曾在梅德堡和阿姆斯特丹短暂停留过。在阿尔克马尔，丹尼尔成了上市布料的质检官。对于他而言，这只是个名誉头衔，他并不因此而获得什么薪酬。但是，这一头衔带给他的"收益"远远超过了薪酬，在某种程度上，他就是一个无冕之王，而皇冠宫正好和他本人在阿尔克马尔所处的地位相得益彰。丹尼尔将建筑进行了现代化的翻新，木结构的山墙顶端多出了一截阶梯山墙，山墙角落更是装饰了砂岩材质和异域花卉。

日常生活中，这位新屋主其实与荷兰政府格格不入，当时他是抗议党派的一员。而与他同样格格不入的宗教信仰更是遍布于房子四周，除了山墙一左一右的女神雕塑外。根据传说，山墙顶上还有一尊代表爱的雕塑，但是这尊雕像的下落和当初被移除的缘故全部变成了历史留给后人的谜。

1689年，这位新屋主去世后留下了一笔数额十分可观的遗产，这笔资产的红利足够支付抗议党派的成员继续活动的经费。

1690年，皇冠宫以5000荷兰盾的价格卖给了瓜尔特鲁斯·塞曼，塞曼和太太萨拉在搬回荷兰的阿尔克马尔安度晚年之前，曾在荷兰东印度公司的属地生活了好久。不幸的是，塞曼本人在搬回阿尔克马尔之后不到两年的时间就故去了。

1701年，这栋建筑再次以5000荷兰盾的价格出售给了律师亚利斯·凡·德尔·梅登，亚利斯的妻子是安娜·科伦，这位科伦小姐正是该建筑的第一代主人科伦的后人。梅登夫妇育有两子，亚利斯和安娜相继过世之后，他们的长子雅各回来继承了缅恩特街31号，他的弟弟阿德里安和时任总督奥兰治-拿骚亲王威廉

皇冠宫

琉温堡

四世是关系很好的朋友。后来，阿德里安也因为是亲王朋友的缘故搬到当时的荷兰政治权力中心海牙，并在那儿成为议会的议员。

1759年，阿德里安的儿子买下了皇冠宫，他再次对这栋建筑进行了翻新，石制的立面取代了原本木制的矮立面，建筑的后屋也整合成设施完善的住宅。

1849年，烘焙大师凡·登·博斯克花了2500荷兰盾买下了这栋皇冠之屋，计划在屋子后面的空地上修建一座烘焙坊。博斯克虽然是个烘焙师傅，同时也是个非常有创造力的商人，1880年，他成立了一家人造黄油工厂。他死后，两个儿子接棒成为工厂掌门人，一直到世纪之交，这家工厂的雇员达到125人。他们的姐姐后来也住在皇冠宫里，直到她1925年过世。

1925年，皇冠宫辗转到了亨德里克·德·凯泽协会的名下，这个协会是专门负责荷兰知名古建筑的维护和保存的。次年，协会对皇冠宫进行了整体翻新，更换了18世纪安装的承重梁。1968年，这栋历经400多年的建筑接受了更进一步的翻新。皇冠宫仍旧维持了其16世纪初建时的框架，建筑一层立面上的大型装饰墙帽也是原始的，其制作年份为1546年。

XVIII

皮埃特磨坊

皮埃特磨坊（Mill of Piet）得名于皮埃特家族，他们家世代守护着这个磨坊。它离奶酪广场很远，在原来的城墙附近。根据古代地图上的信息，当时的城墙上已经有10座磨坊，人们通过磨坊利用风能。19世纪时期，城墙上所有的磨坊除了这座都被摧毁了。17世纪时的木质磨坊1769年被石头磨坊所替代，那是一种圆形的塔楼，可以碾磨谷物。

怀尔德曼救济院

有意思的是，我们按照猫途鹰搜索，到了当地，没见到风车，却看见对面的高墙上有风车的影子在旋转。我们绕了个大圈，才发现了高处的风车。

阿尔克马尔还有两处古旧的救济院，我们没来得及参观，应该有些意思吧。一处是怀尔德曼救济院（Almshouses of Wildeman），入口上方有一尊温文尔雅的男子雕像，以此缅怀慷慨的捐助者怀尔德曼（Wildeman，1627—1702年），他最终决定把所有的资产用来建造救济院。入口两侧的雕像分别代表"需求者"和"年老者"：这些都是最初救济院接济的对象。

救济院还帮助那些被定罪的女人，她们必须诚信守法，并且必须是阿尔克马尔当地人（一般是未婚女子或者寡妇），同时还要宣布再也不会与男子有联系才能得到救济。内院，时光仿佛就此停止。当然现在住在这里的妇女大多既不老也不穷，也允许男性参观。

入口上方有一尊温文尔雅的男子雕像

斯普林特救济院（Hofje van Splinter）是阿尔克马尔的第二大救济院，修建于1646年。最初是为了救济八位陷入贫穷的未婚女子。救济院要求女孩子们准时回家，男性不得靠近这座房子。如今，规定已不像以前那样严苛，但仍居住着八个未婚女子。

装饰着铲子的运河建筑旁的一条窄巷鲜花盛开，极美，我们忍不住走了进去。中午时分的巷子静悄悄的，我的手机镜头捕捉到一排房子。窗帘怎么是红色的？这是阿姆斯特丹老城区橱窗女郎的标准色，有些煞风景啊。突然发现一间空屋里站着一个女郎笑盈盈地看着我，原来这里也是红灯区。真是猝不及防，我忙拉着儿子离开此地。

斯普林特救济院

XIX

按照我的理解，奶酪市场是阿尔克马尔的中心之一，另一个中心在圣劳伦斯教堂和市政厅（City Hall）附近，那里还有一条宽阔的商业街。

大约公元900年左右，阿尔克马尔的第一批居民在湖水环绕的一座木制礼拜堂周围安居下来。最古老的遗迹是建于11世纪的罗马泥炭石厅教堂，15世纪下半叶，人们建了一座高塔，它在1468年的一次暴力冲突中倒塌了，当时还杀了两名修女。现在雄伟的圣劳伦斯教堂是1470年开始修建的，1520年完工。这座教堂是一个带有十字翼部的、具有哥特式建筑风格的大殿。

1573年之前，这是一家天主教堂，在那段时间里，教会和市政并没有分割，

圣劳伦斯教堂内景

这就意味着市政对教堂负有直接的责任，所以教堂越是高大壮丽就意味着城市越是繁荣。人们对上帝及其圣徒的崇拜需要一个装饰华丽的教堂，教堂里必须配备祭坛、圣徒雕像、壁画和五彩窗户。

天主教盛行的时代里，高高的祭坛是一座教堂里最为重要的所在：这是举行大弥撒的场所。高坛设在教堂的东面，因为是太阳升起的方向：这也象征了基督之光。

宗教改革之后，新教成了国教。1573年，教堂也转变为新教教堂。《圣经》是新教教义的中心所在，所有的崇拜方式皆被废弃，教堂的装饰也逐步减少。

一些城市接连发生了破坏偶像的骚乱，阿尔克马尔却风平浪静。渐渐的，圣徒的雕像和祭坛也被裁撤。这段时间，市政议会负责维持着教会的正常秩序，而圣劳伦斯教堂就成为阿尔克马尔新教教会的焦点所在。

1795年之后，发生了宗教解放和政教分离，市政停止了对教会的各项管理，从而直接导致资金的短缺。出于资金的需求，教会不得不变卖一些极具价值的艺术品以维持生计。

XX

除了一些世界级的大教堂，我一般很少详细关注教堂的历史。可我在认真地阅读圣劳伦斯教堂内的简介时，发现这家大教堂的气氛不对劲。

它竟然有个咖啡厅区域，还有一个大型的展览区域，展出内容是新闻纪实照片，最有名的是俄罗斯驻土耳其大使被当地保安刺杀的场景。

我继续认真地阅读下去：

"这座教堂成为阿尔克马尔居民日常生活的焦点所在已经有900年了，它是当地居民庆祝、哀悼、玩耍、祈祷和相聚的首选之地，这就是这座教堂最为朴实的意义所在。

圣劳伦斯教堂内的展厅和咖啡厅

　　"墓碑、讲坛和朝圣立柱上留下的刻痕：这些都是教堂在岁月长河里留给我们的历史痕迹，是一个又一个来到这里的人留下的痕迹。此外，历史上的暴乱事件所留下的痕迹也随处可见。而那些堪称伟大的宗教艺术品，比如华丽的风琴和天顶画，更是唤起了人们对于那个时代的关注。并不是所有的东西都能经受住时间的考验的，但与教堂息息相关的这些却历久弥新，仍然保持了最初的那份活力。延续了9个世纪的历史，看似尘封于教堂深处的宝藏，终于在时间的洗礼下回归于世人眼前，重新书写浩瀚迷人的教堂编年史。

　　"1996年，教堂停止了其作为宗教的功能：如今教堂的所有权和维持由两个基金会署理。修复和日常维护所用的资金则通过募捐和补助来募集。

　　"教堂曾经是阿尔克马尔居民日常宗教生活和相聚会友的首选之地，孩子们也可以在这里尽情玩耍。如今人们依旧可以欣赏这座宏伟的纪念建筑，或是在这里欣赏音乐会和展览，或是在这里举行婚礼，抑或是举办其他庆典。伟大的圣劳伦斯教堂一如既往，依旧与大家同在。"

　　这个地方从1996年开始成为展销会、研讨会、音乐会、招待会和婚礼的所在，唯独不再是教堂。

几百年前的阿尔克马尔人绝不会想到有这一天，我们曾在运河边冷清的巷子里寻找抗议派教堂（Remonstrant Church），它隐藏在一道木质拱门后，铁栅栏上雕刻着字母R和K。这里原先是个粮仓，从1658年起成了一个秘密聚会地点。据介绍，教堂内部华美，有着木质的筒形穹顶，还有许多楼厢，松木地板闪烁着细沙般的光芒。我们到了门口，但这里好像在修缮，不能进去，没法搞清抗议派教堂当年的状况。但从年代看，当时天主教当道，抗议派教堂应该是反抗天主教的。

无论如何，这是一家秘密教堂，冒着如此大的风险去建造一个不小的教堂，他们的信仰是坚定的。

我们在荷兰北部走了一圈，发现当地许多教堂的状况与圣劳伦斯大同小异，教堂成了博物馆而已。比如，今天我们还能在圣劳伦斯教堂看到有500年历史的管风琴，它是整个荷兰境内最古老的一架仍可以正常演奏的管风琴，是让·凡·科维伦斯在1511年制作的。这架管风琴留存至今堪称奇迹，1638年的时候，人们原本打算拆除它的音管，重装到主管风琴上。幸运的是，当时的经费足够购买主管风琴所需的崭新音管，所以这架风琴的小型音管未被拆除。如今，这架管风琴作为后备乐器，在主管风琴发生故障检修时用来应急。除了少部分零件的调整，这架管风琴大体上保留了其原本的面貌。

荷兰的大教堂不再是教堂（最有名的可能是马斯特里赫特的教堂书店），这在欧洲是极为少见的。当新教教堂成为单纯的博物馆时，哪怕是游客，进去的意义也不大吧。因为新教教堂本身已经不在乎建筑的装饰和器物的美感，一旦失去了宗教的气氛，只不过是空旷的大厅而已。

有着 500 年历史的管风琴

XXI

阿尔克马尔市政厅台阶下有两个小窗户：在过去，那些被判死刑的人关在左侧窗户下，其他囚犯关在右侧窗户那间。哈勒姆的长官每两年会去一次阿尔克马尔以完成他那可怕的工作。1821年，街道后面的市政厅前聚集了许多人，教堂响起了钟声，那场面太可怕了，鞭笞、溺毙、砍头、绞刑和火刑纷纷在这里上演，人们尖叫着跑开。之后，那些尸体会被运到城外，被当作警示绑在绞刑架上。

1870年，荷兰废除了绞刑。

1500年左右，这座建筑需要修整，一些教会管理者为此提供了资金。入口上方的铭文说明修整工作始于1509年，真正开始是在1520年。

1890年，一场大火摧毁了这幢建筑的大部分，里面的档案也付之一炬。1812年到1914年间，市政厅开始翻新，这标志着一系列整修工作的开始。门口的两尊雕像代表着"真理"与"正义"。

欧洲的市政厅一般都能参观，但这里不行，据说至今仍有部分官员在这办公。

XXII

市政厅旁有古老的贵族宅邸莫里安谢德（Moriaanshoofd），它原来是一家酒馆。1718年，西蒙·斯哈亨买下了这幢房子，接着，他花了近一年时间把它彻底现代化。同当时的许多建筑一样，他用尖尖的屋顶来代表自己的职业——一个"好法官"。这些雕像描述了智慧、谨慎和警戒等美德。

事实上，西蒙既不是一个正直的人，他的私生活也不顺利。第一任妻子去世后，他同一个富有的寡妇再婚，后妻善妒又多疑，传闻她要求改建这幢房子所有的窗户，这样她就可以在丈夫去兰格街散步时监视他。她生性多疑，两人结婚后，她并没把东西都搬到西蒙家去。有一天，西蒙偷走了她的债券，此事最终闹上了法庭。当然，这对他的声誉造成了影响。

阿尔克马尔市政厅

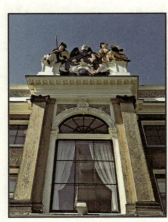

莫里安谢德

XXIII

　　市政厅不远处的索纳法院（Court of Sonoy）有个壮观的塔楼，这里曾经是修道院。1572年归市区管辖后，开始收容那些整修城墙时房子被摧毁、无家可归的人。保卫战后，迪艾德里克·凡·索纳买下了这所房子，并在此住了几年。

　　索纳是个声名狼藉的人，1567年，他拒绝宣誓效忠西班牙国王。1568年，为了将西班牙人赶出低地，他同八个反叛贵族达成妥协。1572年，奥兰治的威廉王子任命索纳为北荷兰总督，在此之前，他已经是效忠于威廉的间谍了。

　　索纳既勇敢又残酷，每个人都怕他。他对嫌疑人施以酷刑，不放过任何与西班牙人有关的蛛丝马迹。他炸掉了艾格蒙特的屋顶和沟渠。在奥特莱克，因为听闻这里的人勾结西班牙人，他就一把火烧了所有的房子。有传闻说他在征战雷德堡时，把女人和孩子当成挡箭牌，因而声名狼藉。

　　1591年，威廉·范·巴德斯买下了这幢房子，还修建了一个八角形的塔楼。据推测，该塔楼是瞭望塔。

索纳法院

XXIV

阿尔克马尔有不少名人逸事,这里摘取几段:

1811年拿破仑参观被占领的尼德兰时也来过阿尔克马尔,当时的市长要求所有的运河和街道都要装饰一番,还在肯内梅尔门(皮埃特磨坊附近)旁布置了一个凯旋门。得知这位国王将由弗里斯兰门经过时,凯旋门被匆忙移了过去。

几个小时后,拿破仑终于到了,然而他只是匆匆看了一眼,连马都没换就走了。即便是在专门举办的城市权利授予活动上,他都没离开过马车。记者们目睹了这位坏脾气的国王从这个城市一晃而过。

第二天有报纸语带讥讽地报道:"下午4点左右,我们有幸见到拿破仑大帝经过……"

XXV

霍夫斯街(Hofstraat)15号以前是阿尔克马尔最有趣的人之一——科内利斯·德雷贝尔(1572—1633年)的房子。科内利斯虽没上过大学,但在哈勒姆跟着雕刻师亨德里克·格济乌斯做学徒,格济乌斯热衷于炼金术,毫无疑问,他激发了科内利斯的热情。

科内利斯发明了很多东西,包括水银温度计、显微镜和"永动机",永动机其实是个时钟,可以用来指示时间、日期和季节,而且不用上发条。英格兰国王詹姆斯一世听说永动机后,邀请他到皇宫里演示。国王对此很惊讶,委任他设计潜艇,这也成了他最伟大的发明。他在自家老房子前的水塘里进行了第一次潜水测试,因此,街对面的小巷至今仍被称为"小水塘"。

科内利斯是那个时代的天才,他发明了远超于时代的物品,许多发明神秘的面纱至今仍未被揭开。比如,其中一项发明被描述为:使伦敦威斯敏斯特教堂在炎炎夏日中变得寒冷,以至于詹姆斯国王被冻得跑出去了。

大概1808年到1942年间，这幢老房子被当作犹太教的教堂。二战前，阿尔克马尔犹太社区人口有213人，战后仅有6人生还。2011年，这座教堂重新启用，成为一个多功能的犹太教中心。屋顶上刻着先知哈该的名言"这座房子最后一定能获得比当初更大的荣耀"。

XXVI

1590年，另一个科内利斯（科内利斯·科曼斯）出生于阿尔克马尔。1602年荷兰东印度公司成立的时候，富有冒险精神的他已经嗅到了来自遥远异域的那充满熏香的气息。1610年，他签下合同，成为东印度公司的水手，并被任命为公司旗下白狮号的大副。自此，他的事业飞黄腾达，最终成为世界第一家跨国贸易公司在远东的首席采购员。出于职务的要求，他经常要和亚齐特区（即今天的印度尼西亚）的统治者谈判，大量购买辣椒和其他香辛料。

十多年之后，科曼斯回到荷兰，并从东印度公司获得了300荷兰盾的退休费。虽然他算是数一数二的富人，但一直到去世他都未婚，也没有子女，他在遗嘱里将一部分钱留给了阿尔克马尔的穷人，另一部分则投资债券，将每年的红利作为生活费留给侄子、侄女及侄孙、侄重孙等后代。今天，与科曼斯有血缘关系的后代仍然可以享受到每年3欧元的年金。

第十七章

海牙莫瑞泰斯皇家美术馆

（上）

I

荷兰的地域狭小，理论上，从阿姆斯特丹出发去境内的任何城市，都可以当日来回。但我还是选择在海牙（Hague）住几天，主要原因是海牙不可能一天玩完，多次往返不值得。

欧洲的铁路交通非常发达，荷兰与比利时这种小国尤其。我玩欧洲一般采取大本营策略，就是在一个地方住下，然后辐射周围的其他地方。

选择这个大本营，首先当然是能辐射周围，但自身也应该是一个中心城市，可以方便多次游玩。我们当年玩意大利的托斯卡纳，就犯了一个错误，把大本营先设在基安蒂的一个城堡民宿，后来是附近的一个山村。事后发现，我们的选择是错误的，即便有自驾的车辆。

比如我们要享受托斯卡纳的乡村之美，设法找一个城堡民宿或山寨民宿就够了。要做大本营，还得住在值得多次玩的中心城市。我们去了三次锡耶纳，因为天气太热，出来太晚，每次只能玩几个小时。锡耶纳就应该是理想的大本营。

荷兰和比利时这种小国最适合大本营策略。但像法国、德国、意大利这样的欧洲大国，就有些困难了。尤其是碰到直线型的一连串的小城镇，还有从北到南环绕的城市，大本营的中心辐射策略就会失效。

II

从阿姆斯特丹去海牙只需50分钟。到了海牙火车站，发现都是现代画家蒙德里安（Piet Cornelies Mondrian，1872—1944年）的抽象图案象征物，后来我发现荷兰的不少火车外观也是蒙德里安式的。

火车站离我们住的希尔顿酒店很近，如果我们没有大件行李，走个1公里多也就到了。我们到了酒店后才知道这种距离，如果是在匈牙利和捷克这种东欧小国，从火车站出发的出租车司机无论如何都不会打表，会直接报个高价。像意大

海牙火车站

海牙火车站里蒙德里安式的建筑

利的这种素质介于东西欧的出租车司机，就有可能绕路，多收点费用。荷兰、比利时的司机素质是比较高的，这种事情不会干，但脸色可能会很难看。这也能理解，毕竟辛辛苦苦地排队，最后获得这么不佳的路程。第一次送我们的司机，我没有在意他的脸色。接着，我们从海牙去鹿特丹（Rotterdam），黄昏时分回到海牙火车站，遇到的出租车司机的脸色就不好看了。我们也只能忍一下吧。第三天，我们从海牙去代尔夫特（Delft），黄昏时回到海牙火车站，我走到第一辆出租车前。怎么又是昨天的司机啊，我差点不想上了，但不上，也不符合规矩啊。上车后，我一直偷看他的神情。比较奇怪的是，他今天的脸色很平静，认命了吧。车子很快到了酒店门口，他也没有任何表示，收完钱，车子呼地开走了。

Ⅲ

我们每次去比较小的欧洲城市，只要住大教堂广场附近的酒店就可以了，那里一般是市中心。荷兰的新教化很彻底，如海牙还真不容易找到这么个大教堂广场市中心。我刚到海牙希尔顿酒店，也没有发现什么热闹的所在。经酒店前台的推荐，让我们沿着街道走10分钟左右，去一家古老的餐厅用餐。我们走了一段路，发现这应该是海牙的市中心或主街了，建筑考究，商店热闹，一般的地方没有如此景象。海牙人口只有50万，已经是荷兰第三大城市了，它与阿姆斯特丹等城市不同，没有运河环绕，却很干净朴素，优哉游哉。

海牙当地一家古老的餐厅

IV

我每次去旅游，最担心的是心仪的景点因故关门，而这个城市今后不会再来。所以，我到一个地方，总是希望把自己最喜欢的景点先游完，才能放心。

据说，海牙的莫瑞泰斯皇家美术馆（Mauritshuis）小而美，两个小时可以参观完毕。我们吃完午饭，三点不到，我想用三个小时去看莫瑞泰斯皇家美术馆足够了。

没想到虽然莫瑞泰斯皇家美术馆的空间确实不大，但里面的作品很精彩，至少需要一个下午，于是我们的参观就显得匆匆了。

维米尔创作的世界名画《戴珍珠耳环的少女》出现在莫瑞泰斯皇家美术馆外墙悬挂的巨型广告中。这是当代美术馆展示自己镇馆之宝的套路，屡见不鲜。但

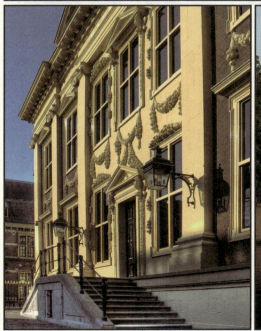

海牙莫瑞泰斯皇家美术馆

《艺术的对话》记录道，曾经担任纽约大都会博物馆馆长31年的菲利普·德·蒙特贝罗，他看到这个景象，还没进去，就发了脾气。进入大厅买票的时候，他的气还没消。在那里，这幅最知名的藏品再次被制作成了巨型彩色海报，在人们面前"碍眼"。过去30年间，以这幅画为题材曾出版了两部小说，拍摄过一部故事片，编排过一部舞台剧。

蒙特贝罗感叹："现在我甚至都不想看这幅画了，他们把她给毁了。我们还没进来，她出现在我们眼前就不下十次，真是牵强附会！他们得把所有的海报都撤掉！芝加哥或柏林之所以挂这些是因为真品不在那里，但是莫瑞泰斯还拿这种巨型广告碍眼就不可饶恕！这种做法只能削弱原作的影响力和震撼力，为什么要这么做？它扼杀了观者对作品的新鲜感，抑制了探寻的冲动，消解了作品带来的惊艳。我想自己看到真品时可能会说：'噢，她就在那里呀！'之后便不想再待在那里！"

蒙特贝罗说的状况确实存在，但不是博物馆门前的海报，而是日常阅读中的图画，尤其是精美的画册。海报可以一扫而过，画册却是需要认真研读的。偶然看看，没事；问题是如果是一幅名画，经常出现在你眼前，如果你再去美术馆看真迹，一时间不容易聚焦。

如果真迹要比照片的面积大得多，震撼仍然会有。比较麻烦的是真迹与图画尺幅差不多的情况。我记得第一次去卢浮宫，看到《蒙娜丽莎》，就不知道如何是好。她没有给我想象中的惊喜，似乎见不见都没关系。

这可能像一对男女在网络上认识，他们彼此多次看过对方的照片，真的在现实中相遇，倒是一下子找不到感觉了。

我那次在卢浮宫，倒是被维米尔的另一幅《花边女工》给吸引了。这幅画以前看过，可没有《蒙娜丽莎》那么熟，有种不期而遇的惊喜。

V

我在维米尔展厅看到《戴珍珠耳环的少女》（*Girl with a Pearl Earing*）后，倒还是喜欢。维米尔的大部分画都有这个特点，耐看，可以反复地看。

过去20年间，《戴珍珠耳环的少女》已成为莫瑞泰斯皇家美术馆的象征，主要得益于人们对于维米尔以及基于这幅画的小说和电影不断加深的认识和喜爱。19世纪一位法国艺术评论家"重新发现"维米尔之后，维米尔才开始为人熟知。这幅画出现在1881年的海牙拍卖会上时，当时只有著名的艺术顾问维克多·德·斯图尔斯和收藏家阿诺德·德斯·托梅认出这是维米尔的画作。他们商量好不再互相竞价，然后德斯·托梅以不可思议的低价，即约两个荷兰盾购得这幅油画。清洗好之后，可以明显看出这幅画是维米尔的一幅伟大的作品。这位收藏家把《戴珍珠耳环的少女》出借给了莫瑞泰斯皇家美术馆。在莫瑞泰斯皇家美术馆不知情的情况下，德斯·托梅在遗嘱中写到去世后把这幅画留给美术馆。自1903年起，这幅画一直是美术馆藏品的一部分。

莫瑞泰斯皇家美术馆整修和扩建时期（2012—2014年），这幅画在世界各地展出，包括东京、神户、旧金山、亚特兰大、纽约和博洛尼亚等城市。"少女"所到的每个地方，都会引起轰动。

VI

《维米尔》的传记作家让·布兰科独辟蹊径，认为维米尔身处当年激烈竞争的荷兰绘画市场，他非常注重提升自己名字的价值，提升自己艺术的价值，他将提升价值的做法精心嵌入每一幅作品里。这就意味着维米尔的画应该立足于高品质之上，这一品质在观众和潜在买主的眼里是很容易识别出来的。

维米尔始终极为重视作品的珍宝特性，因为他希望能够把珍宝那样的价值赋予自己的作品。现收藏于柏林画廊的《戴珍珠项链的女子》（详见"中欧之行"

《戴珍珠耳环的少女》，维米尔，约 1665 年，海牙莫瑞泰斯皇家美术馆藏

《戴珍珠项链的女子》，维米尔，约 1664 年，柏林画廊藏

系列）是一个例子，另一经典就是《戴珍珠耳环的少女》。

画家将所有与珍宝相关的传统品质都展现在这幅画里，首先是作品的画幅小（46.5厘米×40厘米），自从17世纪下半叶起，风靡欧洲的那种钟情小巧精致艺术品的浪潮也开始在荷兰共和国盛行起来，早在100多年前，这一浪潮就已席卷英国和法国。这一浪潮的特征就是许多人都喜欢购买小巧精致的艺术品，这些艺术品大多来自法国、瑞士和英国。

维米尔创作时一直在跟随这个潮流，而且跟得相当紧，他的不少作品都是小幅的。在创作这些"珍宝"时，维米尔不仅满足在"小幅画面"上去绘画，而且是一直在设法借助成熟的技法将油画画得更精致、更准确。《戴珍珠耳环的少女》就是这样创作出来的。

VII

布兰科介绍说，人们最近对这幅油画进行了修复。在修复过程中，人们才更清楚地了解到这幅画是如何创作的，画家所采用的技法又是何等的细腻：维米尔先为画布涂上一层厚厚的白底色，白色略微发黄，内含白铅粉、白垩粉，也许还含有一点富锰棕土，无论是暗色的背景，还是面孔、头巾以及紧身衣，画中所有最阴暗的部位都用黑色及土色的混合颜料仔细地涂抹过，然后再用淡淡的赭石颜料定型。

鼻子上那浅浅的阴影是在一层红底生漆上绘制的，而鼻子、右脸颊以及额头的明亮部分则是在厚厚的乳白色涂层上一笔笔描绘出来的。在某些部位，创作进展得非常缓慢，因为他要在这些部位上涂许多遍透明的淡色。所有的肤色部位就是用这种方法处理的，在突起部位用透色画好之后，维米尔再薄薄地覆盖上一层透明的肉色，甚至把画刷落下的细毛都留在颜料里。

至于说皮肤的阴暗部分，要是那层薄薄的透明肉色下面没有深色的底色，或者未画在暗色的区域上，那么皮肤的阴暗部分也要用这种手法来处理。

尽管如此，画面的其他部位则用更自由的手法去处理，维米尔并不想把各种材料的细节展示出来，不过他倒更愿意去再现那种质感的效果。头巾是用"湿画法"画出来的，画家将贵重的天青石与白铅粉掺和在一起，然后再把混合物涂在一层透明的蓝色上，但明亮部分不需要涂抹。同样，在对珍珠耳环经过仔细研究之后，人们发现耳环更像是朦胧的暗示，而非通过描绘细节画出来。维米尔在少女脖颈那淡褐色的阴影部分覆上一层薄薄的白颜料，这足以让人去猜想珍珠耳环椭圆的形态，在耳环的下部敷上更多的颜料，从而让人感觉珍珠耳环将白色衣领投映出来。

通过这些微小的细节，维米尔将一幅油画创作得更完美，唯有这样，才能让一幅小画在有限的空间里显得更加生动。采用明亮的强色彩，再用白色去画明亮部分，这让眼睛看上去格外有神，而粉红色的斑点又加重了嘴唇的厚重感，尤其是嘴角那部分，同时还让嘴唇有一种湿润感。

最后，为了不让少女的面容在阴暗的背景下勾勒得过于鲜明，维米尔沿着她的面部轮廓画了一圈似颤非颤的渐弱色彩，给少女的图像平添了一些活力及动感效果。

VIII

我们回头一看，《戴珍珠耳环的少女》的对面是维米尔的另一幅《代尔夫特风景》（*View of Delft*）。

我个人更欣赏后者，这也是不少人的看法吧。

1921年巴黎国立现代美术馆（Musée National d'Art Moderne）举行了一场规模空前的荷兰艺术展，其中包括这幅《代尔夫特风景》。现代小说家马塞尔·普鲁斯特（Marcel Proust，1871—1922年）早在20年前就见过这幅画，不过他还是决定再去看看。于是5月24日上午9点15分，他一改上午入睡的习惯，和一位艺术评论家朋友一同前往参观。

那天上午站在作品前，普鲁斯特的身体状况并不太好，总感到晕眩、乏力。18个月之后，即1922年11月，他溘然长逝。普鲁斯特以当天的经历为素材，在其长篇小说《追忆似水年华》的尾声作了描写。小说中的评论家贝戈特在看到这幅画时也感到晕眩，并死在了画前。他的视线永远定格在"一小块带有斜坡式屋顶的黄色墙面"上，对他而言，这就具备了中国艺术大师之作才拥有的那种自信之美，也正是贝戈特认为值得评述的地方。他去世时，口中一直念着"一小片黄色的墙"。

IX

蒙特贝罗论道："这就是那块黄色墙面吧，它吸收了太阳的光芒，令前方的水闸笼罩在阴影之中。我们现在的位置恰好能捕捉到那丝丝跳动的光芒，再远些就看不到了。你想象自己身处画中的船上，缓缓划动船桨，穿过小桥进入了那片仿佛凝固了的水域之中。画中靠前位置上的女子，身上的衣服就像刚打发好的鲜奶油。"

"即使这是一幅名画，其内涵丰富，手法繁复，且让人百看不厌，却同样存在一个问题，即在它面前流连得越久，不管是你希望的还是必须如此，你就越发感到内疚。也许这样做会妨碍其他希望一睹真容的观者，你只好离开，即使感到沮丧也毫无办法。几乎不可能重温普鲁斯特抑或贝戈特的观画体验（即司汤达综合征），这幅画炙手可热，人们对它趋之若鹜，谁有时间在它面前晕倒？更别提因其死亡了。"

我倒是在这幅画前面看了很久，当人多的时候，我就去一边看其他的画。等到人少了，我再回过头去看。当我要离开美术馆时，又一次跑去看了它。

《代尔夫特风景》，维米尔，1660—1661年，海牙莫瑞泰斯皇家美术馆藏

莫瑞泰斯皇家美术馆馆长埃米利·戈登克（Emilie Gordenker）表示她喜欢的一幅馆藏画就是《代尔夫特风景》。这位馆长自己写了一本推荐莫瑞泰斯皇家美术馆作品的小册子，我下面会按照她的叙述眼光来看一些作品。

她写道：

《狄安娜和她的同伴》，维米尔，约 1654 —1656 年，海牙莫瑞泰斯皇家美术馆藏

这是一幅城市风景画，是维米尔生活和工作的城市风景画，他选择了从东南方观察的视角。我们仿佛站在斯凯运河的岸边，面向三角形的科尔克港口。这座城市的描绘如此细致，以至于我们至今仍能辨认出里面的建筑物。背景里中间偏右的地方，矗立着新教堂塔，被穿过云层的阳光照亮。在维米尔生活的时代，这个河道本来应该异常的繁忙。然而，维米尔并没有描绘来来往往的船只和货物，而是选择描绘这样宁静和谐的场景。为了描绘完全协调的天际线，他调整了建筑物的高度和位置，他把前景中的人物画得很小，使这座城市显得出乎意料的宏伟。云朵和天气在不断变化，仿佛这座城市刚刚被一场阵雨冲刷过，但一切都是那么的寂静、安宁。总之，正是不同物体表面光线的运用使得这幅画与众不同。

在《戴珍珠耳环的少女》与《代尔夫特风景》之间的是《狄安娜和她的同伴》（*Diana and Her Companions*）。这幅画与维米尔绝大多数作品风格迥异，《维米尔》的作者塔萨提斯认为它有可能是意大利画家的作品。让·布兰科却认为这幅画可能受到在阿姆斯特丹的老师梵鲁的影响，还是维米尔的早期作品。

XI

莫瑞泰斯皇家美术馆也有几幅伦勃朗的名作，最有名的当属《杜普医生的解剖课》（*The Anatomy Lesson of Dr. Nicolaes Tulp*）。伦勃朗就是凭借着这幅阿姆斯特丹外科医生公会成员的群像画在荷兰画坛获得了突破性的进展。伦勃朗通过强烈的明暗对比和巧妙的构图创造出了令人激动的场景，其中倾斜地摆放着一具尸体。公会首领是尼古拉斯·杜普医生，画中的他正在为他人做示范。通过文档的记载可以确认其他积极地参与其中的人的身份，有些人甚至身体前倾以便近距离地观察。画中的即时效果让人感觉自己似乎就站在手术室中，已经成为他们中的一员。

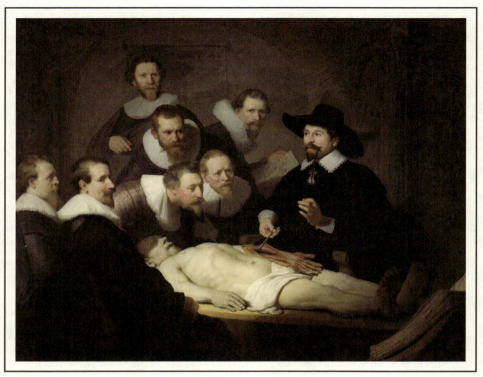

《杜普医生的解剖课》，伦勃朗，1632年，海牙莫瑞泰斯皇家美术馆藏

　　为了达到戏剧效果，伦勃朗对真实的场景做了很多修改。解剖课本来应该有很多听众，而不仅仅是这样的小群体。为了减少解剖尸体的气味，解剖示范应该从肠的解剖开始。杜普的姿势和用于讲解的前臂不是依照生活中的样子画的，而是取材于佛兰德斯解剖家安德雷亚斯·维萨里重要的解剖著作中的肖像。解剖示范的尸体属于一个叫作阿里斯·金特的罪犯，他由于抢劫罪被判死刑，而后被绞死。金特是个惯偷，他以前因被判罪行刑失去右手。透过X光，可以看出画家最初画的是金特失去右手的残臂，后来又决定在上面画上右手，只是因年久而有些许褪色。

XII

伦勃朗作品的很多方面都可谓实至名归,但是《西缅的颂歌》(*Simeon's song of Praise*)充分展现了他作为叙事画家不可思议的能力。伦勃朗精准地选择了故事中最生动的时刻,而且总能成功地捕捉最富情感和最具人性的元素。伦勃朗创作这幅有关圣经的画作时还是个年轻的画家,当时尚未在阿姆斯特丹获得巨大成功。

这幅画讲述了《路加福音》中西缅的故事。玛利亚和约瑟夫的孩子耶稣举行完割礼之后,他们去耶路撒冷的圣殿把他们的长子献给主,并用两只稚鸽献祭。西缅是一个公义又虔诚的人,他得到圣灵的启示,知道自己未死前必然会看到基督。玛利亚和约瑟夫进入圣殿时,西缅接过他们的孩子,用手抱着,称颂神说:"主啊,如今可以照你的话,释放仆人安然去世;因为我的眼睛已经看到你的救恩。"(《路加福音》2:25)

尽管画板很小,伦勃朗聪明地利用光线的明暗创造出极大的空间。他选择了这个场景中最温柔的时刻,即西缅抬起头歌颂主的瞬间。西缅跪在一片唤起神的启示的救恩之光里,玛利亚和手里拿着两只鸽子的约瑟夫跪在他的旁边,露出惊讶的神情。两臂举起的高大人物可能是女先知安娜,她的影子笼罩在其他人身上,使他们显得更加脆弱。各行各业的人物一层层地安置在圣殿中,每个人都专注地看着,并参与其中,我们作为这幅画的观赏者同样如此。

XIII

伦勃朗在其事业生涯中创作过很多自画像,以至于他的面貌对我们来说像家人一样熟悉。《自画像》表现的是临终时的伦勃朗,他的皮肤松弛,眼睛下面出现眼袋,但是还如往常般机警。这幅画所代表的伦勃朗的晚期风格更臻完美,既粗犷又类似素描,同时极具感染力。多层画面的堆叠使得这幅画成为真正的三维

《西缅的颂歌》，伦勃朗，1631 年，海牙莫瑞泰斯皇家美术馆藏

《自画像》，伦勃朗，1669 年，海牙莫瑞泰斯皇家美术馆藏

画，人物显得栩栩如生。X射线显示，伦勃朗最初画的是自己在画室时戴的当时流行的白帽子。后来，他只用画笔画了几笔流畅的线条，就把白帽子变成了华丽的头巾。

很长一段时间里，莫瑞泰斯皇家美术馆的这幅自画像一直被认为是伦勃朗1669年临终那年画的唯一一幅自画像。很多人认为，他们在画中看到了他忧郁和精疲力竭的表情。然后伦勃朗同一年作的另一幅自画像在英国伦敦国家画廊被发现，那幅画中没有伦勃朗即将寿终正寝的任何迹象。后来，伦勃朗1669年作的第三幅自画像在佛罗伦萨的乌菲齐美术馆（The Uffizi Gallery）中出现。莫瑞泰斯皇家美术馆馆长埃米利认为："这件事非常具有警示意义，它告诉我们美术史学家如何轻易地把自己的想法投射到画作上，而这些想法实际上与事实毫不相干。"

《开心男孩》，哈尔斯，约 1625 年，海牙莫瑞泰斯皇家美术馆藏

XIV

我们再看看几幅在阿姆斯特丹国家博物馆中已经相遇过的荷兰大师作品。

哈尔斯的小型圆板油画《开心男孩》（*Laughing Boy*）不是为了展示某个特定的人物，相反，这是针对纯粹的快乐表情的习作。画中的小男孩灿烂地笑着，整个人都洋溢着快乐的气息。与一般荷兰油画不同的是，这幅画中的男孩露出牙齿。以现在的标准看，牙齿可能有点发黑，但这丝毫不能减弱小男孩的快乐。

1968年，戈尔德施密特（罗斯柴尔德女爵玛丽）把这幅画有条件地卖给美术馆。1918年，她在青春年少时购买了这幅画并且非常喜欢它，她坚持一年中9

个月的时间要保有这幅画，所以美术馆只能在剩下的3个月中展出它。1968年到1973年间，莫瑞泰斯皇家美术馆馆长每年要往返巴黎两次去取画和还画。

扬·斯特恩的《小孩吹管老人唱》是画家杂乱无章的家庭场景画的典范。实际上，荷兰的一句习语"一个扬·斯特恩式的家庭"恰当地描述了一种特别混乱无序的家庭生活。整个场景围绕着中间坐在桌子旁边的祖母展开，她正在唱着歌词纸上的歌。歌名清晰可见，《小孩吹管老人唱》（*As the Old Sing, So Pipe the Young*），这和阿姆斯特丹国家博物馆的画家的作品《快乐的家庭》的寓意是一样的：上梁不正下梁歪。

中间偏右戴着帽子的男子就是画家本人，我们在《快乐的家庭》也见识过，他正在教一个小男孩抽烟斗，仿佛是为了强调"孩子吹管"，他们后面的一个男

《小孩吹管老人唱》，斯特恩，约 1665 年，海牙莫瑞泰斯皇家美术馆藏

孩在演奏风笛。左边背景中的鹦鹉也暗指学习和模仿的主题。坐在前景中，手里举着一大杯酒的母亲，让别人给她倒更多的酒。祖父坐在她的后面，戴着一顶孩子洗礼时戴的帽子；斯特恩可能对孩子父亲的身份表示怀疑。正如他一贯的做法，斯特恩并没有强调画里的说教意义，而是着重表现这幅画的幽默和有趣。

XV

斯特恩的《吃牡蛎的女孩》（*The Oyster Eater*）是他最小的画作，看起来像微型画，而且与精细派画家的风格极为相似。画中的年轻女子身着华丽的毛边天鹅绒短上衣，坐着吃牡蛎。斯特恩精致地描绘了女子面前的静物，连同罐子、酒杯、盛盐的银盘、放胡椒的锥形容器和吃了一半的面包。牡蛎散放在桌布上，她后面厨房里的两个佣人还在剥开更多的牡蛎。

《吃牡蛎的女孩》，斯特恩，约1658—1660年，海牙莫瑞泰斯皇家美术馆藏

这位年轻女子往手中的牡蛎上撒了一点盐，轻佻地直视着画外。这并不足为奇，因为17世纪时人们认为牡蛎是春药，现在人们有时仍这样认为。没有人跟她分享这激动人心的一餐，所以她直视画外，邀请我们与她分享牡蛎。斯特恩通过她身后的带天篷的床精准地传达了这个信息。尼古拉斯·马斯的《年老的花边女工》（*The Lacemaker*）中的老妇与

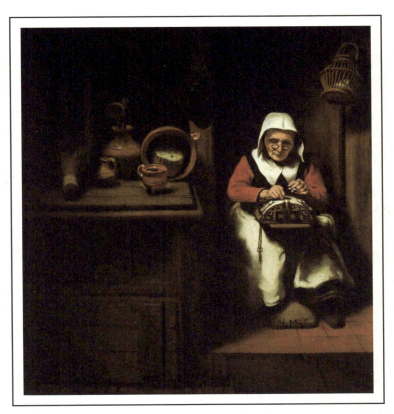

《年老的花边女工》，马斯，约 1655 年，海牙莫瑞泰斯皇家美术馆藏

阿姆斯特丹国家博物馆内画家的《祈祷中的老妇》主人公很相似，而从两幅画中强烈的明暗对比手法与和谐的人物描绘中仍然可以看到他的老师伦勃朗的影响。

这幅画的空间整齐地分为两半。左半边是闪着光泽的陶罐和其他器皿的出色的静物画，右半边坐着一个编织梭结花边的老妇人，专注地工作着。勤奋和专注是她做这项复杂的工作必需的品质，这两种品质在17世纪被视为美德。尼古拉斯·马斯在老妇人的暖脚器上醒目地签上自己的名字，埃米利认为"他完全没必要这样做。画中温暖的橘红和棕色的色彩是这个画家特有的风格，不可能是其他人所作"。

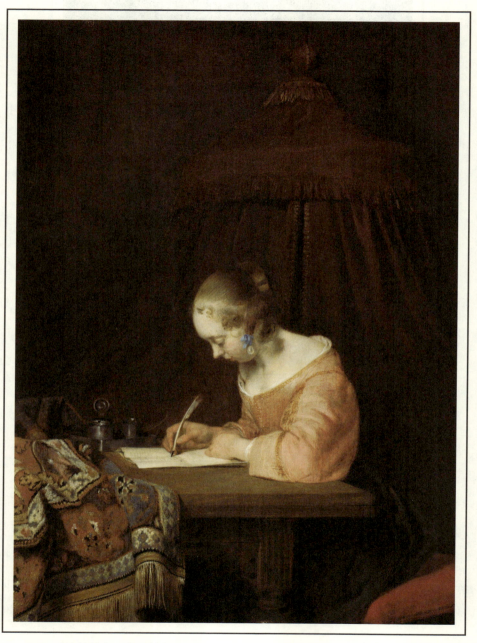

《写信的女子》，博尔奇，约 1655 年，海牙莫瑞泰斯皇家美术馆藏

XVI

博尔奇的《写信的女子》（*Woman Writing a Letter*），如同马斯的画作，这幅画描绘的是一个室内的女子，同样被一种微妙的红色主导，但除此之外就没有相似之处了。这不是一间简朴的厨房，而是一间雅致的内厅，室内放置着一张带天篷的床和一张部分覆盖着贵重的东方式地毯的桌子。这位年轻的女子正用旁边的青灰色墨水坐在桌边写信。她身着金色锦缎上衣，发式时髦，戴着一只很大的装饰有蓝色丝带的珍珠耳环。场景中的所有事物，从写信到昂贵的服装和家具，无不彰显了女子富裕的家境。这种画有女子在雅致内厅里安静地专注于自己的活动的作品启发了维米尔等画家。

在博尔奇生活的时代，写信非常流行，而且荷兰女性是当时西欧识字率最高的群体之一。这幅画中，信纸被折成两页，上面已经写了很多字，所以这个女子可能在检查自己写好的信的内容。"尽管我们非常愿意相信她在写一封情书，但是无法确定是否如此。无论如何，我们有足够的理由相信她的信跟她的外表一样优雅。"

XVII

从1550年左右到1850年，荷兰经历了很长时间严寒的冬季和相对凉爽的夏季。冬天时，水路被冰封，陆路上覆盖着白雪，使得人们的娱乐活动转移到了冰上。阿维坎普是描绘这种冬季场景最杰出的画家，他是专门创作荷兰冬季人们外出活动场景的油画大师。

亨德里克·阿维坎普的《在冰上》比他在阿姆斯特丹国家博物馆的《冬景》晚创作两年，但大同小异。我们可以看到远处天寒地冻的风景，那里天空阴沉、笼罩着难以形容的寒冷、昏暗和潮湿的氛围。画家在场景的每个角落都画上了细致描绘的人物，前景中间的时髦女子，穿着黄色的绸缎上衣，戴着用黑色羽毛

《在冰上》，阿维坎普，约 1610 年，海牙莫瑞泰斯皇家美术馆藏

装饰的帽子，披着红色肩带，穿着搭配上衣的袜子，娴熟地滑着冰。她周围手持长棍的人在打叩尔夫（一种综合冰球和高尔夫元素的早期运动）。中景中有几个年轻的女子，其中一个摔倒在冰面上，露出了自己的屁股。左侧岸边有人坠入冰窟，还有人跑着救他们。无论你看过多少次这幅画，总能从中发现有趣的细节。

XVIII

毫无疑问，雅各布·凡·鲁伊斯达尔是他那个时代最重要的荷兰风景画家，他不遗余力地探索描绘自己家乡的平坦的乡村、氛围和天空的方法。《带有漂白场的哈勒姆风景》（*View of Haarlem with Bleaching Grounds*）展示了哈勒姆和阿尔克马尔附近的沙丘后面的景色，是一种17世纪的藏品中被称为"小哈勒姆"的画作。鲁伊斯达尔至少创作了15幅类似的风景画，但是这幅最具感染力。

画家选择的是沙丘上的视角，这是可以俯瞰地平线上的哈勒姆市区和田野的有利位置。鲁伊斯达尔构图的三分之二用于描绘典型的荷兰天空，空中布满了快速掠过的积云。太阳透过云缝洒下来，片片阳光照亮了风景中的元素。

前景中的人们正在铺开亚麻布条，使其在阳光下漂白。跟啤酒酿造业一样，亚麻加工业是哈勒姆最重要的行业之一，整个过程耗时很长，需要两到三个月时间，包括用碱液浸泡亚麻布，冲洗干净，然后铺在田里，在这里再次用沙丘水把亚麻布冲洗干净。

埃米利回忆道：有一次，我带着一位爱尔兰的名人参观美术馆的藏品时，她对这幅画的反应令我非常惊讶。她看到这幅画后大喊道："啊，我还能闻到它的气味！"显然，当她还是住在贝尔法斯特城外的小女孩时，漂白业仍然比较兴盛。她告诉我那种气味令人难以忍受。对于她来说，鲁伊斯达尔不仅唤起了人们对于哈勒姆附近风景的外观和氛围的记忆，还唤起了对此处气味的记忆。

《带有漂白场的哈勒姆风景》，鲁伊斯达尔，约 1670—1675 年，
海牙莫瑞泰斯皇家美术馆藏

XIX

伦勃朗在莱顿工作和生活的时期，赫里特·道（Gerrit Dou，1613—1675年）与他关系密切。道一直留在莱顿，并逐渐成为现在被称作的"精细派画家"，擅长创作充满细节、表面光滑如镜的画作。

在《年轻的母亲》（*The Young Mother*）中，有着高高的天花板的宽敞房间里，打开的窗户旁边坐着一个年轻的女子，她放下针线活抬头看着，一个少女跪在柳条摇篮旁边，摇篮里躺着一个熟睡的婴儿。前景里的人物和一些物品都沐浴

《年轻的母亲》，赫里特·道，1658年，
海牙莫瑞泰斯皇家美术馆藏

在阳光下。背景幽暗，但是可以模糊地看到厨房和里面的几个人。所有的家庭物品都散落在房间里，每一件都描绘得非常精细。人们把这种类似日常生活快照的场景的画叫作风俗画。这并不是实际场景的精确体现，但是看起来却很像实际生活的场景。

埃米利介绍说，这幅《年轻的母亲》曾挂在洛宫花园中伦勃朗的《西缅的颂歌》的旁边。英国国王查理二世很可能是在海牙流亡期间得知了这幅画作。1660年，他作为国王回到英国时，荷兰政府决定送他外交礼物以表敬意，其中就包括《年轻的母亲》。这幅画一直是英国宫廷收藏品中的明星作品，直到1689年的荷兰执政威廉三世成为英国国王，才把它带回荷兰。

XX

卡尔·法布里蒂乌斯（Carel Fabritius，1622—1654年）的《金翅雀》（*The Goldfinch*）运用宽舒而自由的笔触，有时候厚厚地堆叠在一起，制造出这是一只真实小鸟的非凡的错觉。画家描绘了足够多的细节，所以我们可以辨认这只鸟的品种。荷兰人亲切地称之为"汲水鸟"，因为它可以用拴在铁链上的小桶从碗或杯子里汲水。这幅小型画作是为谁以及为何而作仍然是个谜。这幅画的画板是从更大的木板上锯下来的一块相当厚的木板，研究者认为这幅画很可能是鸟笼或者家具的一部分。我们无法确定这幅画的用途，但是它肯定是作为欺骗人们视觉的"错视画"而创作的，而这幅画作为"错视画"非常成功。饲料盒的透视效果、投射在粗糙的石灰墙上的阴影和小鸟俏皮的表情构成一种错觉，即这只鸟是活生生的，而且正在放声歌唱。

《金翅雀》，法布里蒂乌斯，1654 年，
海牙莫瑞泰斯皇家美术馆藏

法布里蒂乌斯去世的那年，他在这幅画上署名并注上了日期。他曾在阿姆斯特丹的伦勃朗的画室中作画，之后在代尔夫特定居。他在这座城市的一次弹药库爆炸事故中丧生，这次事故还引发了一场大火。法布里蒂乌斯的很多画作在这场大火中遭到彻底损毁，因此这幅画不仅是受人喜爱的优秀画作，而且是非常稀有的。

这幅画作的相关故事写入了小说《金翅雀》，我特意买来了，作为赴海牙莫瑞泰斯博物馆的准备。可我一翻阅，就没有了阅读的兴趣，结果让儿子去读了。我觉得没必要在画作背后讲所谓的故事，作品本身可以说明许多。

19世纪时，莫瑞泰斯皇家美术馆不是因为维米尔和伦勃朗的画作出名，而是因保卢斯·波特（Paulus Potter，1625—1654年）的《公牛》（*The Young Bull*）而闻名天下。这幅画因其显著的自然主义而被视为荷兰油画的典范，而且因其大幅的画作而令人赞叹（235.5厘米×339厘米，它是美术馆最大的藏品）。

埃米利写道："对我来说，这幅画总能让我想起一个德克萨斯州大农场的拜访者的逸事。"他在一间木质的餐厅里坐下吃晚餐时，注意到墙上挂着一系列油画，画的都是优质公牛。主人问：牛排是否好吃？他礼貌地回答说，牛排非常美味。主人公用他的刀具指着墙上的一幅公牛的油画说："看到了吗？"客人点点头。然后主人骄傲地指着他们盘子里的牛排说："这是它身上的肉。"

《公牛》，保卢斯·波特，约 1647 年，海牙莫瑞泰斯皇家美术馆藏

　　我们可以想象，如同德克萨斯的农场主一样，一个骄傲的农民委托波特为他最好的公牛作一幅与实物大小相同的油画，但是这与事实相差甚远。实际上，这头公牛身体的不同部位并不匹配，牛角和垂肉属于两岁左右的公牛；较大的恒牙显示这头公牛是三岁或四岁；牛的前半段发育良好，但是后腿及臀部瘦而光滑；而且视角也不准确。我们可以推断出这是一幅非常巧妙的虚构图，是根据画家在生活中的研究，在画室创作出来的，所以它不可能是一头真正的优质公牛画像。

XXII

　　荷兰是一个沿海国家，无论是内陆的航道、海洋、海岸边海水滞留形成的池塘或通过堤坝围海造地的低地中都蓄满了水。17世纪时，荷兰在国际海上贸易中拥有举足轻重的地位。所以，荷兰的风景画以海洋和河道为主要特征是不足为奇的，这些画通常描绘水陆交接处的风景。

《海滩风景》，维列格，1643 年，海牙莫瑞泰斯皇家美术馆藏

　　埃米利选择西蒙·德·维列格（Simon de Vlieger，约1601—1653年）的《海滩风景》（*Beach View*），是因为其中捕捉到的荷兰海滩的美景，看起来跟如今的海滩别无二致。

　　作为擅长海洋油画的大师，维列格通常会运用多种颜色。但是在这幅画中，他用了有限的灰色和棕色颜料激发人们对狂风阵阵的海洋和海滩的印象。如同鲁伊斯达尔一样，他着重描绘了阴云密布的天空。海洋上还剩下几艘船；其他船都靠近海岸停在海滩上。海滩上挤满了渔民，都在做着日常的活计。在前景中，一对衣着考究的夫妇带着一条狗和一个孩子站在沙丘上，俯瞰着全部的风景。观画者甚至可以感觉到贯穿整个场景的阵阵狂风。

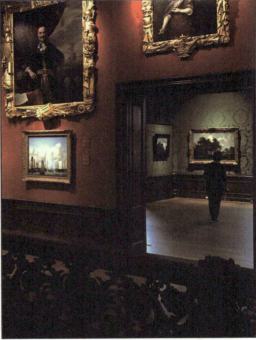

海牙莫瑞泰斯皇家美术馆内景

第十八章

海牙莫瑞泰斯皇家美术馆

（下）

I

　　鲁伊斯达尔和维列格这类画家专注于创作荷兰的美景和人物，其他画家则把目光转向异域，尤其是转往意大利来寻求灵感。这样的旅行比我们今天想象的还要常见，而且人们认为这对真正的画家来说是必不可少的。实际上，年轻的伦勃朗就因为不听艺术鉴赏家向南旅行的建议而遭到批评。很多荷兰画家都在意大利创作风景和古迹的速写，几乎所有的荷兰画家都加入了所谓的"志同道合者"（Bentvueghels）社交圈，而且据说他们是这个比较嘈杂的社交生活的中心；他们只有回家之后才开始进行认真的创作。卡雷尔·杜·雅尔丹（Karel du Jardin，1622—1678年）就是这样的画家。

《年轻牧羊人与狗嬉戏的意大利风景画》，卡雷尔·杜·雅尔丹，约 1660—1665 年，
海牙莫瑞泰斯皇家美术馆藏

杜·雅尔丹去意大利旅行过不止一次，但是《年轻牧羊人与狗嬉戏的意大利风景画》（*Italian Landscape with a Young Shepherd Playing with his Dog*）这幅生动的油画却是在阿姆斯特丹创作的。这种风景与鲁伊斯达尔画中平坦而水系丰富的哈勒姆截然不同，这个山丘起伏的郊野没有建筑物或其他人类活动的迹象。这里的风景沐浴在意大利金色的阳光下，对荷兰人来说显得温暖而充满异域风情。总之，这幅画描绘了一个欢快的场景：在黄昏的阳光下，一个年轻的牧羊人正在跟他的狗嬉戏，他放牧的动物在旁边静静地吃草。不难想象，在荷兰潮湿阴暗的冬季，这幅画对那里的收藏家来说极具吸引力。

II

与杜·雅尔丹一样，弗兰斯·波斯特（Frans Post，1612—1680年）也描绘外国的风景，《伊塔马拉半岛的风景》（*View of Itamaracá Island in Brazil*）这幅几乎基于真实场景的油画创作于巴西。拿骚-锡根亲王约翰·毛里茨，即委托建造莫瑞泰斯皇家美术馆的人，被荷兰西印度公司任命为荷兰在巴西的殖民地的总督，如今他在巴西可能比在荷兰更加有名。1636到1644年，在约翰·毛里茨任总督期间，他平息了葡萄牙的叛乱，建造了巴西的新首都，即以其创立者命名的莫里斯泰德（Mauritsstad）。如此一来，他为贸易的繁荣创造了很好的环境。然而，贸易的成功主要归功于种植糖料作物的奴工，他们种植的作物都被运到了荷兰共和国。

毛里茨是一个有见识的总督，他的兴趣不仅仅在于经济和军事的成功。他对巴西的当地人和本土的植物、动物都非常好奇，他把很多科学家带到了巴西，他们在这里创作了有关巴西的著作。画家波斯特等也是由毛里茨带到巴西的，波斯特描绘的巴西风景非常逼真，有着天然的魅力。《伊塔马拉半岛的风景》是这位画家在巴西创作的仅有的七幅画作之一。

《伊塔马拉半岛的风景》，弗兰斯·波斯特，1637年，海牙莫瑞泰斯皇家美术馆藏

III

  埃米利介绍莫瑞泰斯皇家美术馆不仅收藏名家的画作，也收藏了不太知名的画家的优秀画作。《静物：陶罐和烟斗》（*Still Life with Earthenware Jug and Clay Pipes*）这幅质量上乘的油画是由已基本被画家圈子遗忘的一位画家所作，皮耶特·范·安莱德特（Pieter van Anraadt，约1635—1678年）在乌特勒支（Utrecht）接受绘画训练，而且事业早期在阿姆斯特丹并未获得很大的成就。他主要在代芬特尔（Deventer）开展自己的事业，但是，他在那里为当地权贵所作的肖像画平平无奇，远不及这幅静物画来得精巧。

《静物：陶罐和烟斗》，皮耶特·范·安莱德特，1658 年，
海牙莫瑞泰斯皇家美术馆藏

这类静物画在17世纪作为"啤酒和烟斗画"为人所知。它描绘了一个韦斯特瓦尔德山的粗陶罐、一杯啤酒、一个装满热炭的炭火炉、一个锡镶盘、上面摆着的几个烟斗和一包含有烟草的旧纸，全都放在一张木桌上，桌子的一部分被一块绿布覆盖着。这幅画作没有明确的潜在含义，尽管17世纪的荷兰人对抽烟斗的态度各不相同，有的人因为它的药用价值而赞扬它，其他人则认为抽烟斗是放纵的、令人上瘾的恶习，但是所有的人都熟悉抽烟斗的用具。当时，人们通常每餐都要喝啤酒，包括早餐的时候，因为啤酒比普通的水更干净安全。总之，画中展现的物品非常普通。但非同寻常的是范·安莱德特对这些普通物品表面上的光线的捕捉能力，这使它们显得非常真实，触手可及，仿佛它们就放在我们的面前一样。

IV

同样，我看到阿德里安·柯尔特（Adriaen Coorte，1665—1707年）的《静物：草莓》（*Still Life with Wild Strawberries*），也觉得非常精彩，却不熟悉柯尔特是何方神圣。再仔细看埃米利的介绍，几十年前，柯尔特的名字几乎不为人知，但是如今他的名气犹如明星正在冉冉升起。柯尔特是最受当代艺术收藏家欢迎的画家之一，而且他的作品在艺术市场上的价格也非常昂贵。我们对柯尔特知之甚少，只知道他从1683到1707年在做油画家，地点可能是泽兰省。他很可能是自学成才的，因为他并未加入画家公会。柯尔特擅长此类静物画，大多数作品画幅较小，展现的是纯黑色背景下放在桌边的水果或蔬菜。

正如柯尔特的很多静物画的制作方式一样，这幅明信片大小的微型油画是先在纸上创作的，随后又粘贴在木板上。画家在桌子边缘署名并标上作画的时间：1705年。这幅作品的构图非常简单，但是画家却细心地使构图达到一种微妙的平衡。对我们来说，这些草莓是野生草莓，但实际上这是当时荷兰出售的唯一的草莓品种。白色花朵竖立在一堆草莓上，与桌子的水平线和底层的草莓形成对比。

柯尔特常常用侧光照亮要画的静物，这样叶子和茎的边缘在纯黑的背景下就非常显眼，仿佛背光似的。同样的光线照在草莓的凸起和草莓籽上，恰好烘托出草莓圆圆的形状和质感。这些草莓与我们现在通常吃的大草莓完全不同，但它们看起来美味可口，十分诱人。

V

荷兰人的静物画极具迷惑性。大安普罗修斯·博斯查尔特（Ambrosius Bosschaert the Elder，1573—1621年）的《室内的瓶中花》（*Vase of Flowers in a Window Niche*），这捧绚丽的花束插在漂亮的玻璃花瓶中，放置在窗台上，透过窗户可以看到远处虚构的深邃风景。我们可以辨认出其中30种花朵的品种，从花

《静物：草莓》，阿德里安·柯尔特，1705 年，海牙莫瑞泰斯皇家美术馆藏

《室内的瓶中花》，博斯查尔特，约 1618 年，海牙莫瑞泰斯皇家美术馆藏

束顶部的杂色鸢尾花到窗台上的康乃馨都清晰可辨。然而，这种情景不可能存在，因为这些花的花期是在一年中的不同时段，博斯查尔特基于自己对植物的研究，非常整齐地放置这些五颜六色的花朵。实际上，同样的植物也在他其他的作品中出现过，而且似乎别的画家也在他的作品上作过画。他用细腻的笔触描绘这些花朵、贝壳和昆虫，笔触如此流畅，整幅油画作品看起来就像是牛皮纸上的微型画。

17世纪时，由于人们对植物学越来越感兴趣，花卉画风靡一时，因此博斯查尔特的花卉画价值不菲。柯尔特主要在米德尔堡开展油画创作，后来也是在这个城市创作了他的草莓静物画。业余的植物学家对博斯查尔特的画十分推崇，愿意出高价购买他的画作，他也把画作出售给海牙的朝臣。

如今想购买这样的油画是完全不可能的，但据埃米利介绍，很多人会从美术馆的商店里购买画中玻璃花瓶的复制品，人们称之为"博斯查尔特花瓶"。

VI

按照莫瑞泰斯皇家美术馆馆长埃米利的看法，迪尔克·德·布雷（Dirck de Bray，约1635—1694年）的《静物：制作中的花束》（*Still Life with a Bouquet in the Making*）是非常适合收藏在莫瑞泰斯皇家美术馆中的藏品，作为不太知名的荷兰画家的杰出作品，其保存完好，尺寸较小，细节丰富，很好地补充了现有的藏品。多年来，美术馆一直想要购买这幅油画，但是画的主人非常喜欢它，不愿与之分离。这种情况改变之后，美术馆终于在2011年购得此作品。

这幅花卉画在当时非比寻常。布雷的作品非常稀有，现存的花卉静物画仅有七幅。这幅画的构图也与众不同，因为花束还没有制作完成，有一半左右的花朵仍然摆放在石桌上。不同于博斯查尔特油画中的花卉，这些花的花期都是在春天的同一个时期。这种绝美的安排显得随意、清新，似乎超前于当时的时代。

这幅画保存得非常完好。购买它之前，美术馆人员把画从画框中取下来，在亮光下仔细查看它。他们发现画板右手边背景的三分之一的高度处有一个细微的凹痕。画家肯定也注意到了这点，因为他利用这个不完美的地方，使之转化为一只沿着蛛丝向下爬的小蜘蛛。

《静物：制作中的花束》，布雷，1674 年，海牙莫瑞泰斯皇家美术馆藏

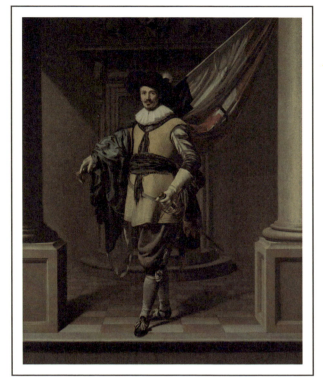

《旗手勒夫·弗雷德里克斯像》，凯泽，1626 年，
海牙莫瑞泰斯皇家美术馆藏

VII

托马斯·德·凯泽（Thomas de Keyser，1596/1597 — 1667年）的《旗手勒夫·弗雷德里克斯像》（*Portrait of Loef Vredericx as a Standard-Bearer*）流露出的骄傲实在难以用语言表达。模特的身份是阿姆斯特丹有名的银器匠勒夫·弗雷德里克斯，画板背面的署名可以证明这一点。1626年，他被任命为阿姆斯特丹市民警卫队的旗手。我们在之前的阿姆斯特丹和哈勒姆读画时知道，只有声誉良好的居民才能成为这种志愿军的成员；要成为旗手，还需要满足以下要求：未婚、年轻、足够强壮到能扛起沉重的旗帜以及出身良好。

为了庆祝自己获得旗手这一光荣的任命，勒夫委托阿姆斯特丹当时最著名的肖像画家为盛装的自己作画。旗手是市民警卫队中着装最华丽多彩的成员。这幅在荷兰少见的全身肖像画，同样表现了勒夫对自己国家和城市的自豪。在门的上方刚好可以看到阿姆斯特丹的盾牌徽章，荷兰的狮子和"为了祖国"的字样装饰的旗帜。然而，画中人骄傲的气度和神情比任何配饰都要引人注目。

这幅画成为美术馆藏品的方式很特别。1924年，当时的莫瑞泰斯皇家美术馆馆长威廉·马丁在俄国旅行，他在圣彼得堡附近的加特契纳发现了这幅肖像画，并根据门上的图案成功辨认出这是德·凯泽的画作。1930年左右，俄国共产党大量出售国家藏品中的油画时，马丁为美术馆抢购了这幅油画。

VIII

雅各布·范·坎彭（Jacob van Campen，1596—1657年）的《康斯坦丁·惠更斯和苏珊娜·范·拜尔勒的双人像》（*Double portrait of Constantijn Huygens and his wife Susanna van Baerle*）中的人物和画家与莫瑞泰斯皇家美术馆渊源颇深。埃米利介绍：因此，这幅画被重新发现后不久，就开展了一场以帮助美术馆获得该画为主题的活动。1992年，在美术馆的朋友们和很多私人捐赠者的帮助下，这幅画成为这里的藏品。

画中人惠更斯是荷兰三届执政长官弗雷德里克·亨德里克、威廉二世和威廉三世的秘书，是17世纪政坛和文坛中举足轻重的人物。作为著名的音乐家兼诗人，他还是油画及建筑鉴赏家。这幅画的作者坎彭主要作为建筑家闻名于世，曾设计了莫瑞泰斯皇家美术馆。约翰·毛里茨在巴西期间，委托惠更斯监管了美术馆的建造。实际上，惠更斯的房子也是由坎彭设计的，位于美术馆对面的街上；不幸的是，19世纪时他的房子遭到彻底的损毁。

现存的惠更斯像很多，但这是仅有的一幅他跟心爱的妻子的双人肖像画。不

《康斯坦丁·惠更斯和苏珊娜·范·拜尔勒的双人像》，坎彭，约 1635 年，
海牙莫瑞泰斯皇家美术馆藏

同寻常的是，画中人物一个以侧面示人，而另一个却直视观赏者。惠更斯在他的
很多诗里都表达了自己对苏珊娜的爱，还昵称她为"星星"。在这幅肖像画中，
夫妇两人拿着一张乐谱，彰显出他们婚姻的和谐。令人悲伤的是，这对伴侣的幸
福时光因为苏珊娜1637年的早逝而终结。

IX

毫无疑问，凯撒·范·埃弗丁恩（Caesar van Everdingen，1616—1678年）的《第欧根尼寻找诚实的人》（*Diogenes Looking for an Honest Man*）很特别，家族肖像、历史画和荷兰古典主义都融入这幅画中。这就是历史肖像画，展现真人扮演历史人物的肖像画。

这个故事讲的是希腊的哲学家第欧根尼在大白天提着一盏点亮的油灯在雅典城漫步，别人问他为什么这样做时，他回答说他正在寻找一个诚实的人。第欧根尼倡导简朴的生活方式，这里通过他朴素的衣着和左边的独轮手推车中的萝卜体现出来。第欧根尼在左边的背景中再次出现，他坐在桶中，把桶作为他的家。戴着头巾向他俯身的是亚历山大大帝，他许诺可以给第欧根尼一切他想要的东西，

《第欧根尼寻找诚实的人》，埃弗丁恩，1652 年，海牙莫瑞泰斯皇家美术馆藏

但是第欧根尼只希望他不要挡住自己的阳光。前景中的两条狗指的是第欧根尼的犬儒哲学派别，因其字面的意思是"犬"。

前景中的男子、女子和儿童都是著名而富裕的斯泰恩家族成员。右边身穿16世纪黑色服装的是这个家族祖先的遗像，非常怪异地跟他们的后代出现在同一场景中。这个故事发生在富有荷兰特色的市集上，看起来像是哈勒姆大广场，但不同的是这里有经典的装饰和虚构的细节。这幅画的构图及前景中构成长条横幅形状的人物像也是荷兰古典主义油画的典型特征。

X

莫瑞泰斯皇家美术馆藏品的一半是肖像画，但是阿德里安·哈恩曼（Adriaen Hanneman，约1603—1671年）的《与仆人一起的玛丽·斯图尔特的遗像》（*Posthumous Portrait of Mary I Stuart with a Servant*）因其异国情调而引人注目。主人公是玛丽·斯图尔特（1631—1660年），她是英国国王查理一世的女儿，也是荷兰执政威廉二世的妻子。

哈恩曼主要在伦敦作画，在那里他受到了安东尼·凡·戴克（Anthony van Dyck，1599—1641年）的强烈影响，甚至可能曾在他的画室内作画。由于画家的作品构图精致，有英国宫廷的风格，因此他成为在海牙的英国人社群最喜欢的画家。

这幅画作于玛丽·斯图尔特去世后的几年间，很可能是1664年左右。她穿着不寻常的服装，可能是假面剧的宫廷演出里穿的服装。她肩上披着由产自南美的羽毛制成的华美披风，由一个珍珠扣固定。头上戴着四周坠着珍珠串的大头巾，顶部装饰着更多的红色羽毛。这些配饰可能是由约翰·毛里茨从巴西带回的羽毛制成，他不仅带回了成袋的羽毛，还从巴西带回了类似的披风，其中五件披风仍然保存在丹麦国家博物馆（The National Museum of Denmark）中。玛丽旁边的黑人男仆由凡·戴克画中的仆人转化而来，进一步强化了画像的异域风情。

《与仆人一起的玛丽·斯图尔特的遗像》，哈恩曼，约 1664 年，
海牙莫瑞泰斯皇家美术馆藏

《逝去的小女孩像》，托帕斯，1682 年，海牙莫瑞泰斯皇家美术馆藏

XI

我第一眼看到她，以为是熟睡的女孩。但看到《逝去的小女孩像》（*Portrait of a Deceased Girl*）这个画的名字，才知道真相。

这幅画一直由范·瓦尔肯堡家族收藏超过三个世纪，直到1998年在一次展会上展出，它才为人所知。实际上，这是画家约翰内斯·托帕斯（Johannes Thopas，约1630—约1690/1695年）现存的唯一一幅油画，这令人惊讶，为了达到这幅画中技巧的高超水平，他肯定创作了更多的油画。毫无疑问，这幅画是现存的保存得最完好的临终肖像，而且华贵的红色天鹅绒窗帘和闪着光泽的绸缎被面使得这幅画非常富有色彩。

在那个婴儿死亡率很高的时代，夭折儿童的肖像并不少见。但是这样的事实丝毫不能减轻父母失去孩子的痛苦，因此人们委托画家绘制这样的肖像画，以留住对孩子生前的记忆。通过X光可以看出，画家最初画的孩子的双手是紧握在一起的，正如这类肖像画的传统画法一样，但是画家后来做了修改，以使小女孩的姿势更加自然。

XII

17世纪的油画家渴望创作历史题材画作，即关于神话故事或圣经故事的创作，当时的人们认为这是最负盛名的专长。乔吉姆·维特维尔（Joachim Wtewael，1566—1638年）是非常成功的历史油画家，而《遭到伏尔甘惊吓的玛尔斯和维纳斯》（*Mars and Venus Surprised by Vulcan*）就是令人激动的历史画的典范。

这幅画叙述了荷马和奥维德讲述的战神玛尔斯和爱神维纳斯的故事。维纳斯嫁给了火神伏尔甘，但是却私通玛尔斯。伏尔甘获得嫉妒的太阳神阿波罗的告密后，就用精铜锻造了一张网，把它铺在维纳斯的床上，而且正好在玛尔斯和维纳斯偷情时当场抓获他们。伏尔甘把他们带到诸神面前评理，后者却被这一幕逗笑了，浪荡子墨丘利甚至表示他愿意取代维纳斯床上的玛尔斯。

维特维尔画中的肌肉发达、姿势扭曲的人物是典型的矫饰主义风格。他在一块小铜板上作的这幅画，至今仍然保存完好，铜板坚硬耐用的表面非常适用创作技巧精湛、细节丰富的油画。

1757年，这幅画保存在洛宫花园，这里的物品清单显示这幅画储存在小橱柜中。据埃米利介绍，1900年前不久，莫瑞泰斯皇家美术馆的馆长也认为这幅画太过轻浮，不适合展出，所以就把它保存了起来。1929年，这幅画仍然没有公开，因为"公众还不够成熟，应该避免欣赏这样的画作"。

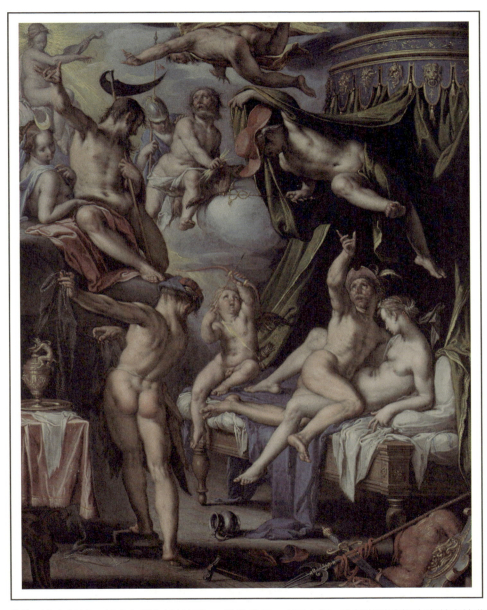

《遭到伏尔甘惊吓的玛尔斯和维纳斯》，维特维尔，1601 年，海牙莫瑞泰斯皇家美术馆藏

《莱斯皮奈特家族的男子肖像》，梅姆林，约 1485 — 1490 年，海牙莫瑞泰斯皇家美术馆藏

XIII

埃米利接着推荐的都是非荷兰的作品，而多数是尼德兰时期的画家作品，他们与荷兰"五百年前是一家"。

埃米利认为汉斯·梅姆林（Hans Memling，约1430—1494年）的《莱斯皮奈特家族的男子肖像》（*Portrait of a Man from the Lespinette Family*）就是"莫瑞泰斯皇家美术馆藏品"，即版式较小、保存完好、充满绝妙细节的画作。难怪1894年7月伦敦拍卖会上，当时的美术馆馆长布雷迪执着于竞买这幅画作。当时很多人都以为是意大利画家安托内罗（Antonello da Messina，约1430—1479年）1456到1479年之前的画作（关于安托内罗，参见拙著《冬日西西里》）。但布雷迪坚信这幅画是汉斯·梅姆林所作，而当时在荷兰公开的画作藏品中没有他的作品，所以他继续竞价，直到价格超过博物馆当年藏品购买预算的两倍多。后来的事实证明，布雷迪的预感是正确的，这幅画作至今仍然是荷兰的博物馆内唯一一幅梅姆林的肖像画。

这幅肖像画最初应该是一幅双联画的右半边，当时主人公描绘的可能是听其祷告的处女和儿童。人们无法确认男子的身份，但从画板后面的盾牌徽章可知他来自现在属于法国勃艮第的莱斯皮奈特家族。梅姆林如此精致地描绘了这个男子，我们似乎可以看到他外表的每个细节，从他紧身外衣上柔滑的猞猁毛到他鼻子上的伤疤都一清二楚。

梅姆林是第一个把模特置于风景前的画家。这不禁惹人遐想，模特左手边背景中的小教堂可能位于莱斯皮奈特家族的土地上。

XIV

2003年，在莫瑞泰斯皇家美术馆举办小汉斯·荷尔拜因（Hans Holbein the Younger，1497/1498—1543年）画展时，修复了《罗伯特·齐斯曼像》（*Portrait of Robert Cheseman*）。这次画展获得了远超预期的成功，而这幅画就是画展的明星作品之一。荷尔拜因最初在巴塞尔作画，后来定居英国，专门为朝臣或名人作肖像画。1536年的一份文档显示，他创作这幅画时是亨利八世的宫廷画家。

这幅肖像画蓝色背景里的题词揭示了主人公的身份，他是英国贵族罗伯特·齐斯曼，当时担任亨利八世的训鹰大臣。齐斯曼手中举着的猎鹰描绘得非常漂亮，以至于它甚至抢了齐斯曼本人的风头。隼是体型最大的猎鹰，荷尔拜因不仅捕捉到了拥有引人注目的爪子的隼的凶猛，也捕捉到了齐斯曼抚摸着隼的白色胸部绒毛时所表现出的柔和。主人公也非常显眼，因为他的特点鲜明、服装雍容华贵、表情有些心不在焉。

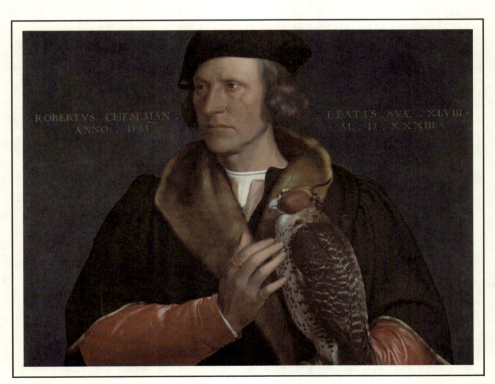

《罗伯特·齐斯曼像》，荷尔拜因，1533 年，海牙莫瑞泰斯皇家美术馆藏

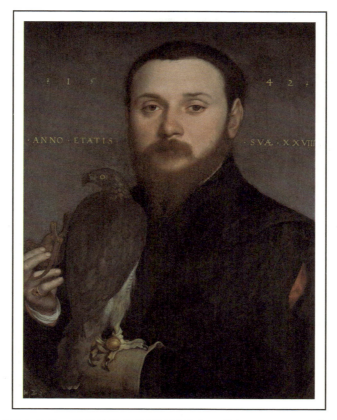

《手上站着一只猎鹰的贵族男子肖像》，荷尔拜因，1542 年，
海牙莫瑞泰斯皇家美术馆藏

如此典型的英国画作为何出现在海牙？从孩童时期开始，英国国王兼荷兰执政威廉三世就钟爱训鹰术。大约在1700年，他把这幅画连同另一幅荷尔拜因所作的一个英国贵族与一只隼的肖像画，运送到了他位于荷兰阿培尔顿的赫特·洛宫花园的狩猎别墅。威廉三世去世后，英国的安妮女王试图取回荷尔拜因的画作，但是未能如愿。1822年，这些画最终作为荷兰执政艺术收藏的一部分运送到莫瑞泰斯皇家美术馆。

《人类堕落时的伊甸园》，老扬·勃鲁盖尔＆鲁本斯，约1617年，海牙莫瑞泰斯皇家美术馆藏

XV

老扬·勃鲁盖尔（Jan Brueghel the Elder，1568—1625年）和鲁本斯是好友，经常一起合作画画，《人类堕落时的伊甸园》（*The Garden of Eden with the Fall of Man*）是其中之一。

在17世纪，画家们合作作画非常常见，而这幅画正是此类画作的杰出代表，它表现了夏娃把从蛇那里接受的禁果递给亚当时的伊甸园里的情景。

作为擅长高度细节化的充满人物和动物的风景画的画家，勃鲁盖尔首先画

了背景，左边留出一片空白区域，这样鲁本斯可以添加亚当和夏娃的人像、蛇和部分树的形象。这幅画很可能后来送到了鲁本斯的画室，鲁本斯添加了他画的部分，然后又把画作送还给勃鲁盖尔，勃鲁盖尔填补了人物周围的空白，并完成了最后的润色工作。

　　这幅画作保存得非常完好，每个细节都清晰可见。勃鲁盖尔在整个伊甸园中画满了植物、动物和昆虫。勃鲁盖尔可以在哈布斯堡大公艾伯特和伊萨贝拉的私人动物园里直接观察珍禽异兽，据埃米利所说，勃鲁盖尔把动物描绘得栩栩如生，这幅画至今吸引着很多来美术馆参观的小学生。

《持蜡烛的老妇人与小男孩》，鲁本斯，约 1616 — 1617 年，
海牙莫瑞泰斯皇家美术馆藏

XVI

鲁本斯的《持蜡烛的老妇人与小男孩》（*Old Woman and Boy with Candles*）放在美术馆展厅很显著的位置，我第一时间就想到了去年在德国德累斯顿历代大师画廊中鲁本斯的风格内容和创作年代几乎相同的一幅画，只是德累斯顿的那幅画在男孩边多了一个人。我当初很想在"中欧之行"系列中介绍它，但由于光线的关系，无论如何拍都看不清，也就作罢了。

埃米利认为，美术馆的这幅画对鲁本斯来说肯定非常特殊。1640年5月30日，鲁本斯去世时，他的艺术收藏品草拟清单中就包括这件作品，说明鲁本斯作完画之后就一直把它放在画室中。

鲁本斯在意大利的时候（1600—1608年）看到了卡拉瓦乔的作品，这些画作运用了强烈的明暗对比手法，而且简单背景下的小人物几乎充满了整个画框。鲁本斯回到安特卫普后不久创作了这幅画，这是尼德兰带有卡拉瓦乔风格的早期画作之一。

这幅画的主题始终是个谜。1617年后不久，这幅画的版画出现，鲁本斯在版画上刻下了古罗马诗人奥维德的作品《爱的艺术》中的部分内容。在《爱的艺术》中，奥维德描述了一位老妇人深夜缅怀逝去的爱的机会的场景。在这幅画中，鲁本斯运用烛光来凸显老妇人布满皱纹的脸和驼背的姿势。一个小男孩，洋溢着青春健康的气息，用老妇人手里的烛火点燃自己的蜡烛——难道老妇人是在趁着小男孩青春年少，向他传递自己随着岁月增长的享受生活和爱的智慧吗？

XVII

埃米利要我们注意凡·戴克的《安娜·韦克像》（*Portrait of Anna Wake*）和《彼得·史蒂文斯像》（*Portrait of Peeter Stevens*）这两幅肖像画中人物位置的不寻常。按照学院派肖像画的惯例，男子应该在左边，他妻子应该在右边。而这两

《安娜·韦克像》，凡·戴克，1628年，
海牙莫瑞泰斯皇家美术馆藏

幅画中的人物位置正好与之相反，这是富有的布料商人兼重要收藏家彼得·史蒂文斯在1627年委托凡·戴克为他作的肖像画。他的妻子是富商的女儿，她的肖像画是在他们结婚以后才添的，这是后来才产生的想法。

埃米利坦承凡·戴克是她非常喜爱的一位画家，尤其喜欢他对服装的描绘方法。凡·戴克的父亲是男子服饰店经销商，母亲非常擅长刺绣，因此他非常了解服装的力量，也能够给自己的画中人着装方面的建议，据说凡·戴克自己的着装也很漂亮。

《彼得·史蒂文斯像》，凡·戴克，1627年，
海牙莫瑞泰斯皇家美术馆藏

　　在这两幅肖像画中，夫妻二人身着黑色服装，但是他们的装饰毫不素淡，泛光的丝绸、昂贵的蕾丝、精巧的刺绣和安娜的珍珠项链，都是当下最流行的款式，也是非常适合这对"实力夫妇"的着装。

　　两幅肖像画的描绘方式也标志着这对夫妇的富有。他们也有出身优裕的人常有的安逸和自信，凡·戴克主要通过流畅地描绘他们慵懒的姿势和低角度的视角达到这样的效果。我们仰望着他们，正如当时安特卫普的其他人仰望他们一样。

《阿佩利斯画康巴斯白》，赫克特，约 1630 年，海牙莫瑞泰斯皇家美术馆藏

XVIII

　　威廉·凡·赫克特（Willem van Haecht，1593 — 1637年）的《阿佩利斯画康巴斯白》（*Apelles Painting Campaspe*）是这位佛兰德斯画家兼油画鉴赏家现存的仅有的三幅作品之一，充分展现了他作为油画家和鉴赏家的技巧。赫克特作为画家加入安特卫普画家公会，同时他也是艺术收藏家兼鲁本斯最重要的赞助人之一的科内利斯·范·德·吉斯特的藏品的管理者。

　　这幅画中的虚拟画廊构成了阿佩利斯和康巴斯白的故事背景，这个故事最初

是由古罗马作家老普林尼讲述的。阿佩利斯是亚历山大大帝的宫廷画家，他在为亚历山大最美的情妇康巴斯白作画时，无可救药地爱上她。亚历山大非常同情这位画家，于是在这幅优秀的肖像画完成后，作为奖赏，亚历山大就把康巴斯白赐给了阿佩利斯做他的妻子。画家们最喜欢以这个故事为题材，因为他们认为阿佩利斯是绘画艺术的化身。

我们现在仍然可以辨认出虚拟画廊里的很多幅油画，其中很多油画如今仍挂在欧洲最重要的博物馆的墙上熠熠生辉。比如，人物身后墙面下层的大幅油画就是《阿玛戎之战》，这是鲁本斯1615年左右为科内利斯作的画，如今悬挂在慕尼黑老绘画陈列馆（Alte Pinakothek）里。画中的雕塑馆是基于鲁本斯故居的雕塑收藏室创作的。毋庸置疑，这幅画是安特卫普油画艺术和油画家们成功的颂歌。

XIX

出乎意料的是，作为充满无生命物体的静物画，克拉拉·佩特斯（Clara Peeters，1594—约1657年）的《静物：奶酪、杏仁和椒盐卷饼》（*Still Life with Cheeses, Almonds and Pretzels*）似乎闪耀着生命的活力。静物表面着色细致，表现出各不相同的质地和反射的光线。画的左边，三块奶酪堆叠在一起，奶酪顶部放着一盘黄油刨花。旁边是盖有锡镴盖子的陶罐、一个加盖的威尼斯酒杯，后面是一块圆面包。在前景中，餐桌上放着两块椒盐卷饼、一把银质餐刀和一个精美的中式瓷盘，里面盛有杏仁、葡萄干和无花果干。

人们对克拉拉这位17世纪活跃在安特卫普的女画家知之甚少，但是她通过这幅画中的物体给我们留下了一些身份线索。陶罐盖子反射出的图像其实是画家本人的肖像，克拉拉还在银质餐刀的边缘刻上了自己的名字，餐刀上还刻有安特卫普银器匠的标志，这把餐刀很可能是结婚礼物。

2012年，美术馆从美国私人收藏家手中购得此画。

XX

1901年，美术馆馆长布雷迪自己在伦敦拍卖会上购买了法国画家夏尔丹（Jean-Baptiste-Simeon Chardin，1699—1779年）的《静物：铜锅、乳酪和鸡蛋》（*Still Life with Copper Pot, Cheese and Eggs*），然后立即将它借给了美术馆。1946年他去世后，这幅画和另外的25幅画都赠给了美术馆，其中很多画都是仍在展出的重要作品。

《静物：奶酪、杏仁和椒盐卷饼》，佩特斯，约 1615 年，海牙莫瑞泰斯皇家美术馆藏

《静物：铜锅、乳酪和鸡蛋》，夏尔丹，约 1730 — 1735 年，海牙莫瑞泰斯皇家美术馆藏

这幅画是最伟大的油画家之一的杰作，而且以光线和色彩的巧妙运用为特征，同样流露出荷兰和佛兰德斯绘画艺术对其的影响。可以把它与美术馆的其他几幅画进行比较，桌沿的构图使我们想起柯尔特，该画微不足道的主题非常接近克拉拉的风格，对物体细节化的描绘与荷兰风俗画相似，光线的运用让人想起维米尔大师。

　　莫瑞泰斯皇家美术馆后面的一汪湖水非常漂亮，旁边是集中了13至17世纪建筑的国家宫（Binnenhof）。美术馆下午6点关门，但天色暗下去还早，我们便坐在湖边放松一下情绪，很惬意。

莫瑞泰斯皇家美术馆后面是一汪漂亮的湖水

海牙国家宫

海牙国家宫

第十九章

1980年代中后期，当时流行一套《走向未来丛书》，其中有一本叫《GEB——一根永恒的金带》，里面介绍了一位很魔幻的艺术家莫里茨·科内利斯·埃舍尔（Maurits Cornelis Escher，1898—1972年）。我虽然看得似懂非懂，却很喜欢他这种理性与感性兼具的艺术表现手法。1989年我还买了一本叫《M. C. 埃舍尔的魔镜》的书，作者是荷兰数学家布鲁诺·恩斯特。我一直珍藏着它，等到儿子6岁的时候，就把这本书给了他，他果然被埃舍尔图画中的幻境给迷住了。

我知道海牙有一家埃舍尔美术馆（Escher in Het Paleis），就在离莫瑞泰斯皇家美术馆不远的地方，便在第二天走过去看看。埃舍尔的作品主要是版画，我以为与印刷品的区别不会太大，便准备到时看到他的版画，也就走马观花一番。没想到版画真迹有其独特的魅力，完全是书本上所没有的，结果越看越兴奋，直到美术馆关门，我们还是依依不舍。

埃舍尔美术馆

II

埃舍尔1898年出生于荷兰小城利尤瓦尔登，家境优渥，父母鼓励他们的孩子去发展自己的天分。1903年，埃舍尔一家随父亲来到德国边境旁的阿纳姆镇。1912年，埃舍尔开始在一所中学学习，他的学习成绩不好，包括他喜欢的绘画课都没及格。不是绘画老师刁难他，他的作业已经显示出其才气，但考试评委们对他的毕业绘画作品不以为然。由于毕业会考没过，埃舍尔不得不复读中学二年级。

终其一生，埃舍尔都把自己的读书时光描述为一个充满痛苦的时期。

在代尔夫特高等技术学院（他父亲曾经学习过的地方）就读一年后，埃舍尔还是决心成为一名图像艺术家。1919年，埃舍尔转到位于哈勒姆的建筑与装饰学校，学校注重培养学生的工艺水平。

埃舍尔很勤奋，所以学习成绩不算坏，他的艺术老师马斯奎尔对他的看法似乎有些矛盾，一方面很欣赏他的才华，另一方面，校长和马斯奎尔签署的1922年毕业生鉴定中这样写道："他太刻苦、勤奋，文哲气太浓；缺乏情调和随意发挥行为，很难称得上一个艺术家。"

马斯奎尔的这种矛盾的评价也是今后很长时间里艺术界对埃舍尔的态度。

但埃舍尔还是很尊敬这位犹太老师，经常拜访他，甚至在纳粹德国占领阿姆斯特丹期间也不曾间断。马斯奎尔一家在1944年被纳粹杀害，战后，埃舍尔组织了一次纪念导师的展览，展出的是他从马斯奎尔家里和画室中拯救出来的作品。

III

1924年6月，埃舍尔与一位瑞士工业家的女儿结婚，1925年搬到罗马的一所公寓，他的两个儿子分别于1926和1938年出生。

自1921年起，意大利成为埃舍尔绘画的精神圣地，他经常出游意大利，然后绘出自成一体的作品。1929年，他开始每年从罗马出发游历意大利各地。

《自画像》，埃舍尔，1929 年，埃舍尔美术馆藏

由于孩子患肺结核，埃舍尔1935年迁往瑞士。1937年，埃舍尔在瑞士过得很不愉快，于是一家人搬到了布鲁塞尔附近的于克勒。1941年，他们又搬到距离阿姆斯特丹40公里外的巴恩。

一直到70岁，也就是1968年，埃舍尔的第一个大型回顾展在海牙现代博物馆内举办，那时他已售出650多幅木刻版画。也就是说，公众和艺术权威机构对埃舍尔的认识出现巨大的鸿沟，一方面画家从公众那里获得了认可，另一方面，艺术界迟迟不肯赞赏他的木刻和石刻版画，认为他的画作中的新颖技艺主要是为了解释数学问题。

比较有意思的是，数学家确实偏爱埃舍尔的作品，认为他把数学中深奥的概念和时空形象地表达了出来。

我在开始的时候，也以为埃舍尔是个数学能力很强的人，这太了不起了，因为同时把抽象数学和形象艺术达到如此高的造诣的人世上罕见。

后来读了埃舍尔的传记后，发现他还是偏于形象艺术，对数学并不精通，最多也就是借鉴了一些感觉。他对时空与无限有限等形象的思考只不过暗合了数学的深奥而已。

埃舍尔有一次解释道："你们若愿听，我就告诉你们，我对数学一窍不通。"还有一次，埃舍尔对一位采访他的记者说："真可笑，我在中学时，数学课从没有及格过，而别人却以为我很有数学头脑。他们的确不知道，在学校里，我不过是一个听话而愚笨的小孩子，绝不敢梦想数学家们竟用我的画充当他们教科书的插图！试想，我得与这么多知识分子如同事般来往，而他们却不能想象我根本听不懂他们所说的一切。"

数学家恩斯特说：这是事实。谁要向埃舍尔解释一个数学问题，哪怕是初级中学的数学问题，肯定会大失所望。某教授因为佩服埃舍尔画中透出的数学气质，邀请他去旁听自己的数学课。起先，教授以为这位艺术家透彻领悟其中的道理，没想到埃舍尔什么也没听懂。埃舍尔素来对抽象的东西反感，尽管有时他会发现其中的巧妙、聪明。如果抽象与具体有共同点可抓，他是不会疏忽的，而且马上会联想到最大极限。他工作起来也完全不像数学家，而是一个心灵手巧的木匠，心里装着一个具体的形体，手里则不断变化使用着折尺和圆规。

Ⅳ

埃舍尔在1965年获得荷兰文化奖时说道：

我的创作主题通常是很好玩的，我总是禁不住嘲笑所有的坚定不移的确定性。例如，故意混淆二维和三维、平面和空间，或者是拿重力开涮。

你确定地板不可能是天花板？当你走上楼梯时，你确信自己会走上去？你能确定你自己不可能吃到蛋糕吗？

我首先问了自己这些看似疯狂的问题（因为我是我自己作品的第一个观众），然后问那些来参观我的作品的人。我很高兴地认识到，不少人喜欢这种玩笑嬉闹，以及他们并不害怕看到坚如磐石的现实的相对本质。

这些话揭示了他的性格特点——幽默和对意想不到的偏好。甚至在67岁的时候，他仍然是一个欢快的不因循守旧的思想家。

在勤奋工匠的背后，埃舍尔也是一个浪漫的人，观察力超强。埃舍尔想将他所看到的东西转化为图形，有时候转化为语言，他是这方面的高手。

1964年，他写给长子乔治的信中提到：

在去乌特勒支的火车上，我突然不知所措，被布满不同层次的天空给震撼了。我感受到了一种空间感，长久以来我都没真切地感受过的这种三维空间感。

《八人头像》（木刻版画），埃舍尔，1922 年，埃舍尔美术馆藏

我突然意识到这些事情是有可能的，即使是在荷兰这样人口过剩的国家。

只要你向上看，就会突然看到时间的绵绵无尽和无限的永恒。你认为我这个想法愚蠢，或者你能想象我所说的吗？

V

埃舍尔的作品其实无须解释，观众可以各自琢磨想象解释。这里只提供一些画的背景知识。

埃舍尔美术馆内的灯具很别致，都是名家设计

　　《镜前静物》（*Still Life with Mirror*）。埃舍尔创作过一些静物版画。这幅版
画是他的作品走向成熟的里程碑，它以一种巧妙的低调的方式连接着两个空间。
当我们被动地看它时，这个街道的影子不是显而易见的：我们的第一反应是，我
们看到的是镜子里反射出的街道，但街道一定是在房间里。

　　在战后作品中，比如1953年的《相对性》（*Relativity*）和1956年的《画廊》
（*Print Gallery*），埃舍尔进一步把这些不可能的场景与他的最爱——奇怪视角结
合起来。

《镜前静物》，埃舍尔，1934 年，埃舍尔美术馆藏

《相对性》，埃舍尔，1953 年，埃舍尔美术馆藏

《相对性》是第四幅有关画家曾就读中学的"楼梯"的作品。楼梯开放式的底部是一个重要的元素。在该画上，我们看到了一个不可能的运动，在这个运动中，不同的空间悄无声息地相互碰撞在一起。最初，版画似乎显示一个人正在爬楼梯，但仔细观察，这幅作品是多个角度结合的图像，会让人产生眩晕感。

每一个走上楼梯的人与另一个在不同的世界的人相对应。意想不到的角度里都隐藏着不同的楼梯。空间和运动为了视觉共生。

《画廊》，埃舍尔，1956 年，埃舍尔美术馆藏

VI

埃舍尔认为《画廊》是他最成功的版画之一。一个男青年正在画廊中观看一幅版画，但版画的顶部延伸到了景观中，而这个景观又成为围绕画廊的阳台。我们无法分辨内部和外部是从哪里开始或结束的。

男青年所看到的作品都是埃舍尔自己的，船和建筑物的主图让人联想到他1935年创作的木雕版画《马耳他的森格莱阿》（*Senglea, Malta*）。

《马耳他的森格莱阿》，埃舍尔，1935 年，埃舍尔美术馆藏

埃舍尔说：男青年研究了二维作品的所有细节，如果他的眼光更进一步，他就会看见自己也成了版画的一部分。

为了实现视觉上的小把戏，埃舍尔显然难以将细节带入图像的中心，但是却给他的签名、日期和版本留下了空间。

VII

《变形2》（*Metamorphosis II*）是一个高度创新和令人着迷的关于永无止境循环的画作。从技术上讲，它是一幅展现图形知识和技能的杰作。

埃舍尔用了两块木头来制作这幅389.5厘米长的版画。看着这幅画，我们可以看到埃舍尔式典型的暖红棕色。

《变形2》是一幅巨大的镶嵌版画，这幅画的开始和结束是由线条的几何图案和单词"梅塔"（Metamorphose）构成，两者之间填充的全是镶嵌图案。

　　这些图案是形式变化或自由联想的结果。倒数第二部分的红色、黑色和白色的鸟变身为立方体，立方体变为阿特拉尼（Atrani）房屋。然后城市通向一座屹立在海上的塔，塔又变成了一颗颗棋子，眼睛随着棋子和棋盘转到了几何图案——这幅画的终点。

　　在埃舍尔博物馆，这幅画还以圆形的方式展示，观众可以绕着走，看着那随观看角度与位置的不同而不断变化的图案。

在埃舍尔博物馆内，《变形2》还以圆形的方式展示，观众可以绕着看

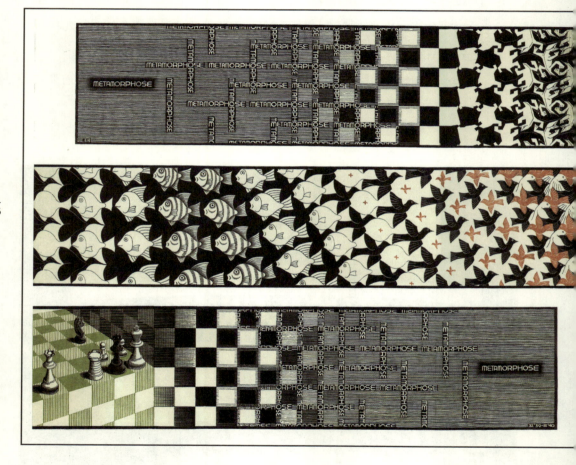

《变形 2》，埃舍尔，1939—1940 年，埃舍尔美术馆藏

　　版画《爬行动物》（*Reptiles*）是一个关于循环的例子，埃舍尔描绘了各种运动状态。同时，它也承载着埃舍尔诉说的无穷无尽和永恒的故事。

　　1939年，在制作这张石版画的四年前，埃舍尔用粉红色、浅绿色和白色的爬行动物做了一个镶嵌习作。可以想象，埃舍尔突然有一天想到这个为自由而努力挣扎的生物可能试图从画中爬出来，但是艺术家可以强迫它回到纸面上。

《爬行动物》，埃舍尔，1943 年，埃舍尔美术馆藏

《魔镜》，埃舍尔，1946 年，埃舍尔美术馆藏

　　在石版画《魔镜》（*The Magic Mirror*）中，埃舍尔用二维平面创造了深度感，这里不光是镜子反映出来的画面，更有诞生于镜面而步入真实空间的联想。

　　作为一个奇幻故事的粉丝，埃舍尔很容易从刘易斯·卡罗尔的《爱丽丝漫游奇境记》中找到灵感。就像这幅版画一样，在卡罗尔的一本续集《爱丽丝镜中奇遇记》中，人物从镜子里逃了出来。

　　靠观众一边镜架旁的镜面有一双小小的立体翅膀，它的身体还是镜面上的图案。当它横过镜面时，渐渐带出一头狮子的身体，一条长翅膀的狗。然后，镜面上的图案逐渐长出镜面，随后步入空间。镜子的两边出现同样的情况，走到中途，它们则变成双纵队，两头相反方向的狮子形成规律性的平面分割图案。由白狮子和黑狮子构成从空间到地面的造型，画面好像只有那两个球是真的，因为观者还能看到一个球在镜子里反映出的一部分。

《荡漾的水面》，埃舍尔，1950 年，埃舍尔美术馆藏

《水坑》，埃舍尔，1952 年，埃舍尔美术馆藏

1950年，埃舍尔创造了《荡漾的水面》（*Rippled Surface*）这个稀罕的油毡浮雕版印染品。像埃舍尔这样伟大的工艺师，他能轻易地将水面涟漪复杂的图案印刻在比木材更加柔软的媒介上。

《荡漾的水面》也是利用了平面反映原理，画面显得极真实自然，一棵冬天掉光了叶子的树倒映在清澈的水面，背后是月亮的倒影。有几滴水滴在光滑的水面，荡起缕缕波纹。

埃舍尔的长子回忆说，这幅画的灵感来自他父亲在巴恩的家和画室附近的树林里散步时看到的景象。

《水坑》（*Puddle*）这幅彩色木刻描绘了一个人们熟知的经验：我们看到自己的环境折射在水坑里。大多数情况下，我们只是简单地扫一眼图像，然后走开。但再看一眼，就会出现"埃舍尔式的恍然大悟"：原来我们看到的是悖论。

我们的第一个想法是，我们是在看一条泥泞道路上的水坑，上面有车辙和脚印。然而当我们看到那轮满月，忽然意识到，我们不是在低头看我们脚下的世界，而是在观望我们头顶的世界，这个世界被压缩在一个小水坑的空间里。

误导眼睛的技巧主要是色彩的运用。埃舍尔把色彩控制在有限的范围内，银色的月光洒满了四周，烘托了不真实的氛围。

X

《三个世界》（*Three Worlds*）似乎是一幅看起来相对简单的作品：一条长着长长胡须的大鲤鱼在水中游泳。但标题提示我们，作品想表达的远不止这些。在水中"有"一条鱼，倒映在水里的光秃秃的树，树叶浮在水面上，现在我们意识到有三个世界：水塘边的树木，可以观察到的水面（因为水面上有落叶），水下的世界（通过那条游鱼可以观察到）。

《三个世界》，埃舍尔，1955 年，埃舍尔美术馆藏

在这幅画中，可以看到埃舍尔精致的工艺和不寻常的形式设计。几乎每片叶子都有一个阴影的边缘，这造成了它们漂浮在水面上的印象。它们刚落下，最终会消失在深处。因为没有风，水塘成为周围事物的完美反射镜。树丫和树干似乎躺在水中，直到我们意识到自己看到的是一个倒影：树木本身在图画之外。整个世界颠倒了，这些都是看不见的树木。

埃舍尔对自然的热爱与高超的技能相结合，产生了这幅奇妙的宁静的风景。《三个世界》是三幅有关"倒映在水中的世界"系列版画中的最后一幅——前两幅是《荡漾的水面》和《水坑》。每幅画都在以不同的方式反映周围事物。

XI

《解放》（*Liberation*）可以从两个方面看，从底部向上看，从顶部往下看。

首先是鸟儿们逐渐从一个松散的厚纸卷上的常规镶嵌画中被释放出来。然后观察到向相反方向飞的鸟儿：鸟儿向下飞，发现了它们在不规则的镶嵌图形上的位置，随着眼光的下移，镶嵌图形变得越来越规则，这与解放的概念无关，而是一个好创意。

在这里，埃舍尔将镶嵌图形过渡为自由飞翔的鸟类，具有高度精确的视觉错觉。他将这个鸟儿飞往自由地的场景与一份古老的羊皮纸的官方文件相结合。

1956年，埃舍尔收到了一本威尔斯（Herbert George Wells，1866—1946年）在1897年所著的《隐身人》。书中有一个人，他喝下特殊药水后，别人就看不见他了。为了让别人看到自己，他将自己包裹在绷带里。这个主题让埃舍尔有机会画出人物的内部和外部。

《天长地久不相离》这幅双人肖像，描绘的是埃舍尔自己和他的妻子耶塔，并加入了一条连续的绷带。埃舍尔指出："空间是由漂浮在空中前后和内部的球体暗示的。"

埃舍尔美术馆的顶层是多媒体展示埃舍尔表现的时空感。

馆内的灯具别致、地板考究，都是名家设计，整个美术馆的氛围也与埃舍尔的作品空间不谋而合。

《解放》，埃舍尔，1955 年，埃舍尔美术馆藏

埃舍尔美术馆内

　　每到一处，我先要用猫途鹰搜索一下要去的地方，尤其是方位和距离，以便安排行程。我惊讶地发现梅斯达全景画馆（Panorama Mesdag）就在离海牙希尔顿酒店100米之内。可我两天下来，在酒店附近走来走去，就是不见全景画馆，最后我认定对面的大楼就是它，可真去了，发现它是一所学院。我只能启动手机搜索，在酒店旁边的车库旁找到一块空地，上面确实有一个多角形的建筑，可奇怪的是却没有门。问了邻人，才知道前面一个很不起眼的玻璃门就是入口。

　　进去以后，我们发现里面的空间蛮大的。穿过一大间明亮的画廊，走过一条走廊，登上楼梯，才发现了全景画馆。里面的360度场景还是很震撼的，虽然这

已经是130多年前的设计了。

　　事后我看了相关书籍，才知道全景画无限空间的错觉是通过将观者带到一条昏暗走廊上的平台上获得的。昏暗的背景会令观者的瞳孔放大，渐渐上升的螺旋楼梯也使观者迷失了方向。站在平台上以后，从各个角度都能看到的画里的景象，看起来是无边无际的。太阳光的源头以及画的顶部和底部都看不到了，这就创造了一种无限广阔的错觉。

　　确实，《梅斯达全景画》的影响力可以说是不减当年。我们看起来就像是真的站在沙丘上欣赏大海、沙滩、席凡宁根的渔村，夏季海滨胜地的美景，实际上是在观看一幅1660平方米的图画。

梅斯达全景画馆内景

作家扬·沃尔克斯称它创造了一种真正令人震撼的视觉幻象，他写道："《梅斯达全景画》的特别之处，除了意韵深远的描绘给你带来的略带一丝咸味的风吹沙丘的联想之外，它的独特之处还在于你所感受到的每日宁静。"

这种感觉就像你进入了一个奇特的空间，在这个空间中，时间是静止的。

这就是《梅斯达全景画》不可思议的地方。

XIII

为了感受画与真实之间的对比，前一天黄昏，我们特意坐出租车去席凡宁根海滩看看。那里的人不少，海景不错。我们特意走上了玻璃长廊，看日落的大海。为了占据欣赏好风景的位置，我们只能在餐厅吃晚饭。餐饮的水平可想而知的差，但景色真美。

《梅斯达全景画》让我们看到了席凡宁根不复存在的景象，有停在沙滩上的平底渔船，有身穿传统服饰的席凡宁根女人，有后来被拆除的旅馆和咖啡馆，也有海牙的缩影，那时教堂的塔还是最高的建筑。我们看到了往昔的渔村、平静的海面、淡黄色的沙丘，还有淡绿色的滨草。在沙滩上，我们发现了骑兵和炮兵的军事演习，那时，海牙还是一个有驻军的要塞城镇。

我们还看见了一位女画家在沙滩上作画，她坐在遮阳伞下，也许画的是画家的妻子——施恩洁·梅斯达（Sientje Mesdag-van Houten，1834—1909年）的画像。浪潮卷起的地方是等待夏季游客的海浴教练，游客们在一位男（女）侍者的帮助下，正勇敢地走进海浪里。皇家以前的夏宫——冯维德亭（Von Wied Pavilion）的轮廓也很清晰，和那座闪亮的白色老佛爷酒店一样，这座亭子也是按照当时最时尚最舒适的标准装修的。那时，库尔豪斯酒店还没修建，但劳奇酒店已经建好了，这位荷兰画家H.W.梅斯达（Hendrik Willem Mesdag，1834—1909年）几乎每天都在这里观察大海的所有表现。就这样，他为我们留下了一件无价之宝。

席凡宁根海滩

1875年以后，席凡宁根发展成了一处美丽的海滨胜地，那里有为国际游客提供的酒店和餐厅。夏季，柏林的爱乐乐团会在库尔豪斯酒店（建于1884 — 1885年）表演。

梅斯达就在这里沮丧地看着海滨的区域渐渐地被城市化进程覆盖。这就是为何他在西恩博斯特沙丘上画了一幅描绘有小渔村和一排停在沙丘上的平底渔船的图画，因为这是他所认为的也是席凡宁根本应当保留的精华。

梅斯达在劳奇酒店租了一间可以看到大海的房间。

1894年，席凡宁根经历了一次暴风雨的猛烈袭击，停泊在海滩上的平底渔船被撕裂了。梅斯达在一幅精彩的画里描绘了这次灾难的情景。

风暴过后，市政当局决定为渔船建造一个安全港湾。对于梅斯达来说，这意味着他钟爱的一个绘画主题的结束。

XIV

每年约有15万人从世界各地赶来，只是为了看一眼《梅斯达全景画》。

早在1800年以前，爱尔兰艺术家罗伯特·巴克（Robert Barker）就发明了一种"观者只站在一处，就能看到画有完整自然景观的图画"的技法，即公众进入的是一个管子一样的空间，他们无法立即分辨出空间的深度和照射进来的光线，这种对方向的迷失感增强了全景的效果。画家一定要认真描绘从不同角度看到的景物的效果。

罗伯特·巴克的《伦敦全景图》以及后来的《罗马全景图》获得了极大的成功。全景画不仅在英国，而且在德国和法国也都赢得了广大人民的喜爱。即使这样，人们对它的喜爱更像对马戏的喜爱一样，而不是把它看作一种严肃的艺术形式。展示这些全景画的建筑都是暂时的，不久就被拆除了。现在，巴黎的香榭丽舍大街仍然保留了几座全景画展示馆，不过它们都转化成餐厅和剧院了。在画布上作的画都保留在巴黎的博物馆里，但是那些在纸上作的画基本上都被毁掉了。

1860年以后，全景画在比利时再度流行，因为新的织造工艺使之可以画在更大的画布上。这也增加了他们对游客的吸引力，一批比利时的投资商来到梅斯达的住处，请他画一幅"大海的全景图"。他们选了西恩博斯沙丘的一处风景，这个地方正面临着被开发为咖啡餐厅的危险。

XV

一直都积极进取的梅斯达去工作了。1881年，一栋十六角的简洁的建筑在海牙的泽伊大街上立了起来，这栋建筑高14米，梅斯达就在上面开始了他的艺术创作，他先是在一个玻璃缸上画了基本的草图。此外，他又对这处风景的不同的部位画了素描。梅斯达请了年轻画家乔治·布雷特纳（George Breitner，1857—1923年）来帮忙，他主要负责为席凡宁根的村庄和海滩上的骑兵画素描。凡·高的朋友泰奥菲·德·博克（Théophile de Bock，1851—1904年）则描绘了沙丘和天空。

伯纳德·布隆莫斯（Bernard Blommers，1845—1914年）也贡献了自己的一份力量，不过他只是描绘了带着孩子望向大海的渔妇。施恩洁·梅斯达·凡·霍顿也在全景画上留下了自己的手笔。技术上的指导来自阿德里安·尼伯格（Adrien Neybergh）和埃德蒙·维南迪（Edmond Winandy），他们两位是比利时全景画的专家。当时，摄影机的使用还受到限制，几年之后，布雷特纳搬到阿姆斯特丹，他就开始广泛使用摄影机了。

整个团队花了三个月的时间才创作完成宽14.5米、周长114.5米的1660平方米的全景画。

全景画馆在1881年8月1日隆重开馆。在德·博克的陪同下，凡·高也在第一批观赏者之列，他认为这幅画值得所有人赞赏："这幅画最大的缺点就是没有一点缺点。"约翰内斯·博斯博姆（Johannes Bosboom，1817—1891年）是海牙画派的一位画家，看到这幅画也是心潮澎湃，他称赞梅斯达具有"无穷的绘画才能"，并认为这幅全景画延续了荷兰画一贯具有的声誉。

也有海牙画家认为全景画不够庄重，但是人们对他们的评论不予理睬。

XVI

虽然受到了众人的广泛赞誉和皇室的青睐，但全景画馆却没有取得比利时投资商预期的商业效果。全景画转移了两次，1887年在慕尼黑展出，1889—1891年在阿姆斯特丹展出。

在1885年，即开幕式过去的四年之后，全景画馆已经濒临破产。这时，梅斯达站了出来，买下了自己的墨宝，作为他对海牙泽伊大街永远的纪念。

1910年，梅斯达成立了一个家族公司来妥善管理梅斯达全景画馆的未来，梅斯达及其夫人的33个侄子侄女都在该公司任职，他们的后代也一直从事这项工作至今。

没有人能够想到，曾经只为一时的想法而建立的这座"海洋全景画美术馆"即将迎来它150岁的生日了。

XVII

我们来看一些细节。

第一幅图是海牙市的缩影，背景中若隐若现的是几座教堂的高塔。最右边的是建在帕克大街上的梅雷德尔罗马天主教堂（Heilige Jacobus de Meeredere Church，建于1875—1878年），接着是建于1403年的位于兰格–福尔豪特的大教堂，然后是位于霍格沃尔的皇家马厩的高塔和1866年建立的圣雅各布大教堂（The Grote Kerk or Sint Jacobs Kerk），最后是位于席凡宁根大道上的罗马天主教堂。

海牙市缩影，背景中若隐若现的是几座教堂的高塔

背景中的中央圆顶是当时席凡宁根的教区牧师——希尔的茶楼

女画家在海滩的遮阳伞下创作

　　第二幅图的背景中的中央圆顶是当时席凡宁根的教区牧师——希尔的茶楼，19世纪末被拆毁。它的右边分别是建于15世纪下半叶的席凡宁根凯泽街上的老教堂（Oude Kerk）、建于1875年的灯塔和1865年的方尖碑。方尖碑旁的房子是劳奇酒店，梅斯达就是在这里租了一间海景房进行艺术创作的。

　　第三幅图是女画家在海滩的遮阳伞下创作。

海滩上的平底船与正在演练的骑兵和炮兵

　　第四幅图中的平底船是用来捕鱼的。渔民们常常需要用马将它们拖上岸，当时大海与陆地之间还没有海港连接。

　　第五幅图，海牙是一个有驻军的要塞城镇，那里有很多大军营，骑兵和炮兵经常在海滩上演练。

　　第六幅图，"骑毛驴"是来海边游玩的孩子的一大乐趣。

　　孩子后面的场景是洗海浴，它只

海边"骑毛驴"的孩子与后面的洗海浴的人

冯维德亭与伽尔尼酒店

有在教练的指导下才能进行。在海边玩的游客可以更换教练，在男女侍者的帮助下小心翼翼地走到海里。游客乘坐的车子周围会蒙上一圈车篷，车篷的绳子由教练拿着，以此来防止有人偷看他们。

中央的冯维德亭是威廉一世为他的妻子建造的，他想让海边的空气治愈妻子的失眠症。前面的草地上有两只小山羊，这明显代表了画家德·博克的签名（"bok"的意思是山羊）。

在冯维德亭后面的建筑是1858年开业的伽尔尼酒店（后来的格兰德大酒店的前身）以及1818年建造的公共浴室，1884年被拆除（之后建造的是库尔豪斯酒店）。

冯维德亭右边的长条形白色建筑是建于1876年的著名的白色老佛爷酒店。

正在修复画作的平台

第七幅图，前面醒目的是修复画作的平台。我刚进去时看到它有些目瞪口呆，后来看见它慢慢往下降落，上面的女画家向我们挥手致意，直到消失不见。

最有意思的是后面中间靠右冒烟的东西是荷兰第一列蒸汽列车，1879年7月1日，它从当时的林思博尔车站出发，途经拉姆大道和巴德辉斯维格大道，最后到达席凡宁根的市公共浴室。

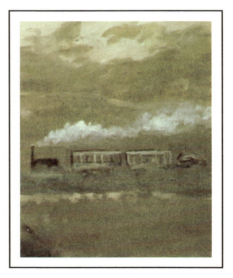

荷兰第一列蒸汽列车

XVIII

1493年，西班牙探险家克里斯托弗·哥伦布带领船队正在加勒比海海域航行以寻找黄金、珍珠和其他珍宝。一年前发现美洲大陆之后，他就在他的探险之旅上增加了三座当时还不为人所知的岛屿，经过简单的侦查之后，哥伦布在他的航海日志中记录道："赛伯伊、圣尤斯塔修斯和圣马腾这三座岛屿为无用岛（Islas Inutiles），因为这三座岛屿没有丝毫价值可供挖掘。"

五年之后，另一位德·奥吉达在同一区域又发现了另外三座岛屿：阿鲁巴岛、博内尔岛和库拉索岛。亚美利哥·韦斯普奇当时也在这趟探险船队里，后来的美洲大陆就是用这个人的名字来命名的。当时的韦斯普奇登上了库拉索岛，岛上土著居民高大魁梧的身材让他感受到了前所未有的震撼，于是他就把这座岛屿称为巨人岛。1634年，荷兰最终征服了库拉索岛，一同被征服的还有之前哥伦布和德·奥吉达发现的五座安的列斯群岛。

作为荷兰殖民地的安的列斯群岛直到20世纪才得以独立，当时最大的岛屿库拉索岛和另外五座岛屿一起组成了以荷兰为首的加勒比自治国。1955年开始，加勒比民众的权利都是由荷属安的列斯群岛的全权代表在位于海牙百汇维175号的安的列斯之屋行使的。这栋房子的设计师是科赫，而这里原本是一个海牙富商的避暑别墅。

XIX

1895年，31岁的建筑师科赫以一种折中的风格建造了一座造型优雅又含蓄的城市别墅，它融合了文艺复兴和新艺术运动的风格特点。别墅就坐落于靠近席凡宁根的沙丘上，19世纪末前后，席凡宁根正迅速发展为备受欢迎的海滨度假胜地。科赫还负责了海牙和瓦瑟纳尔（Wassenaar）之间电车轨道附近的赛马场和11座农舍风格的咖啡屋的建筑设计。在海牙有轨电车有限公司的主管爱德华·坎比奥的倡议下，海牙郊区建起了一个新的住宅区，这个住宅区的修建给建筑师们施展个人建筑才华和风格提供了平台和机会。

这个住宅区叫作荷兰–比利时公园，名字源自于荷兰–比利时开发公司。比利时公园的大部分住宅楼采用的是过渡风格，这是一种融合了过去与现代建筑特色的风格，其中包括了法兰西–比利时的新艺术特色和德国的新艺术特色。比利时公园的建筑风格十分多样，可以说是20世纪荷兰建筑转型期的典型代表。

第一批别墅其实是在夏日炎炎期间用作短期租赁的。海牙有轨电车有限公司主管希望住在比利时公园的住户能够成为海牙和席凡宁根之间有轨电车的稳定客户群。因为越多的游览客前往海滩度假游玩，也就意味着电车公司的生意越是红火。事实证明，电车公司主管建造别墅公园的想法简直是棒极了。海牙到席凡宁根的这条电车线路取得了巨大的收益，几乎每天都有租住在比利时公园的艺术家坐这条线路上的电车前往海滩作画。

XX

百汇维175号的别墅从1895年开始，陆陆续续入住了好几个家庭，后来，它逐渐演变成了宾馆。曾几何时，它也曾附属于布罗大酒店。1955年，安的列斯政府将这里长租了下来，作为荷属安的列斯群岛的全权代表的官邸。阿鲁巴岛司法部长维姆·兰珀就是第一任所谓的全权代表，1956年，他在入住安的列斯之屋的时候在这里举办了盛大的乔迁鸡尾酒会。很快，这栋别墅就成了安的列斯社团群体在荷兰的集合中心。1959年，百汇维175号隔壁的宅子也被买了下来，作为安的列斯"大使"的正式官邸。

1986年，阿鲁巴岛率先从荷兰–加勒比群岛联盟中脱离，成为荷兰王国下属的自治国。2010年10月10日，库拉索和圣马腾也跟随其后宣布独立。

象征荷兰的三色旗缓缓落下，迎风飘扬的代表群岛的旗帜象征着荷属安的列

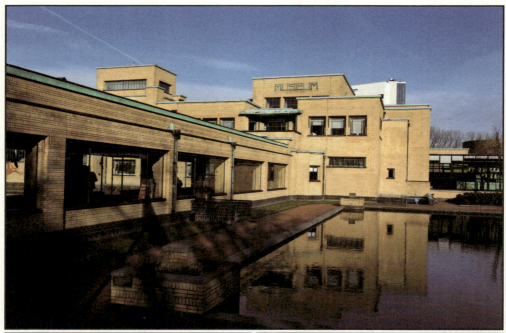

海牙市立美术馆

斯群岛这一历史性称呼的结束。王子威廉·亚历山大和王妃马克西玛出席了这次交接仪式。余下的加勒比群岛（博内尔岛，圣尤斯塔修斯岛和赛伯伊岛）自此也成为荷兰王国的自治国。交接仪式过后，位于海牙的安的列斯之屋成了库拉索大使馆办公区。今天，百汇维175号上空飘扬着的是代表着库拉索岛的蓝黄旗帜。

XXI

作为建筑，海牙市立美术馆（Gemeentemuseum De Haag）设计得很美，从外面的水池到里面饭厅的桌椅，都具有形式感。

一楼在办当代展览，似乎与代尔夫特瓷和东方有关。

海牙市立美术馆主要以收藏蒙德里安的早期作品见称，这一时期的代表作几乎都在这里。这些具象画很好，但与他后期的红、黄、蓝色彩的极简构成完全不同。我没有找到何以如此突变的原因，这里不强作解释，只是呈现一些展品，让大家自己解读。

《沙丘风景》，蒙德里安，1911 年，海牙市立美术馆藏

《夜晚；红树》，蒙德里安，1908—1910 年，海牙市立美术馆藏

《日落后的海面》，蒙德里安，1909 年，海牙市立美术馆藏

XXII

海牙一些地方我们来不及去看，比如海牙国际法庭所在地和平宫（Vredespaleis）其实离我们的酒店不远，但需要预约，只能失之交臂。还有我们在叙述莫瑞泰斯皇家美术馆时提到旁边的骑士楼（Ridderzaal），它是几个世纪以来荷兰的政治权力中心。

1280年，伯爵佛罗里斯五世下令建造了一座蔚为壮观的大厅，用来为贵族举办宴会和派对。巨大的屋顶由爱尔兰橡木制成，高度达到26米。在建筑风格方面，这栋建筑则比较类似于伦敦的哥特式建筑——威斯敏斯特教堂（Westminster Abbey）大厅和索尔兹伯里大教堂（Salisbury Cathedral）。19世纪的时候，大厅的名字改为骑士楼。

和平宫

骑士楼

13世纪的时候，伯爵佛罗里斯五世的父亲威廉二世曾经在这个原本是农庄的沙丘湖畔度过了他的童年。威廉7岁的那年，他父亲在一场骑士对决（骑在马背上用长矛比武）中不幸去世，于是威廉就继承了父亲的爵位，成为荷兰伯爵。后来，威廉就以伯爵的身份在好几场战役中取得了胜利，逐渐成为顶天立地的少年英雄。

1248年，对于教皇因诺森四世的效忠终于换来了回报，威廉二世成功加冕为罗马天主教德意志帝国的国王，他所代表的神圣罗马帝国统辖的领土包括德国、意大利北部和勃艮第地区。为了强调他本人的皇族身份，他下令在自己小时候待过的农庄附近建造了一座早期哥特风格的城堡。

XXIII

1256年1月的一天，时逢严冬，威廉二世为了扩张荷兰边境，率军入侵了西弗里斯兰北部地区。威廉二世身先士卒，带领军队在马背上作战，他决定横穿霍赫沃德村附近结冰的湖面，对敌军发动奇袭。然而悲剧的是，铮铮的马蹄踩破了冰面，于是连人带马，国王跌入了水中，无可奈何的威廉二世只能眼睁睁地看着敌军将自己送进鬼门关。这次悲剧性的战役震惊了整个欧洲，贵族们更是被这场堪称"聚众谋杀"的事件惊掉了下巴。

威廉二世之后，他那尚在蹒跚学步的儿子佛罗里斯五世继承了王位。在这位新国王的统治时期，他实现了国家的现代化建设，同时经济上也促进了对外贸易的发展。

佛罗里斯五世在位期间，总是将臣民的利益放在首位，深受爱戴的他因此被臣民亲切地尊称为"农民之神"。1286年，苏格兰国王去世的时候，威廉宣称因为自己曾祖母和已故国王的血亲关系，所以自己也享有苏格兰王权继承权。最终，他将这一继承权卖出了，所得的款项就用来筹建骑士楼。

XXIV

佛罗里斯五世位于海牙附近的宅邸由两条护城河环绕，此外还修建了城墙和塔楼。骑士楼的建筑直到1295年才正式完工。一年之后的狩猎派对上，佛罗里斯五世被他的敌人绑架。愤怒的民众誓死想要救出这位受困的伯爵，但是那些残忍的绑架者还是谋杀了他。

佛罗里斯五世的死亡使得他成为传奇，也成为荷兰王朝历史上名垂千古的著名人物之一。

直到16世纪末，伯爵家族一直都是在城堡内部和骑士楼这两个地方统治低地国家。骑士楼周围的建筑囊括了荷兰州府、荷兰法院、审计院和众议院（上议院和下议院）。

14世纪，骑士楼被用于伯爵宅邸。建筑顶部四角装饰着各带一只耳朵的木质面首的原木天花板就可以追溯到那个年代，这些耳朵象征着最高权力有权听到世上所有的秘密，从而确保真相永远不被湮没。

XXV

1506年，美男菲利普过世之后，6岁的查理五世继承了"荷兰伯爵"的爵位。他的母亲因为神经衰弱而患了精神病，所以无法再承担抚养小查理的责任。于是，小查理就由其祖父养育教导，与此同时，低地国家的一应政务全由查理的姑姑代理。

15岁的时候，查理五世开始亲政。作为一个国王，一个皇帝，他统治欧洲大部分地区长达50年。查理五世说过一句非常著名的话："我对上帝说西班牙语，对女人说意大利语，对男人说法语，对我的马说德语。"

1555年，查理五世退位，他的儿子菲利普二世继承了父亲的王爵。这位来自西班牙的国王除了统治了欧洲大部分地区，还掌控北美和东南亚的一部分领土。

菲利普的法令最初在荷兰执行得非常顺利。然而，他开始禁止天主教之外的其他宗教的时候，事情便朝着不利的方向发展。一方面，当时的新教教堂数量已然远远超过天主教教堂数量，另一方面，1566年的时候，对政令持反对态度的人们大肆破坏罗马天主教的圣徒雕像和画像，这也是导致80年战争无可避免的原因之一。当菲利普不再为人们所认同，特别是在海牙，国家议会就将权力转移到了荷兰王宫，再由荷兰王宫指派行政委员会首脑。

XXVI

16世纪末，荷兰伯爵的城堡和骑士楼不再具备政治功能，从那之后就一直空置了好久。后来，骑士楼被征用为军队宿舍，没多久又被改成了马厩。行政首脑奥兰治亲王毛里茨想要彻底拆除这一地区的包括骑士楼在内的全部建筑，把这片地方空出来建造一座意大利风格的王宫。但是鉴于当时步步紧逼的战况，比起重建王宫，修缮骑士楼显然是最经济实惠的选择。于是，这座极具历史价值的建筑在修缮之后再度绽放光芒，成为这个年轻国家的会议厅。

黄金时代中期，共和国同一时间在不同地方都发动了战争。对抗西班牙的战争如火如荼——水陆两条战线同时进行——每一次发动战役之前的动员也是声势浩大。每一次获胜之后，从西班牙、英国或是法国战舰上缴获的旗帜都被作为战利品悬挂在骑士楼的天花板上。

XXVII

参议院会议厅下方的地下墓穴里有一条"死亡走廊"，这个名字听起来格外阴郁，砖砌的墙边是个地下室，这个地下室原来是佛罗里斯五世下令建造的哥特式礼拜堂的一部分，实际上是掩藏于内院建造群之下的专门存放文物的秘密储藏室。此外，里面还埋葬了历代荷兰伯爵和伯爵夫人、贵族骑士和一部分名流的遗骸，他们都长眠于重金属防腐处理过的棺椁中。

这个地穴也是约翰·范·奥登巴内罗斯福最后的长眠地，1691年的时候，他就是在内院这里被人用一把长剑斩首的。四年之后，他的儿子也随即过世，遗体就放在父亲的旁边。"也许看起来有些奇怪，尸体不再只是骸骨，遗体上包裹着保存完好的羊毛织物，色彩依旧是亮丽的橘红色，图案时髦，棺木表面也由带褶皱的橘红色布料裹得严严实实。"但是，我们现在还不清楚这是否就是约翰·范·奥登巴内罗斯福和他儿子的棺椁，还有一种说法是他们的遗体早已神秘消失了。

XXVIII

从1726年开始，骑士楼就成了专门用来补贴共和国金融财政的彩票项目的兑换地点，同时，当局取缔了所有非法彩票和地区小规模的彩票兑换业务。第一次卖出的彩票数量多达12万张，开奖时间定为1726年4月4日，奖金总额度高达240万荷兰盾（相当于如今的2500万欧元），一等奖的奖金有6万荷兰盾。彩票抽奖更是一个奇观，抽奖的过程持续了好几天，人们采检了所有售出及未售出的彩票，所有这些都是为了防止作弊。如今，这种彩票仍然存在，现在的名字叫作荷兰国家彩票。

18世纪末，法国大一统后挪走了作为战利品悬挂在骑士楼天花板上的法国旗帜。1806年，国王路易·波拿巴曾在内院短暂停留过，一年之后，他就搬到位于阿姆斯特丹水坝广场前的市政厅。之后，骑士大厅被改成军医院。1814年，法国人被驱逐出境，海牙的政府建筑回归到荷兰当局的手中。经过修缮之后，骑士大厅的一部分改成了法院，彩票业务也重新恢复。

XXIX

19世纪中期，推倒骑士楼的呼声越来越高，人们迫切希望在原址上修建一座崭新的新古典主义风格的政府大楼。然而议会否决了这一提案。13世纪时的屋顶已全部倒塌，所以人们将其拆除，以一个铁屋顶结构取而代之。20年之后，以建筑师皮埃尔·克伊珀斯为首的建筑修复团队承包了进一步的修缮工作，这位建筑师最为著名的作品包括阿姆斯特丹中央火车站和国家博物馆。原本入口处的楼梯平移到一边，以空出入口前厅的区域，两座塔楼楼顶也设置了尖塔塔尖。

1896到1904年间，人们对这栋建筑再次进行了翻新。这次翻新工程中最重要的部分就是复制了13世纪末的木制屋顶。

从1904年开始，每年9月的第三个星期二，在位的荷兰君主都会到骑士楼，参加由荷兰参议院和众议院组成的联合会议并进行演讲，所谓的王子节就是在节日当天以一个优雅的仪式宣告议会年的开始。

这栋13世纪的建筑被认为是荷兰最重要的纪念建筑之一。2006年经历了最大规模的翻修之后，骑士楼巨大的壁炉上镌刻了1848年制定的《宪法》。除了正常召开仪式性的政府会议，历史悠久的骑士楼现在也被用来举办国家级别的招待活动等。

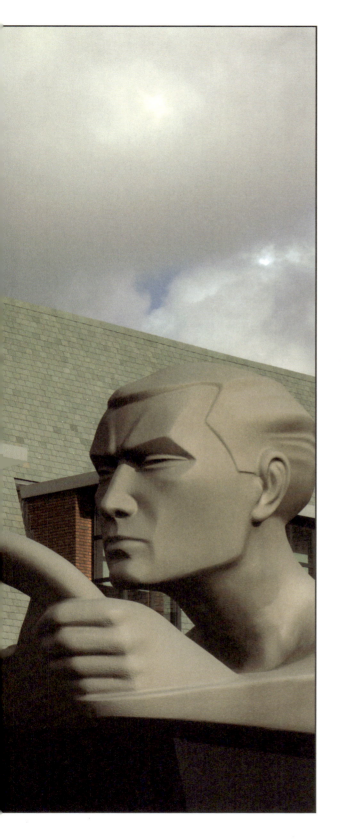

第二十章

洛曼汽车博物馆

马都拉丹

我比较熟悉的两本世界级的旅行指南都没提到海牙有个洛曼汽车博物馆（Louwman Museum），但网上对它的评价很不错。我不是一个汽车爱好者，但觉得应该给儿子开开眼界。所以最后一天离开海牙去布鲁塞尔的中午，还是想办法去看了。参观后，果然觉得物有所值。

埃弗特·洛曼回忆，洛曼汽车博物馆建于1934年，这一年，他父亲收购了一辆1914年的道奇车。自那时起，博物馆渐渐壮大，收藏的车型也不断完善。

过去的125年里生产了太多的汽车，我们无法每种车型都收藏，而是只关注具有历史价值的车子。我们试图为汽车、摩托车、自行车、四轮马车以及其他车型编制一本有趣的、数量均衡的收藏名册，清晰、精彩地展示这个令人着迷的时代。

有些车子仍然保留着它最初的状态，上面有使用了一个世纪留下的真实的锈迹。其他车子则是原始车型的唯一复制品。20世纪20、30年代的高贵奢华与第一批设计的家用车存在强烈的对比。此外，通过观察车辆的设计与制造技术上的差异，你可以分辨出不同国家的文化。

洛曼汽车博物馆本身也是个很有意思的建筑。它位于一座壮丽的公园里，与皇宫相邻。它的周围有一条运河和一座精心设计的园林建筑，这样，它就与周围的建筑隔开了。"由巨大的拱形木屋顶构成的大厅横贯博物馆东西两头，它将高耸的展馆与主入口处矮小的公共房间分开了，比如博物馆内的商店和剧院的入口。大厅两边陡峭的、尖尖的屋顶是典型的荷兰建筑，这部分房间里的装饰让人想起了以前的马车房。这使得整座建筑在视觉效果上变得更小了，这样它与周围

洛曼汽车博物馆与餐厅

环境比起来，就不会显得突兀了。"

博物馆的餐厅布置也与其他展厅的格调和谐一致，很特别。

Ⅲ

下面的内容，是结合博物馆图录和利里怀特的《走进博物馆——经典汽车》，分享我感兴趣的一些车子的介绍。

沃尔沃PV444CS

这款轿车车顶上那个奇怪的装置是"指示器"，人们叫它"Fixlight"。1953年，瑞典法律将其取缔，于是，它就被侧面指示器取代了。此外，这款车身上引人注目的配件有探照灯和挡风玻璃上那块巨大的遮阳板。

这辆车的第一任车主是哥特兰岛的大学讲师，他一直准确地记录了车子自

沃尔沃 PV444 CS

1952年6月9日购买以来的所有信息。这些材料仍然保存着，其中包括服务发票、租车库的收据和燃油的记录等。最后一次记录是在1987年2月，是他去世的一个半月前加上的，当时他已84岁。后来经过彻底维修，这辆车被卖掉了。2002年，一位荷兰汽车记者成了第四任车主。2007年，它加入了洛曼博物馆的收藏中。

1944年，PV444型轿车首次在保持中立的瑞典亮相。战争的摧残以及战后物质的短缺迫使生产商不得不将车辆的生产推迟到1947年。PV是瑞典语"小型客车"的缩写，数字444代表四座、四气缸和四冲程发动机。后续的PV544型轿车的后座更宽，是为5个人设计的。C和CS是指1951 — 1952年生产的汽车模型系列。

IV

丰田2000GT

历经四年的研发工作，这款丰田车于1967年首次亮相。丰田公司的工程师目睹了当时市场上最为出色的运动型轿车，于是决定自行设计一款运动型轿车。

该车最高速度为219公里/小时，从静止加速到96公里/小时还不到10秒钟。

遗憾的是，虽然这款车具备了真正的实力，但过度精致的外观设计以及丰田略为呆板的企业形象还是令很多购车者更加钟情于其他公司的车型。

这款车的全部销量仅为337辆，尽管一款特制的敞篷版本的轿车曾出现在詹姆斯·邦德系列电影之《雷霆谷》中。投产仅3年，该车便宣告停产。

捷豹XK120

极漂亮的捷豹XK120是1948年伦敦伯爵宫廷汽车展览会上的宠儿，是经历二次大战的艰难之后人们所梦想的车型。它完美的外形和敏捷预示着战后严峻生活中新希望的来临。

灵活的XK120具有"双重性格"。它可以沿着一条安静的乡间小路高速飞

丰田 2000GT

捷豹 XK120

跑，在接下来的城市街道上表现也毫不逊色。

XK120最初设想仅仅生产200辆，第一批次使用了一块木制车身框架和铝制车皮。随着需求增多，1950年转而使用钢材批量生产，在那之前，工厂只制造过240辆汽车。

V

泰托拉87

该车型（1937—1950年）采用一款重量轻噪音小的铝质发动机，使其自重比前一种车型减轻了24%，更加合理的重量分配也使得驾驶者的操作更加自如。

但是该车在操作方面仍然具有不可预见性。事实上，由于这款泰托拉87在当时造成了多起事故，很多德国军官被禁止驾驶这款车。

斯太尔55

这款车（1939年）创造性地采用了气缸卧式对置的发动机与整体式构造，这大大领先于欧洲大多数小型车。

它是斯太尔有史以来采用的发动机排量最小的一款经济型车，与斯太尔其他一些著名高档车型差别较大。

VI

上海牌SH760轿车

老款梅赛德斯–奔驰轿车的特点在上海牌车子的身上表现得十分明显。流线型的车顶和车门是受到了1950年代的梅赛德斯"庞顿"模型的启发。不过，这款中国轿车是在1980年代生产的，洛曼博物馆收藏的是1986年直接从工厂里运来的。行车记录上的里程数为0，车内的装饰上还包着塑料保护膜。

泰托拉 87

斯太尔 55

上海牌 SH760 轿车

上海汽车厂成立于1958年，一直持续到1991年结束。SH760型轿车配备的直列6缸发动机也是从老款梅赛德斯轿车借鉴而来的，这款车主要作为接待政府重要官员的豪华轿车之用。继这一车型之后，上海汽车厂开始组装面向大众的不同车型。

VII

格雷厄姆蓝色条纹车和柯蒂斯飞车陆地快艇

1930年代早期，美国银行家休·麦克唐纳每天开着这辆豪华的复合轿车，从长岛的别墅到纽约的办公室上班。那辆半拖挂车就像一架飞机一样，它是按照佛罗里达的柯蒂斯飞机公司的飞机建造标准制造的。轻型管状金属框架用钢丝绳支撑着。车厢内部则放置了轻便的柳条椅和一张桌子。飞车的"鼻子"就像驾驶舱，里面配备有指南针、气压计、测高计、速度计和旋转灯。飞车的厨房里有台冰箱，盥洗室里还有抽水马桶。

快艇由搭载了4升引擎的格雷厄姆蓝色条纹轿车拖引，通常为"后座"的位置现在存放了一个备用车轮。拖车的挂钩插在轮轴上的孔内，车轮上的轮胎减弱了运行时的震动。

VIII

雪铁龙2CV

雪铁龙2CV能容纳2个农民、50公斤土豆以及1盒鸡蛋的重量，而每升油能跑30公里，并且能在法国农村最凹凸不平的车道上行驶。该车驾驶简单，保养容易。"即使让它载上一盒鸡蛋从一片耕地上驶过，一个鸡蛋也不会打破。"

2CV是汽车史上最棒的设计之一：车的结构"如同4个轮子上罩了一把伞"，貌似简单，但是粗犷、实用，且流露出一种个性。

这款车原计划在1939年推出，但二次大战中断了推出计划。德国入侵法国时，2CV的模型得以妥善保存才没被发现。

战争结束后，汽车研制工作得以继续，2CV得到改良，钢车身取代了铝车身。1948年，汽车最终露面，但受到广泛的嘲讽和鄙视，被戏称为"蜗牛壳"和"丑小鸭"。

但该车的销售对象——大众百姓非常喜欢这款古怪的车，它在巴黎车展初次亮相的短短几天之内，成千上万的订单如约而至。

2CV的生产持续了42年，销量以数百万计算。1990年7月27日最后一辆汽车下线的那一天，它已经成了一个传奇。如今，这款自然、小巧的法国汽车仍然有众多的追随者。

IX

纳什·大都市

纳什与奥斯汀合作生产了这款汽车。令人遗憾的是，它是一个失败的案例，很容易生锈，同时，较高的侧面车身、截短的车身设计影响了汽车的操纵性能，危险性很大。

令人惊讶的是，大都市汽车的销售情况却非常好，特别是在美国市场上受到了人们的广泛欢迎。在7年的生产时间（1953—1961年）里，10万辆大都市汽车找到了自己的新家。

特拉贝特601

这是东德在1964年投入生产的轿车，1991年宣布停产。当时它遭到了无情的嘲笑，但是多年来该车的可靠性和经济性却无可否认——即使无法带给人们太多的激动。

格雷厄姆蓝色条纹车和柯蒂斯飞车陆地快艇

雪铁龙 2CV

纳什·大都市

特拉贝特 601

梅塞施密特 KR200

梅塞施密特KR200

生产微型三轮汽车的想法在今天看来有些荒唐，而在1950年代，一种具备基本性能而又价格便宜的车对人们来说有很大意义。

1955年，KR200型汽车问世了。它的最大特点是驾驶室是用一整块有机玻璃罩塑成的，就像飞机驾驶舱一样。乘客坐在后排座位上，而司机通过摩托车式的操纵柄来驾驶汽车。

X

水陆两用车

水陆两用车是由汉斯·特瑞派尔构思设计的，二战中，他曾为德国军队设计过水陆两用汽车。

这款车在陆地上能够以113公里/小时的速度行驶，水中的速度可达11公里/小时。

找一个缓坡，向下冲下去，将车轮驱动切换为两个螺旋桨的驱动，汽车就变成了船。一旦汽车在水面上行驶，它的前轮就起到船舵的作用。

可以想象，1961年投产的水陆两用车无论在陆地上还是在水中都表现得不够好，不过它有趣新颖。

绝大部分水陆两用车都在美国销售，但1968年美国政府制定新规，严禁美国销售这款车，它就此停产。

菲亚特1100船车

这艘"轮子上的船"是不能在海上航行的。来自都灵的汽车车身设计师科里亚斯科于1950年代在菲亚特1100车型的基础上打造了这款令人震撼的车辆，目的是为博洛尼亚的斯卡拉尼航海学校做宣传。他把海船所具有的一切细节都运用在这辆车上，比如船舱、救生圈和木质甲板等；车前的挡泥板代表海水和海浪。

水陆两用车

菲亚特 1100 船车

埃德塞尔

XI

埃德塞尔

福特汽车为了满足一般车主的需求，在1957年推出了中级市场车型埃德塞尔。谁知这却是一个彻底的失败，福特损失了大约3亿美元。

埃德塞尔原本是想与其他福特产品有不同的定位，但这些产品看起来都差不多。福特进行了大量的销售广告宣传，可销量还是很低，那些大量订购汽车的零售商都破产了。

这些车出现时正是购车量缩减的时候，而且埃德塞尔也有购车者厌恶的马轭式格栅。1959年，这款昂贵的车型最终停产了。

XII

宝马328

328车型在1936年首次亮相，当年即赢得了最大的汽车赛事之一的埃菲尔雷南汽车比赛。其独特的外表令人称奇：曲线形敞篷双座车体，较同时代其他车型要小得多的脚踏板。此外，它没有侧窗，只有低矮的车门。

在外行人看来，宝马328与战前的敞篷跑车没什么不同。但事实上，328车型控制灵活，性能极佳，比那个时代的绝大多数跑车都要高一档次。它可以静态启动追上当代一些炙手可热的舱门式后背汽车。

时至今日，宝马328仍被认为是世界上最好的跑车之一。

捷豹XKSS

1954年捷豹D车型推出，被视为同时代最有生命力的跑车之一。1957年，捷豹XKSS面世，该车时速240公里，双车座。

可惜的是，当时生产捷豹的考文垂（Coventry）工厂遭遇大火，很多车连同众多的生产设备毁于一旦。而且，公司内部还有一项政策的改变，即注意力由生产跑车转向发展轿车系列。结果捷豹XKSS只生产了16辆，其中之一就在洛曼汽车博物馆。

兰博基尼350GT

兰博基尼原来主要生产空调设施和空气冷却器，同时也一直生产汽车。1964年，公司推出了第一台跑车350GT。

尽管该车速度快，又具有良好的灵活性和操纵性，但是它在精密性方面略微逊色，然而350GT确实为公司未来的成功铺平了道路。

XIII

劳斯莱斯·银色鬼魂

它是劳斯莱斯在二战后推出的第一款车，而实际上该车是战前设计的作品，参照了曾在1939年昙花一现的鬼魂车型。最初为了拯救英国崩溃的经济仅将该车出口到了美国（大多数汽车出口到了美国），银色鬼魂直到1948年才开始在英国国内上市销售。

没有几部银色鬼魂从外观上看是相同的，因为劳斯莱斯公司并未提供标准的车身，购车者可以自行选择代理商提供的车身制造商的设计作品，或者是按照特殊需求进行改装。

与劳斯莱斯生产的所有车型一样，这款车同样做工精良、操作舒服，但是在行驶时反应略显迟缓，性能也不尽如人意。尽管如此，典雅的长轴距变形车还是获得了国家元首的青睐。

宝马 328

捷豹 XKSS

兰博基尼 350 GT

劳斯莱斯·银色鬼魂

毕加索 Z-102

毕加索Z-102

著名的意大利运动汽车品牌的奠基人恩佐·法拉利向来比对手棋高一着，让人望尘莫及。但有一次，他说生产卡车的毕加索汽车公司的总裁堂·里卡特穿着厚厚的橡胶底鞋，是为了让脑部免遭更多的刺激。

为了回应这种侮辱，这个西班牙人决定生产一款速度极快的双人小汽车，并在法拉利的赛事中击败法拉利汽车。

于是毕加索Z-102型汽车在1951年问世，其速度非常快，时速258公里，驾驶起来惊人的敏捷。除了噪音较大外，最大的问题是昂贵的价格。

XIV

海牙洛曼汽车博物馆收藏了一些与名人有关的汽车，对我这种外行来说，比较容易接受。

梅赛德斯-奔驰纽堡500（德皇威廉二世的座驾）

这款奔驰车重约3000公斤，主要原因是车身增加了轻型的装甲。车的底盘和悬架都经过了加固，车内安装了地板采暖系统。不过，最有趣的细节是车内的通话系统，乘客可以通过它向司机传达指示而不是直接跟他讲话。车厢后面的一个小的操控台上的按钮是用来控制仪表盘上的指示灯的：如"快""慢""停""左""转向"和"返家"。

这台车的主人是已故的德皇威廉二世。由于荷兰在一战期间保持中立，他就在荷兰的"多伦庄园"度过了流亡岁月，后于1941年因脑血栓在多伦病逝。

梅赛德斯 - 奔驰纽堡 500，先前为德皇威廉二世的座驾

亨伯普尔曼，先前为丘吉尔的座驾

凯迪拉克弗雷特伍德，先前为猫王普莱斯利的座驾

XV

亨伯普尔曼（丘吉尔的座驾）

英国首相丘吉尔的雪茄总是不离手，因此他的私人轿车亨伯普尔曼内配备了一个超大烟灰缸。此外，车里还安装了一台按钮收音机——这在当时是很新奇的——以及为司机和客人配置的独立的暖气系统。车身是斯拉普&马伯利公司设计的。

亨伯普尔曼诞生于二战前，但是在战争期间，这种轿车只向英国政府和军事官员提供。

陆军元帅蒙哥马利开了一辆亨伯的军用车，他将它取名为"忠诚的老友"，以此代表对它的信赖。政府官员也喜欢亨伯，因为它比较低调。它具有劳斯莱斯的奢华之感，但更显内敛。还有一款车叫"帝国"，这款车的司机的座位后边没有隔板。

1954年的时候，普尔曼是总部位于考文垂的鲁特斯集团制造的汽车里型号最大的车辆。同年，这款车停止生产，而它也成了最后一批车辆的代表。

XVI

凯迪拉克弗雷特伍德（猫王普莱斯利的座驾）

"摇滚之王"普莱斯利喜欢凯迪拉克。他拥有100辆凯迪拉克，而且大部分是定制款，他的紫色和粉色凯迪拉克从那时起就已经世界闻名了。这款弗雷特伍德车安装了一台8.2升的发动机，也是按照他的标准定制的。原来的车灯位置安装了一对假灯，车身镀铬，两侧厚厚的脚踏板上都装有发光器，车门打开时，它就开始闪光。仪表盘上的灯会随着收音机里音乐的节奏跳动。车内的座位上铺着奢华的毛绒坐垫。

此外，车尾还安装了所谓的"陆地装备"，即扩大的保险杠和备用轮胎外壳。这套装备最早是装在林肯大陆上的，所以就有了这个名字。不过，这款凯迪拉克上的备用轮胎外壳太小了，根本装不下真的轮胎。

普莱斯利享受这款车的时间不长，1977年8月他就去世了，年仅42岁。

XVII

林肯V12"教父"

电影中最惊恐最令人难忘的一幕莫过于《教父》中柯里昂的长子桑尼在收费站遇到伏击、被机关枪打成筛子的场景。但桑尼坐的12缸发动机的林肯大陆保留了下来，洛曼汽车博物馆展出的就是这辆车。在1971年的扫射场景的拍摄期间，这款林肯车由其他两部林肯大陆轿车代替，其中一辆车上留下了45个弹孔。专业的影视效果制作团队在另一辆车上安装了爆炸物来模拟子弹的效果。

林肯是福特汽车公司生产的一款奢华轿车，而1939年开始投产的"大陆"则是所有车型里声誉最高的车。在一段时间里，林肯甚至还是福特公司的一个独立品牌，但是在2015年，福特公司在纽约汽车展上仅展示了一辆大陆概念车。

林肯V12"教父"

德索托定制系列 S-11C 出租车

XVIII

德索托定制系列S-11C出租车

它不是一辆普通的美国黄色出租车，而是一辆实实在在的明星车。和上面的林肯车一样，这款德索托也参演了《教父》。5年之后，这辆出租车还出现在电影《盗贼》里，欧文·科里饰演出租车司机。红黄图案的车子是典型的旧金山出租车，车内有一套"流体传动"系统，即一套液力耦合器，能够实现平稳变速。

德索托这个品牌是根据西班牙人赫尔南多·德·索托的名字命名的，他发现了密西西比河。该品牌由克莱斯勒集团发布于1929年。德索托的发布获得了巨大的成功，部分原因要归结于声势浩大的营销活动，该车生产的第一年就售出了8万辆。但是，1950年代，销量开始下降，60年代开始，它从市场上消失了。

阿斯顿·马丁DB5（詹姆斯·邦德）

"詹姆斯·邦德、西恩·康纳利、阿斯顿·马丁"这三个符号已经永远地联系在一起，在电影《金手指》中，秘密特工詹姆斯·邦德从工程师"Q"那里得到用来执行任务的座驾就是这辆原版DB5。这款阿斯顿·马丁安装了以下装备：

1）前指示器后面装了两把勃朗宁机械枪；

2）液压伸缩保险杠，可做攻击锤用；

3）旋转车牌装置，可以来回替换英国、瑞士和法国注册的车牌；

4）左后轮毂装有伸缩刀具，用来划割轮胎；

5）一台烟雾机，用来制造掩护烟幕；

6）一台后置油泵，用来制造滑腻的路面，防止追逐者的追击；

7）一台伪装设备，专门在路面上铺洒鱼尾纹；

8）一面保护后窗的防弹屏；

9）一套追踪车辆的雷达导航系统；

10）最后是一套摆脱不良乘客的弹射座椅。

阿斯顿·马丁 DB5，电影《金手指》中詹姆斯·邦德执行任务的座驾

这些所有的破坏性装置的设计者是肯·亚当，他负责这部电影的制作。这些灵感来源于二战期间他在英国皇家空军的经历，那时，他驾驶一架全副武装的霍克台风战斗机。这台DB5车上的所有改良装备都是在纽波特帕格内尔的阿斯顿·马丁汽车制造厂完成的，这是4辆改装车中装备最齐全的。

XX

泰晤士48马力轿式客车

大客车酷似公共马车，但这款是有意做成这样的。它的5.0升6缸发动机故意放到了最前面，目的就是为了给人留下旧时载客的四轮马车的印象，小前轮和大后轮的设计也是出于这个目的。

这是客车有限公司生产的汽油引擎客车中保留下来的唯一一辆，这些轿式客车在当时是用来接送在爱斯科和埃普索姆赛马场观看比赛的人的，两个赛马场距离伦敦市区的距离都在160公里以内。这款车的车厢内部可以容纳9位乘客，车顶上还可以坐16个人。

车子由1857年成立的泰晤士钢铁造船与工程有限公司制造。19世纪中期时，它是一个重要的造船厂，1902年开始生产蒸汽火车，并将它作为副业，1906年又增加了汽车的制造。

这款客车的车身是斯拉普&马伯利公司打造的。后来，劳斯莱斯、梅赛德斯–奔驰等奢华车辆的车身也由该公司制造。

XXI

玖诗文城市车

这款珍稀的德国玖诗文车浑身散发着纯粹的奢华感。瞧瞧车身上那专业的抛光工艺，那制作精细的门把手，还有那椭圆的、所谓的"剧院窗"，从这里你

泰晤士 48 马力轿式客车

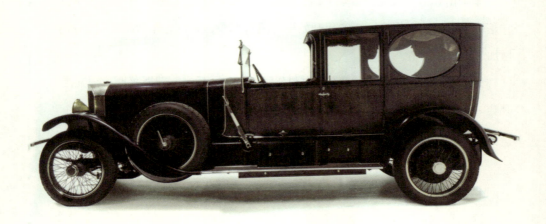

玖诗文城市车

可以看到由浮花织锦、红木和象牙装饰的华丽的车厢内部。这辆车开始是作为一辆梅赛德斯打造的，1913年开始制作。1920年代初，它由柏林的约瑟夫·温斯基购得。此人又称"玖诗文"，他在梅赛德斯车里增加了戴姆勒和迈巴赫的航空引擎，还安装了一个95马力7.2升6缸梅赛德斯航空引擎，车身的设计与制造则由柏林的设计师萨维操刀，车身仍然保留着尖锐的梅赛德斯散热器护栅。

1924年左右，这款玖诗文在美国终结，它在这里甚至还参与了几场电影的拍摄。从1929年开始，它就收藏在密歇根迪尔伯恩的亨利-福特汽车博物馆里。据说，这款车在一段时间内分别由德皇威廉二世和保加利亚国王所有。2015年，洛曼汽车博物馆才获得这款独特的玖诗文。

玖诗文汽车公司仅在1921—1924年经营了三年，因此，其产量极低，这辆车应该是世界上留下的唯一的玖诗文车。

XXII

戴姆勒DK400"金斑马"轿跑

这是时尚的艺术还是低俗的设计呢？参加1955年伦敦伯爵府汽车展的观赏者在胡珀车身制造公司的展位上看到这辆戴姆勒时一定会产生这样的疑问。

这场盛大的展览是由多克尔夫人策划的，她曾是巴黎咖啡馆的一名舞者，先前两段锦衣玉食的婚姻失败后，于1949年嫁给了戴姆勒公司的董事会主席多克尔爵士。

多克尔夫人觉得戴姆勒品牌的知名度还不够高，需要进一步提升，于是，她就担起了造型设计师的角色。1951年，她邀请胡珀每年打造一款新颖华丽的展示模型车。这款车就是1955年的模型，该车配备了象牙仪表盘、鸡尾酒吧、野餐篮、皮箱和象牙化妆盒。此外，车厢内部还搭配了金边斑马皮坐垫，散热器上放置了一个斑马吉祥物，所以它的昵称是"金斑马"。

"为什么是斑马皮坐垫呢？"有人曾经询问多克尔夫人。"因为貂皮坐上去太热了。"她回答。

最后，公司管理层厌倦了多克尔夫妇的奢侈，尤其是当时的英国还未从战争中恢复元气，他们的奢侈就显得不合时宜，于是多克尔爵士离开了董事会，他们夫妇渐渐地与上层社会脱节，很多财产也慢慢失去了。他们为了逃避税收，在泽西的一间平房里度过了最后的岁月。

金斑马曾经有数任车主，它在1998到2006年间恢复了原始的状态。斑马皮是从肯尼亚进口来做装饰用的，仪表盘不再是象牙打造的，而是采用了象牙木和悬铃木的复合材料。

戴姆勒 DK400 "金斑马"轿跑

劳斯莱斯 40/50 马力银魅克罗尔 & 克罗尔射击制动猎装车

XXIII

劳斯莱斯40/50马力银魅克罗尔 & 克罗尔射击制动猎装车

这款劳斯莱斯"射击制动"车或猎装车象征着名流贵族的财富。该车的后挡泥板上方配有枪盒，车顶上安装有架子用来运送猎物，散热器上方还放置了一个鹿头作为吉祥物——著名的"欢庆女神"标志是一年以后设计并加到车上去的。

一位英国著名的贵族在1910年委托汽车公司打造了这款劳斯莱斯，其车身由苏格兰车身制造公司凯尔索的克罗尔 & 克罗尔公司制造。

6缸劳斯莱斯40/50马力于1906年亮相伦敦车展。这款模型车的第12辆车喷了银灰色的面漆，因此取名"银魅"，这不仅体现了车身的色彩，也反映了操作过程中卓越的静谧音效。1907年，经测试该车可运行24000公里，且中途不会出现任何故障。当时，没有一辆车能够达到该车行程的一半距离。不过，当时糟糕的路况使驾驶的途中不得不29次更换轮胎，但是只有几个磨损的零件需要替换，总共花费不超过2英镑。

这次测试证实劳斯莱斯就是"世界上最好的车",为纪念这个成就,所有的40/50马力车型都被冠以"银魅"这个名字。这是第三辆保存下来的拥有原始车身的银魅。

XXIV

布鲁克25/30马力天鹅车

这款布鲁克天鹅车非常独特。它是由古怪且富有的苏格兰人马修逊制造的,20世纪初,他住在加尔各答,即当时的英属印度的首都。马修逊想用这辆车让当地名流大吃一惊,他的确做到了。

安装在布鲁克车体底盘上的车身表现的是天鹅划过水面的样子。车尾装饰着金色的莲花图案,这是"神的智慧"的一种古老的象征。除了正常的车灯之外,天鹅的眼睛里也装了两个电灯泡,它会在暗夜里发出诡异的亮光。车上还有一个排气式的八音加百利喇叭,可以通过车后的键盘控制。轮船上的电报机也运用在这辆车上,以便向司机传达指令。挡风玻璃上配备了雨刷,用来擦去车轮卷起的大象粪便。天鹅的嘴与引擎的冷却系统连接,它可以张开喷气,帮助司机清理街上的垃圾。车尾的阀门里可以喷洒石灰水,这样做能够让这只"天鹅"看起来更鲜活生动。

这辆车第一次出行的时候噪音很大,警察都介入了。

后来,马修逊把车子卖给了纳巴王公,该家族连续拥有这部车的时间长达70多年。

多年以后,这部车子的零部件虽然损毁严重,但仍然保持着原来的样貌。奢华的印度丝绸装饰已经被老鼠啃烂了。1991年,它终于归入洛曼汽车博物馆,经过了彻底的修复,该馆的工作人员根据座位下方发现的残余原始布料,委托印度一家纺织厂制造了相同的新装饰材料。车上所有的器具都恢复了原样。

布鲁克 25/30 马力天鹅车

小天鹅车——"婴儿款天鹅车"

小天鹅车——"婴儿款天鹅车"

1920年代，为了和"大天鹅车"做伴，纳巴王公制造了这款小型的天鹅车。该车的车身是用薄钢板手工打造的，上面配备了一台电机。这款车叫作"婴儿款天鹅车"或"小天鹅车"。它的车头上也装饰着小天鹅，这大概是印度产的最老的汽车了。

大小天鹅车在洛曼博物馆再聚首，就像母女重逢。

XXV

2008林肯传输德科轿车和1992哈雷–戴维森运动德科机车

装饰艺术运动和1930年代菲戈尼 & 法拉斯基和绍契克的车身设计，对美国新泽西州德科骑乘车辆制造公司的泰瑞·库克和弗兰克·尼古拉斯都带来了极大的启发，他们在"1939年林肯和风版"的基础上打造了这款非凡的座驾。这款车的车身由纤维玻璃制造，动力由一台5.7升8缸雪佛兰小型引擎提供。雪佛兰开拓者

2008 林肯传输德科轿车和 1992 哈雷 - 戴维森运动德科机车

四轮驱动底盘经过改造，搭载了这台配置了手工打造铝合金车体的1992哈雷-戴维森运动机车。放置摩托机车的斜架可以随电动按钮自动进出，整部车子的制造完成于2008年。

"量身定制"即根据客户自身的品位和要求对产品进行技术和视觉上的重新改造，这一趋势在二战后的美国特别流行，尤其是汽车的定制。年轻人把旧车买来，几乎什么部件都不要，然后装上调整过的引擎。这些改装通常都会涂上鲜亮浮夸的颜色，再安装很多镀铬配件，然后就成了人们熟知的"改装赛车""改装老爷车"或"定制车"。

XXVI

比洛曼汽车博物馆更合适孩子的是马都拉丹（Madurodam），它是有名的缩微城，在7000平方米的范围内展出了以1:25缩小的荷兰国内有代表性的房屋。

纽约知名的社区布鲁克林得名于荷兰城镇布勒克伦（Breukelen）。在马都拉丹可以看到尼金罗德城堡（Nijenrode），而它正是位于布勒克伦。城堡早前是一座商人宅邸，之后又被用作寄宿学校，而今这里已变成一座商科大学。

哈勒姆的哈尔斯美术馆，我们已在前面有所介绍。

阿姆斯特丹国立航海博物馆（National Maritime Museum）建于1608年，原本是一座用来存放航运材料的仓库。1973年开始，航海博物馆便建于这地方。我们在里面可以看到一些独特的藏品，例如17世纪的制图家、地球仪制作者布劳（Blaeu）先生制作的图集以及地图。该博物馆被认为是世界上最著名的航海博物馆之一。

阿姆斯特丹17世纪海运船。1609年，亨利·哈德森曾乘坐该类船舶航行至新阿姆斯特丹（今天的纽约）以及其他海外领地。马都拉丹码头上停泊着一艘阿姆斯特丹东印度公司的船，哈德森在去印度的处女航中便乘坐过此船。

马都拉丹缩微城

还有我们在阿姆斯特丹已经见过的泪水塔、水坝广场、王宫、蒙特塔（从马都拉丹的介绍得知，美元dollar正是来自荷兰盾daalder）、西教堂和乔丹区。

其他还有桥梁、港口、机场、高速公路、电车、公园、足球场、运河、汽车、火车、飞机和火车等。

在入口不远处有一艘船，会突然着火，人们可以利用岸上的消防水枪将火扑灭，这是孩子最喜欢的。

最后，我们介绍《海边的小王国：荷兰文化遗产》中两栋海牙的房子。

XXVII

1914年6月28日，奥匈帝国皇位继承人——奥地利大公弗朗茨·斐迪南和他的太太霍恩伯格公爵夫人索菲亚一起被人暗杀，导致了第一次世界大战的爆发。

这迫使成千上万的人来到中立国荷兰寻求庇护，其中有一位著名的荷兰脱衣舞女郎在结束了欧洲巡演后，跟随着避难的人群回到了她的母国荷兰。这位脱衣舞女郎名叫玛塔·哈丽（Mata Hari，1876 — 1917年），除了脱衣舞女郎这个身份，她还是相当一部分高级军官和外国外交官的秘密情人。当时的哈丽认为海牙是难民寻求庇护的最安全的地方。

1876年8月7日，玛塔·哈丽出生于吕伐登。一战的爆发，使得她那令人兴奋的脱衣舞表演以及来自欧洲各地的情人，都经历了翻天覆地的巨变。她租下了新奥特列斯（Nieuwe Uitleg）16号，这是由两栋背靠背的建筑合成的宅邸，1906年的时候两栋楼之间修建了通道。靠运河一面的建筑修建于1800年前后，它的建筑立面相对朴素简约。后面的一栋是带有六间舒适房间和一个小院子的大型城市豪宅。玛塔·哈丽选择租住在这里并非一时的心血来潮——事实上，这里是完美的交际地点，距离作为国际精英、使团、军官和外国间谍会面场所的因德斯酒店（Hotel Des Indes）只有一箭之遥。

XXVIII

1914年9月，这位名流交际花正式入住新奥特列斯16号，在此之前，她就对这栋宅邸进行了彻底的翻新和装潢。楼梯设在前后两栋楼之间，这样一来，当有重要客人来访时，她就可以像爱神一样隆重亮相，在楼梯口扮演勾人心魄的性感尤物。房子的墙壁上从上到下都粉刷了一遍并贴上了墙纸，屋内安装了煤气灯，此外她还额外辟出了一个空间作为第二个盥洗室。房子装修期间，哈丽就住在距离新奥特列斯不远处的圣保罗酒店里。

宅邸的装修花费了400荷兰盾，花钱如流水的玛塔·哈丽没多久就濒临破产，所以她开始搜寻新的情人。幸运的是，由于她并没有否认债务，所以承包商给了她两年的时间来清偿。然而，画师和木匠就没有承包商那么好说话了，他们几乎每周都会拿着账单跑到圣保罗酒店里找哈丽要债。

8个月之后，宅邸的翻新和装潢工程彻底完工。哈丽的女管家安娜·林茨延斯也从林堡搬了过来。不过，房子最后的验收环节却不是十分愉快，承包商塞特运来了新的家具，玛塔·哈丽则大肆抱怨床的质量。塞特反复承诺说床垫采用的是质量最上乘的马鬃，然而怒火中烧的玛塔·哈丽根本不听塞特的话，直接冲向厨房拿了一把刀出来划开床垫，指着里面的填充物大吼道："这就是你说的质量？好吧，但是我告诉你，我不认同这个质量！"之后搬家具的时候，玛塔·哈丽又一次变得歇斯底里起来，她指定的衣橱体积太大，无法通过楼梯间抬上来，愤怒到几乎癫狂的玛塔·哈丽一把将柜子推了下去。后来她自我辩解说："我生气的时候就很容易口不择言，我控制不住自己。"

XXIX

与此同时，她的财务危机也越来越严重。一位德国领事拜访了她，并且给了她两万荷兰盾，聘请玛塔·哈丽前往法国从事情报工作。玛塔战前一直都是住在巴黎的，所以她对那儿可谓是了如指掌，而这次的公干旅行正好也可以让她顺带把之前留在巴黎的十个私人箱子取回来。1915年年底，玛塔启程前往法国，但是战争的情势并不乐观，她只能绕道前往。她先是坐船到了英国。英国的情报部门对她此次的任务和身份也很清楚，他们并没有对她多加干预，让她顺利前往西班牙，条件是玛塔除了自身的任务之外，还要帮英国充当间谍刺探消息。1915年12月，双面间谍玛塔·哈丽最终抵达了巴黎，一个月之后，她就顺利回到了荷兰。回到新奥特列斯之后，她就聘请艾萨克·伊萨莱斯为自己画了一幅肖像。1916年5月24日，玛塔·哈丽登上了名叫泽兰迪亚（De Zeelandia）的蒸汽船再次前往法国。她刚抵达法国—西班牙边境线的时候就被截停了，一位外交官故友前来调停之后，她才得以被放行继续前往法国。而玛塔·哈丽不知道的是，此刻的自己已经被法国情报部门跟踪了。战事愈演愈烈，她却和某个情人去维泰尔度假了。回到巴黎后，法国的情报部门反过来指派哈丽在荷兰为他们窃取情报，于是她再度出发，途经西班牙和英国，再最终回到荷兰。1916年11月，这位三重间谍——哈丽在船上被苏格兰的人带走，并送回了西班牙。

德国情报部门给玛塔·哈丽的联络人发了一封电报：

告诉特工工H-21回到法国继续执行任务-停止-她将收到一张5000法郎的支票。

1917年1月2日，玛塔·哈丽穿过西班牙边境线，再度进入法国境内。之后一个月不到的时间里，她就被法国反情报组织逮捕了。陷入绝望的哈丽在巴黎的监狱里给自己过去的情人写信求助，"这是一个误会：我恳求你，帮帮我。"她在海牙的女管家安娜也收到了来自巴黎的信件，字里行间的绝望和痛苦溢于言表："我向你保证我真是受够了这种生不如死的日子。"此刻的玛塔·哈丽濒临崩溃。终审结束后，玛塔·哈丽在1917年10月15日被处决。她在新奥特列斯16号的家具也被逐一拍卖，以支付拖欠的租金。

直到100多年后的2017年，法国当局才允许公开玛塔·哈丽终审的文件资料，她传奇的情报生涯和对爱情的追寻震撼了一代又一代人。和安妮·弗兰克、约翰·克鲁伊夫一样，玛塔·哈丽也是令世界铭记的荷兰人之一。

XXX

新奥特列斯16号的第二任住户是演员索菲亚·德·容，她在舞台上的艺名菲·卡莱尔森更是广为人知。1920年代，她是荷兰戏院里的大拿，是演艺界最亮眼的一颗明星。然而，风头一时无双的菲却过得一点都不快乐，她一生的挚爱、著名的卡巴莱歌舞演员兼歌唱家让–路易·皮苏斯因为另一个女人抛弃了她。这位女演员感情上的挫败导致她开始痴迷上这栋宅邸的前一任女主人，她好像着魔了一般，拼命收集所有她能找到的那些关于这位偶像的信息、物件和历史等。

1927年，这位巨星在得知前夫让–路易·皮苏斯被竞争对手谋杀致死之后彻底崩溃。这一打击促使她更加沉迷于对玛塔·哈丽的痴迷中。和哈丽一样，她也聘请艾萨克·伊萨莱斯为自己画了一幅肖像。

1932年，为了庆祝她演艺事业的25周年庆，菲·卡莱尔森组织排演了一场关于玛塔·哈丽的舞台剧，她自己顺理成章做了女主角，扮演玛塔·哈丽本人。时下对于这出舞台剧的口碑并不理想，剧本本身也十分失败，但菲·卡莱尔森根本不在乎。1938年，她搬离了新奥特列斯16号，之后，这栋宅邸又租了出去，再之后就卖给了下家。

XXXI

2010年，拜伦·凡·帕兰特和他的太太买下了这栋玛塔·哈丽曾经居住过的宅邸。不过，夫妇俩的朋友并不赞同他们马上搬进去，因为据说这栋房子经常闹鬼。玛塔·哈丽的魂魄总是在屋子里漫无目的地闲逛。更有甚者，据说有时候屋子里会突然之间发出"砰"的一声巨响，好像玛塔·哈丽的处决再次上演了一般。有人建议凡·帕兰特夫妇向驱魔人寻求帮助，但是夫妇俩只是让自己养的达克斯猎犬——法米克看看门。这条猎犬摇着尾巴把屋子里所有的房间都闻了一遍，并没有发现什么异常。但是巨响很快又出现了，这次拜伦不得不亲自出马寻找原因，很快他就找到了神秘巨响的来源。原来，在一些特定的日子里，大约4点钟的时候，太阳光就会以特定的角度照射在屋顶上，持续不断的热量会使屋顶的木料膨胀，从而导致发出这种类似于破裂的巨大声响，这种声音听起来很像来复枪的枪声。自从发现这个来源之后，玛塔·哈丽的鬼魂之说就不攻自破，从此彻底销声匿迹了。

1958年，在持续了50年的演艺生涯之后，菲·卡莱尔森挥别了舞台，回归了普通人的退休生活。她用一辈子的时间深爱着前夫让–路易·皮苏斯，她在遗嘱里写明，将每年提供皮苏斯奖项给阿姆斯特丹艺术学校的戏剧学院里最为出色且最具潜力的年轻学生。1975年，菲·卡莱尔森去世。一年之后，新奥特列斯16号的大门旁边竖起了一块纪念石。1990年代，玛塔·哈丽的一个粉丝在菲的肖像旁边放上了一块纪念饰板。从此，这个地方就极具象征意义，因为这栋宅邸的存在浓缩了前后两位巨星那如烟似雾的繁华一生。

XXXII

第一次世界大战结束后不久，荷兰的民用航空就已经开始起步。1919年10月7日，八位商人共同出资120万荷兰盾建立了荷兰皇家航空公司（KLM Royal Dutch Airlines）。KLM的绅士们很快就取得了开门红，三周后，荷兰皇家航空公司就在海牙的绅士运河沿岸开设了办公室。

第一年，荷兰航空公司依靠租赁飞机开通了伦敦、汉堡和哥本哈根这三条航线。当时每一位登机的乘客都会得到一件毛皮长大衣和装有热水的瓶子。1919年的时候，买票坐飞机的乘客仅有345人，到了翌年，就上升到了2689人。随着航空公司的飞速发展，KLM的总部规模就显得太小了，而作为KLM航空先驱的阿尔伯特·普莱斯曼也开始着眼于寻找更广阔的市场。

于是，在邻近KLM办公室的地方，一幢崭新的豪华百货公司——梅登斯大厦吸引了一众时尚宠儿。这栋极具纪念意义的大楼和延续了几个世纪的荷兰政治中心——议会大厦几乎正面相对。1913年，身为20世纪荷兰现代建筑学之父的H. P. 贝尔拉格（Hendrik Petrus Berlage，1856—1934年）设计了这座梅登斯大厦。他的这一建筑设计风格是受到了1911年美国之行的启发，当时他在美国接触了建筑师弗朗克·劳埃德·莱特（Frank Lloyd Wright，1867—1959年）和路易斯·苏利文（Louis Henry Sullivan，1856—1924年）的建筑作品，并对其赞赏有加。

贝尔拉格是一个天生的社会主义者，不仅如此，他还是一个理想主义者。按照他的说法，艺术是人们生活在社会之中的一种表达方式。他想要制作奢侈品，比如那些放在梅登斯大厦里卖给走过路过的普通人的东西。他那朴素至极的建筑风格几乎不带有任何装饰，不过，为了在艺术和建筑之间有个衔接，贝尔拉格在给霍夫维（Hofweg）设计的建筑立面上添加了极具风格的装饰，其中，雕刻家兰伯特斯·齐格为位于霍夫维9—11号角落建筑的立面设计制作了砂岩材质的羊头、一个装饰性的飞檐和一个浮雕。

1915年，这座奢华的百货大楼开张的时候，当时的媒体对于贝尔拉格的设计大肆赞颂，赞美之词不绝于耳。

贝尔拉格设计的立面是如此平和从容，如此高端大气，如此令人心旷神怡，又如此简洁庄严得令人心生敬畏。海牙这座城市从来不缺富丽堂皇的立面，可没有哪座立面能将艺术发挥到如斯极致。亲爱的主啊，这才是真正的别具一格啊！

当然，有褒就有贬，一部分人对贝尔拉格的这一设计并不看好，这场关于贝尔拉格的讨论再度升级，《鹿特丹小报》发文评论说："这会是足以源远流长的艺术经典之作吗，还是说不出多久，它就会成为拆迁对象？"当时的人们对于这栋建筑可谓是众说纷纭。

XXXIII

1915年开始，位于霍夫维9号的豪华百货商店的角落里的建筑就被用作汽车修理厂和售卖美国汽车的汽车公司办事区。当时这里卖的车里就有哈德逊超6系列。汽车展示厅设在建筑一层，不过其楼上区域的使用率并不高。1924年年底，KLM的管理层仍然在四处找寻适合作为总部的办公区域。航空公司的乘客和航线每年都在成倍增长，这使得对于新办公区域的寻找更是迫在眉睫。很快，航空公司的高层就发现了霍夫维角落里的这栋建筑，经过了简单的装修之后，KLM的总部于1925年5月15日入驻了霍夫维汽车展示厅楼上的办公区域，而阿尔伯特·普莱斯曼本人的办公室则位于这栋建筑的顶层。

262

彼时的KLM在荷兰全境内都设立了售票处。当然，那时还没有旅行中介，在汽车展示厅关门之后，航空公司就把建筑一层也盘了下来作为售票处。每逢国家航空公司也参与其中的历史性事件爆发时，比如1934年从伦敦到墨尔本的著名航空竞赛那次，成千上万的人聚集在一层售票处门口的人行道上，等待着第一手的最新消息。

1946年，KLM的总部搬到了阿姆斯特丹，售票处则留在了海牙。之后，到了1954年，KLM的35周年纪念的时候，航空公司创始人兼第一位首席执行官的长孙揭幕了印有他那位杰出祖父肖像的勋章。多年来，海牙售票处的内部已经经历了好多次整改翻新，以跟上时代的潮流。然而，一直以来不曾改变的是那幅挂在墙上的由弗朗斯·沃尔莫专门为KLM标志航线创作的世界地图，尽管航线的数量早就增长了好多倍。1981年，KLM的规模再次扩张，玛格丽特公主也出资开设了一个新的售票处。

到今天为止，KLM仍然坐落于海牙那栋由贝尔拉格设计建造的古老建筑之中。如今这里的KLM办公区主要负责旅行健康医疗事项，专门为乘客提供健康医疗建议和服务以及接种疫苗等。

第二十一章

瓷都代尔夫特

维米尔艺术中心

I

海牙、鹿特丹和代尔夫特都属于南荷兰省，相对于北荷兰省的阿姆斯特丹来说，前者彼此比较近。从阿姆斯特丹坐火车去代尔夫特需要1个小时，而从鹿特丹与海牙出发，分别只需15分钟和10分钟。

作为一个喜欢瓷器尤其是青花瓷的中国人，自然会对曾经的瓷都代尔夫特有些兴趣。虽然代尔夫特也有陶瓷工厂吧和瓷砖博物馆可以参观，不过我在阿姆斯特丹的国家博物馆已经大饱眼福，相信这是代尔夫特瓷器最精彩之处了。

II

从1610年开始，荷兰东印度公司凭着在中国的特权，每年大约有10万件瓷器从中国出口到荷兰。1620到1640年间，这些出口瓷器多达20万件。一开始，巨大的外来瓷器供应严重冲击了当地的陶器厂。代尔夫特制造的陶器模仿意大利的马约利卡陶器（mojolica），但是不管这些陶器有多奢华，在技术和艺术上都比不过东方的瓷器。东方的瓷器质地更厚，但更轻盈，上面的画也更自然艳丽。因为缺乏合适的材料和用高温烧制瓷器的知识，代尔夫特人做不出真正的瓷器。实际上，直到18世纪，整个欧洲都没有人能做得出来（参见"中欧之行"系列中有关德累斯顿迈森瓷的叙述）。

1620年起，马约利卡等欧洲陶瓷厂想尽一切办法对付中国瓷器。有的工厂被迫关门，有的及时转战那些还没出现中国瓷器的市场，有的工厂转做装饰用的瓷砖，剩下的工厂则放弃高端陶器市场，转而生产更为低端和便宜的陶器，销往乡村和国外。

有的陶器厂通过对东方瓷器的贴近模仿，提升自己的产品竞争力，发起了抵制外国瓷器的斗争。这种最新的陶瓷叫作彩瓷，17、18世纪时也被广泛称为"荷兰瓷器"。

俯瞰代尔夫特

这个名字其实并不准确，因为从技术层面来说，彩瓷并不是真正的瓷器。它的制作者只是模仿了中国瓷器的外观，用蓝色纹饰装点白色陶坯，甚至还使用了具有中国风格的装饰纹样，是当时彩瓷的显著特征。

通过模仿中国出口的有限的瓷器和风格，或是在这些白底蓝釉的东方瓷器上画上荷兰的景物，这些厂家打开了一个属于自己的市场，而且没有竞争压力。

Ⅲ

1644年开始，因陷入明清易代的内部混乱中，中国制瓷业和利润可观的对外贸易停滞不前，荷兰的陶器工厂得以快速发展。荷兰东印度公司尝试进口日本瓷器来替代中国瓷器，但仅在1660年之前奏效，之后就没什么效果了。

1684年中荷重开瓷器贸易。

简单来说，17世纪中期，荷兰陶器厂抓住机会填补市场空缺，为17世纪下半叶荷兰蓝陶获得巨大成功奠定了基础。1665年前，当地有20多家陶瓷厂，但在代尔夫特产出的最高峰，有30多家陶器厂为当地市场以及欧洲其他国家供应产品。

瑞典的建筑师小尼哥底母·泰辛（Nicodemus Tessin the Younger，1654—1728年）在1687年来到代尔夫特，参观现在还是旅游景点的陶器厂。他在旅行日记中写道："我们看到了窑，还注意到了一种新发明的陶瓶子，这种瓶子上有个可以拧上去或者拧下来的东西，好像是锡做的。这里的仓库很大，世界上最大的花瓶也是在这里做的。"

1729年，瑞纳·波特在其著作《美丽的代尔夫特》中写道："再没有地方能像代尔夫特一样地制作出如此精致迷人的陶器，毋庸置疑的是代尔夫特的绘画艺术已经超过了中国，我不能否认其他地方也可以制作出好的陶器，但代尔夫特的陶器无人能比。"

IV

阿姆斯特丹国家博物馆有一块描绘了博尔斯瓦德（Bolsward）的瓷砖和陶器厂的砖板。

这块瓷砖画纪念了1737年代尔夫特陶器厂在弗里斯兰省（Friesland）博尔斯瓦德市的成立。它一定是非常自豪地挂在那里的墙上的，它表现出陶器厂一个虚拟的（有点夸张的）画面，其中包含了有关瓷砖和陶器制造的大量信息。

瓷砖画最底层右边靠近中间的画面是：为了制造釉的基本原料，首先要把玻璃在马拉的磨里磨成粉。博尔斯瓦德的陶器厂只生产花饰陶器（即陶器的上部涂了一层白锡釉和一层花纹装饰图案，然后再涂上一层透明的铅釉。非常精致的彩陶两面都涂锡釉）。

底层中部的图像说明窑炉延伸到这座大楼的所有楼层。在一楼，司炉工将木材从炉口塞进炉膛里。陶器模型放在炉膛上面的一个密室里，热气就从通到地面的通气口进入密室里。烧制期间，窑炉的开口就用砖堵上了，砖外面又用一层混合了黏土、沙子和水的泥浆密封着。

底层左边，在博尔斯瓦德的陶器厂，碗就是这样堆放在架子上在窑里烧制的。这与代尔夫特陶器厂价格昂贵的精致彩陶（涂了锡釉的陶器）相差甚远，这些陶器是在密封的黏土箱里烧制的。

V

第一层和第二层左边这些穿着体面的绅士大概是陶器厂的三个厂长，没有出现的第四位创建人可能是韦博·斯丁斯默，他把自己在博尔斯瓦德陶器厂的股份卖给他的弟弟扬。

顶层的四个纹章属于四位创建者：约翰内斯·蒂夏拉（Johannes Tichelaar）、斯丁斯默两兄弟（Jan Steensma and Wybe Steensma）和希罗·德·贾格（Hero de

描绘博尔斯瓦德的瓷砖和陶器厂的砖板，制作于博尔斯瓦德，约 1745—1765 年，
阿姆斯特丹国家博物馆藏

1. 创建者
这四个纹章属于四位创建者: 约翰内斯·蒂夏拉、扬·斯丁斯默和韦博·斯丁斯默以及希罗·德·贾格。斯丁斯默和蒂夏拉纹章里的矩形是一个塑形框，瓷砖工匠把黏土放在这个框架里不停地转动才制成了平整的砖板。巧的是，蒂夏拉的名字"Tichelaar"刚好是荷兰字"tegelaar"的变体，意思是"瓷砖工匠"。

2. 瓷砖
这块瓷砖画里的 154 块瓷砖是用釉面陶器技术烧制和上釉的。

3. 汇报
制陶师傅在下面忙着轻轻地把这些陶器搬走的时候，台阶上有个小男孩在一直盯着窑上的火苗。他跑来跑去，向师傅报告是否要添柴火。

4. 回收
瓷砖和多余的黏土分离后，助手会把剩下的边角料收集起来，磨碎之后再次捏造成形。

5. 塑形框
在制砖师傅的工作坊里，助手正在将黏土板放在一个长方形的框架里不停地旋转，直至达到均匀的厚度。

6. 制坯工匠
在制坯工作坊里，助手正在将陶坯抛到陶轮上进行旋转。这是个耗费体力的活: 工匠师傅一边用脚转动陶轮，一边用手把黏土捏成合适的模型。黏土块就堆在他的身后，等着他揉捏成不同的形状。

7. 花饰陶器
为了制作釉的基本原料，首先要把玻璃在马拉的磨里磨成粉。博尔斯瓦德的陶器厂只生产花饰陶器: 即陶器的上部涂了一层白锡釉和一层花纹装饰图案，然后再涂一层透明的铅釉。非常精致的彩陶两面都涂锡釉。

8. 窑炉
窑炉延伸到这座大楼的所有楼层。在一楼，司炉工将木材塞进炉膛里。陶器模型放在炉膛上面的一个密室里，热气就从通到地面的通气口进入密室里。烧制期间，窑炉的开口会用砖堵上，砖外面用一层混合了黏土、沙子和水的泥浆密封着。

9. 堆放
在博尔斯瓦德的陶器厂里，碗就是这样堆放在架子上在窑里烧制的。这与代尔夫特陶器厂的价格昂贵的精致彩陶（涂了锡釉的陶器）相差甚远，这些陶器是在密封的黏土箱里烧制的。

10. 厂长
这些穿着体面的绅士大概是陶器厂的三个厂长。没有出现的第四位创建人可能是韦博·斯丁斯默，他把自己在博尔斯瓦德陶器厂的股份卖给了他的弟弟扬。

Jager）。斯丁斯默和蒂夏拉纹章里的矩形是一个塑形框，瓷砖工匠把黏土放在这个框架里不停地转动才制成了平整的砖板。巧的是，蒂夏拉的名字"Tichelaar"刚好是荷兰字"tegelaar"的变体，意思是"瓷砖工匠"。

第二层中间靠左的是：制陶师傅在下面忙着轻轻地把这些陶器搬走时，台阶上有个小男孩在一直盯着窑上的火苗，他跑来跑去，向师傅报告是否要添柴火。

第二层的右边，在制坯工作坊里，一位助手正在将陶坯抛到陶轮上进行旋转。这是个耗费体力的活：工匠师傅一边用脚转动陶轮，一边用手把黏土捏成合适的模型。黏土块就堆在他的身后，等着他揉捏成不同的形状。

第三层的右侧，在制砖师傅的工作坊里，一个助手正在把黏土板在一个长方形的框架里不停地旋转，直至达到均匀的厚度。

第三层中间靠右处，瓷砖和多余的黏土分离后，助手会把剩下的边角料收集起来，磨碎之后再次捏造成形。

Ⅵ

这块瓷砖画里的154块瓷砖是用釉面技术烧制和上釉的，它几乎包含了制陶厂制作工艺的全部流程。

1.和泥

第一步是将淘洗的黏土混合，使之变软，这个过程是用马拉的捣泥机完成的。然后，人们把加工好的黏土送到其中一个工作坊里。

2.揉捏

拉坯坊的助手把黏土块再次进行多次揉捏。

3.拉坯

a.拉坯工匠在陶轮上把黏土块制成大小不同的碗和盘子。

b.瓷砖工匠会在工作台上洒一点细沙来防止砖坯黏在一起。通过使用塑形框和湿的磨具，工匠把黏土制成了形状和厚度合适的土坯。

4.晒坯

a.拉制成型的壶坯和碟坯就放在旁边的木架上。

b.切割好的砖块就放在洒了一层沙子的架子上，等它们不黏了，工匠师傅们就把它们两两相对，30对排成一行，靠着窑炉进一步烘干。

5.成形

砖坯在沉重的铅辊上旋转过后就最终成形了。它们变得更加平整，多余的黏土都减掉了。

6.第一次烧制

此时，那些已经成型的土坯要经过第一次烧制。荷兰语"Ruw-or rauwbak"（粗烤）指的就是"素烧"工艺。素烧的瓷器呈黄色或红色。

7.釉磨

a.玻璃在马拉的釉磨里磨成粉后用作上釉和涂蓝色颜料之前的基底。

b.上釉工在素烧的陶器外面涂上一层不透明的白锡釉，这是一层和了玻璃粉和水的厚厚的混合物。

就博尔斯瓦德制造的花饰陶器而言，制陶厂只在瓷砖和瓷碟的一面涂了锡釉。

8.彩绘

画师在一个单独的房间里工作。他们先将绘好图案的轮廓刺穿，然后再通过扑木炭粉的方式把图案转移到锡釉的表面。接着，画师再将扑了木炭粉的图案的轮廓用混合有玻璃粉和水的"蓝色"颜料进行复绘，然后再用浅蓝色的颜料填充图案。

9.上釉

最后一层透明的铅釉给绘制的图案增加了光泽，也给它增加了一层保护膜。图中，工匠师傅正在把一边有很高的切口的桶里的透明的釉浆泼洒到盘子上。

描绘博尔斯瓦德的瓷砖和陶器厂的砖板，制作于博尔斯瓦德，约 1745 — 1765 年，阿姆斯特丹国家博物馆藏

1. 和泥

第一步是将经过淘洗的黏土混合，使之变软，这个过程是用马拉的捣泥机完成的。然后，人们再把加工好的黏土送到其中一个工作坊里。

2. 揉捏

拉坯坊的助手把黏土块再进行多次揉捏。荷兰语"walken"的意思就是"混合，揉捏"。

3. 拉坯

a 拉坯工匠在陶轮上把黏土块制成大小不同的碗和盘子。

b 瓷砖工匠会在工作台上洒一点细沙来防止砖坯黏在一起。通过使用塑形框和湿的磨具，工匠把黏土制成了形状和厚度合适的土坯。

4. 晒坯

a 拉制成型的壶坯和碟坯就放在旁边的木架上。

b 切割好的砖块放在洒了一层沙子的架子上。等它们不黏了，工匠师傅们就把它们两两相对，30 对排成一行，靠着窑炉进一步烘干。

5. 成形

砖坯在沉重的铅辊上旋转过后就最终成形了。它们变得更加平整，多余的黏土都减掉了。

6. 第一次烧制

此时，那些已经成型的土坯要经过第一次烧制了。荷兰语"Ruw-or rauwbak"（粗烤）指的就是"素烧"工艺。素烧的瓷器呈黄色或红色。

7. 釉磨

a 玻璃在马拉的釉磨里磨成粉后用作上釉和涂蓝色颜料之前的基底。

8. 彩绘

画师在一个单独的房间里工作。他们先将绘好图案的轮廓刺穿，然后再通过扑木炭粉的方式把图案转移到锡釉的表面。接着，画师再将扑了木炭粉的图案的轮廓用混合有玻璃粉和水的"蓝色"颜料进行复绘，然后再用浅蓝色的颜料填充图案。

10. 第二次烧制

涂过釉的器物要经过第二次烧制。它们和那些粗糙的、未经烧制的陶器和砖瓦一起烧制。整个过程大致持续 10 天左右：4 天装箱，1 天半烧制，3 天半冷却，1 天清窑。

10.第二次烧制

涂过釉的器物要经过第二次烧制。它们和那些粗糙的、未经烧制的陶器和砖瓦一起烧制。整个过程大致持续10天左右：4天装箱，1天半烧制，3天半冷却，1天清窑。

瓷砖画并没有将所有的过程都表现出来。1794年，代尔夫特制陶厂的陶器彩绘师为7b和9这两个过程制作了刻版插图。

阿姆斯特丹国家博物馆内令人印象最深刻的是外形像方尖碑一样的"花塔"，它们其实是代尔夫特的多口花瓶。

1680年起，代尔夫特的彩陶工人持续创新，扩大彩瓷的品类，发明了许多造型高大、款式奢华的花瓶。最有意思的花瓶是由几个越来越小的多口圆形花盆叠在一起组成的，被称为"带管子的花盆"。

陶艺工人们最初的灵感来自于1650年讷韦尔（Nevers）和伦敦制作的普通多口花瓶或多孔花瓶，这些花瓶被用来装饰餐桌，每个瓶口可以插一朵或几朵鲜花。英法两国的多口花瓶则从银质花瓶演变而来，之后传入荷兰，最早应该是起源于12世纪的波斯花瓶。

1850年收藏家和艺术史学家们在发掘古代代尔夫特陶器时发现了两个花盆，当时花盆的瓶口上开满了橘色的风信子，看起来就像花束一样，因此，它们被错误地命名为"橘色风信子"。直到后来，他们把花盆同代表荷兰的郁金香联系起来，才改名为"郁金香花瓶"。虽然这个名字也不是太准确，但是渐渐为人们所知并保留了下来。实际上，这种花瓶不仅可以插郁金香，还可以插鲜花、干花和假花。

《锥体花瓶》，梅塔尔花盆工坊（De Metaale Pot）制作，约 1692 — 1700 年，

阿姆斯特丹国家博物馆藏

　　这对高度超过1.5米的锥体花瓶的装饰风格基本上是中式的，其中仅有的西方元素是下面躺着支撑底座的狮子，狮子的前爪下还有个球或地球仪；底座和塔身的连接处有几个旋涡和人面的陶像，上面是逐渐增高的花塔，最高处是一个经典的女性半身像。底座四面是中国的宫廷风景画，用非透视的独特中式工艺展现画面的层次感，观众既可以看到亭子边缘的露台，也可以看到亭子的内部。

　　室外图中间是一个坐在桌子旁的中国高官，陪着他的还有一个女子和两个男人，其中一个男人趴在另一个男人的背上。那个女人正在弹奏琵琶（在欧洲人眼里就是中式鲁特琴）。桌子前面的地上坐着一只松鼠，旁边是一把玉如意，另一边是装着卷轴和毛笔的盆子以及一只荷叶边碗，碗里是一座小型的假山。画面的背景是一张桌子，桌子有一把茶壶、一个小杯，杯子下面是托盏。

中国式亭台，《锥体花瓶》底座

另一边则是一幅室内图。一位中国男人坐在台子旁喝着酒或茶，一位女子则从折叠屏风内看着他。从左边跑来的年轻小伙子是个小丑，他是个懂得各种把戏的机灵角色。

阿姆斯特丹国立博物馆的一本《代尔夫特"郁金香花瓶"》小册子，资料丰富，考据翔实，可是碰到中国绘画艺术的审美鉴赏，就有些无能为力了。

书中写道：这幅画通过细致的蓝色轮廓线条变化，表现出画面的明暗变化，就像中国的青花瓷一样。这证实了波特略带沙文主义的夸张说法"代尔夫特陶器绘画已经超过中国"并不是没有事实根据的。1680年代荷兰从中国大规模进口这种瓷器，荷兰的彩瓷画家模仿的大多是康熙时期中国青花瓷的纹饰。东印度公司出口到欧洲的中国漆器上也有类似的中国宫廷风景画。

这个说法就像是认为中国流水线模仿西方名画的大芬村已经神似西方艺术一般荒诞吧。

在每一层多口花盆的侧面画有两个相关联的场景：一边是被屏风环绕、拿着碗坐着的男人，旁边桌子上的花瓶里插着花；另一边是一位女子在相似的室内弹奏琵琶。陶艺家在底座和花盆下方空白的部分填上各种装饰的景物，像是弯弯曲曲的树枝，画面中间的荷花，还有底部升起的烟雾。

IX

伦敦维多利亚和阿尔伯特博物馆（Victoria and Albert Museum）也收藏了一对锥体花瓶，与阿姆斯特丹国家博物馆的这对一样，唯一的区别在于这两对花塔上面的绘画，虽然画的还是中国的场景，但其中也夹杂了一些不同的东西。

这两对花瓶非常相像，最初应该是同一套的。伦敦的那一对来自于荷兰贵族汉斯·威廉·本丁克的后代，本丁克是荷兰总督威廉三世的好友，也是波兰的第一任伯爵，据说他当年在海牙附近的别墅有四个大的和四个小的"多口花瓶"。

虽然陶艺家都会在自己做的陶器上做记号，但阿姆斯特丹和伦敦的两对花瓶却没有记号。从绘画风格和外形上来看，它们应该是出自梅塔尔花盆工坊。这家彩瓷厂最初的经营者是伦伯特·克莱夫斯，他的侄子安霍伦在他死后继承了这家工坊。他的兄弟塞缪尔经营着一家基利西雅A工坊，1685年去世后，妹妹朱迪斯和丈夫继续经营这个工坊并取得成功。

1700年，基利西雅A工坊成为代尔夫特最好的彩瓷工坊，然后是梅塔尔花盆工坊和莫里安斯夫特工坊。代尔夫特排名前三的彩瓷厂中安霍伦家就占了两个，这等于赋予他们家族垄断高端瓷器的权力，流传至今的彩陶作品中有95%是来自基利西雅A工坊和梅塔尔花盆工坊。

基利西雅A工坊还发明了小型的人像花瓶，全身像的以及半身像的，它们"穿"着传统服装，头顶着花瓶或者花篮。其他一些花瓶的头上或者肩上有可以

《带有三个天使演奏音乐的瓷砖》，基利西雅 A 工坊制作，约 1690 年，阿姆斯特丹国家博物馆藏

用来装水的瓶口，这种顶篮而立的人物形象来源于路易十四统治时期法国的宫廷巴洛克风格。据记载，1700年左右，在海牙不远处的洪塞拉尔荷兰总督的宫殿中有四个这样的花瓶。在其他几个半身像花瓶上还有令人惊喜的发现：这些"人"既不是经典的古罗马皇帝，也不是希腊哲学家，而是摩尔人、中国人或者是戴着头巾的土耳其人。这种把西方古典肖像和外来东方内容混搭在一起的做法显然跟这个东西的用途有关。在头上、肩上的小孔插上花朵后，就好像戴了个花环一样，这些半身像突然就有了不同的意义。土耳其人的头巾上开出了美丽的花朵，象征着土耳其是郁金香的发源地。

X

锥形花瓶的形状类似于金字塔或方尖碑，后者早在古代就在各种皇室活动和行为中代表不同的含义。荷兰共和国时期，执政官宫殿中的方尖碑是一种具有纪念意义的标志，它向邻国展示了统治者至高无上的权力和地位，所以说，锥形花瓶在荷兰执政官威廉三世和英国妻子玛丽二世宫殿中流行并不是巧合。

虽然玛丽二世不是这种花瓶的发明者，但她确实促成了这一潮流。这一切开始于1677年，威廉的新婚妻子玛丽抵达海牙宫廷。很快，玛丽就深深地爱上了东方瓷器和代尔夫特彩瓷，这位来自英国的公主把这种喜爱同她对花卉的喜爱结合起来，后来变成了她对洪塞拉尔宫殿中园丁的一条指示——"每天用各种鲜花装饰她的房间"。

1697到1702年的洪塞拉尔的清单开头处就提到，"两个大型代尔夫特彩瓷塔，还有四个小一点的，七个大型代尔夫特彩瓷花盆以及两个相同的彩瓷做成的花塔"。在挖掘1686年威廉和玛丽建在海尔德兰省（Provincie Gelderland）的狩猎小屋罗宫时，人们发现了大量的代尔夫特花瓶碎片。其中一些碎片上标记着代表基利西雅A工坊拥有者塞缪尔·冯·安霍伦的字母"SVE"。

《土耳其人半身像花瓶》，出自代尔夫特，
梅塔尔花盆工坊制作，1690 年

《鞋子》，出自代尔夫特，约 1660 —
1675 年，阿姆斯特丹国家博物馆藏

《朝圣瓶》，德 - 梅塔尔 - 波特制陶厂或德 - 多
贝尔德 - 西恩坎制陶厂制作，约 1690 — 1715
年，阿姆斯特丹国家博物馆藏

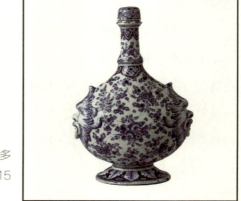

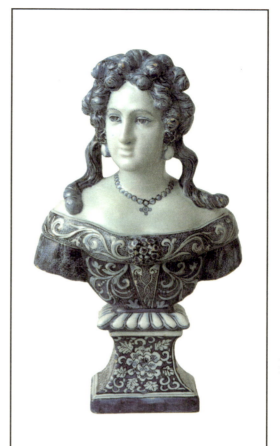

《玛丽·斯图瓦特半胸像》，基利西雅 A 工坊制作，约 1680—1690 年，阿姆斯特丹国家博物馆藏

《国王 - 省督威廉三世半胸像》，梅塔尔花盆工坊制作，约 1695—1700 年，阿姆斯特丹国家博物馆藏

荷兰现存的花瓶中没有玛丽定制的，但英国皇室收藏中有一些。威廉和玛丽在1689年继承英国皇位后，就无法在荷兰停留很长时间了，所以他们就向基利西雅A工坊定做新的花瓶。

玛丽对于代尔夫特锥形花瓶的喜爱也影响了荷兰和之后的英国皇室。之前我们已经提到过威廉三世的好友本丁克应该是阿姆斯特丹国家博物馆的锥形花瓶的原来的主人。

XI

在欧洲，用鲜花装饰花瓶，为房间带来生气和香味的习俗可以追溯到16世纪。但直到17世纪上半叶，这种习俗才普及开来，同时还出现了少数花谱。意大利人乔瓦尼·巴蒂斯塔·法拉利（Giovanni Battista Ferrari，约1584—1655年）在1633年写的《法国文化》中对花束的安排进行了详细的描写，其中一个实用的建议是把巴洛克风格的花束插入花瓶顶部特殊的注水口里。这与后来的代尔夫特花瓶有着惊人的相似之处，尽管法拉利并未描述任何多口的花瓶。但是，海牙的实习执政官秘书康斯坦丁·胡根的诗集《荷兰郁金香》封面上刻了一个多口花瓶，三个挥舞着翅膀的丘比特举着一个多口花瓶，花瓶的瓶口上插着鲜花。虽然只是一幅画，却是已知的最早的代尔夫特花瓶的先驱。

巴洛克时代人们对花卉的喜爱与在花瓶中插入鲜花的做法同欧洲传统文化不可分割。自然的花卉，从花蕾到花朵，再到凋谢，被短暂地用来装饰人们制作的没有生命的艺术品——花瓶。它们把"艺术和自然"三个关键因素结合在一起：自然和艺术的结合，对转换与蜕变的兴趣，以及控制自然的野心。

XII

对于中国人来说，锥形花瓶不会联想到金字塔或方尖碑，因为这就是我们熟

悉的佛塔嘛。荷兰艺术史家绕了一个
大圈，最后也不得不承认，锥形花瓶
受到中国佛塔的启发更靠谱些。

　　1656年，荷兰贸易代表团前往北
京拜见清朝皇帝，虽然在商业上并不
成功，但还是带回了许多关于中国的
现实资料。

　　这还要多谢使团中一个叫作约
翰·纽霍夫的人，在从广州到北京的
旅程中他仔细观察并作了许多记录。
在他的《荷兰东印度公司派往觐见鞑
靼大汗即中国皇帝的外交使团》一书
中，附有根据他素描绘制的100多幅
版画，西方世界第一次对神秘的"契
丹"有了具体的印象。

《（南京）宝林寺瓷塔》（"从荷兰东印度
公司派往觐见鞑靼大汗即中国皇帝的外交使
团"版画），约翰·纽霍夫，1670年，阿
姆斯特丹国家博物馆藏

　　在他记录的奇观中有一座南京宝
林寺的佛塔，这一座塔一共九层，整座塔几乎都是瓷做的，塔上扬起的檐角下悬
吊着一个个铃铛。

　　代尔夫特锥形花瓶跟南京瓷塔之间有着令人震惊的相似度，不单单两者都是
九层，锥子一样的外形，还有那些上扬的檐角。两者最相似的地方是它们所用的
材料——南京宝塔是瓷制的，代尔夫特的陶艺家成功地仿制了这种材料。

　　有趣的是，荷兰东印度公司在1700年左右把一件基利西雅A工坊的锥形花瓶
送到广州复制。这对中国人来说是熟门熟路，他们做了精确的复制，连底部代表
工坊新老板阿德里安·科格的字母AK都被照搬了过来。18世纪，中国增加了一种

瓷质或者象牙的"客厅花瓶"，这些瓷器出口荷兰，中国风因此在欧洲流行了好几年，阿姆斯特丹国家博物馆中也有一件这样的展品。

XIII

锥形花瓶是叠加烧制的。对于彩瓷工艺家来说，稳定性是他们最先要考虑的现实问题，因为从技术上来说几乎无法在不打破瓷器的情况下烧制一个这么高的花瓶。而把花盆叠成好几层是最实用的方法。在《法国文化》一书中，法拉利记录了一种奇特的叠加方法：把一些可以放到空心轴里的小漏斗叠加起来，且在空心轴上钻孔以便插花。也许正是这段文字激发了代尔夫特工匠的灵感，做出了由多层花盆组成的花瓶。

这种花瓶也有特殊的审美意义。巴洛克时代的流行风是用叠加起来的瓷器来装饰宫殿房间和艺术品陈列柜，借此炫富。

锥形花瓶还让人想起了叠罗汉，这种体现了人们对高度跟平衡力的大胆探索，不仅中国有，也在西班牙和威尼斯的当地节日上表演，被叫作人形金字塔。然而，当人们用价值连城的易碎品这么做时，就变成了一种非常危险的行为。

17世纪时，陶艺家们取得了成功，但这种杂技表演似的代尔夫特瓷器还不够稳定，许多锥形花瓶都以失败告终。在1755年洪塞拉尔宫殿的画廊里有几件破碎的代尔夫特瓷器，包括："一件大锥形花瓶，已损坏；两件小锥形花瓶，已损坏；两件小一些的跟上面一样的锥形花瓶，已损坏；一个只有一半的锥形花瓶，已损坏。"这种稀有的瓷器或多或少流传下了一些未被损坏的，如今世界上只有仅存的十几个代尔夫特锥形花瓶，阿姆斯特丹国立博物馆中就有五个，在代尔夫特陶器史上有着重要的历史和工艺价值。

XIV

代尔夫特是荷兰艺术大师维米尔的故乡和生活的地方。现在当地有个维米尔艺术中心，但里面没有一幅维米尔的真迹，算是纪念维米尔吧。

拮据的生活一直是维米尔无法回避的尴尬境遇，何况他还有11个孩子需要抚养，家庭生活的重担全部落在这位天才画家的肩膀上。他的所有收入几乎一分不差全部贡献给了绘画原材料，其中包括那些价格昂贵的颜料。不论从哪个角度来看，维米尔都不是赚钱的好手，因此他的妻子好几次都不得不拿他的画作去跟烘焙坊的师傅讨价还价，以换得一些面包。所幸，维米尔运气不差，他的丈母娘算是比较有钱的，最终出手挽救了这个濒临破产的家庭。此外，还有其他一些人也在关注着这位潦倒的画家，这也算是不幸中的万幸。代尔夫特的富豪之一范·吕凡虽然只比维米尔大了几岁，但是他十分欣赏维米尔的作品，并成了这位艺术家的赞助人。最后，范·吕凡买下了维米尔三分之二的作品，并赞助了他很多钱。

维米尔艺术中心

XV

转眼来到了世事剧变的1672年，荷兰共和国在这一年面临前所未有的危机，法国、英国和德国这三方同时从不同方向向荷兰发动袭击。所以历史上也将这一年称为"灾难年"。荷兰境内的人们惶惶不可终日，战争的阴影日复一日地摧残着人们最后的希望，尽管最后袭击事件并未落实，但是国内经济的崩溃却无可避免，萧条的经济环境使得人们对于诸如绘画艺术之类的奢侈品失去了兴趣。之后的1674年，维米尔的赞助人范·吕凡也去世了，这对于当时的维米尔而言，无异于是致命的打击。在某种程度上，这两次剧变造成了一年后维米尔家庭的悲剧。

在这种经济萧条的岁月里，维米尔根本一幅画都卖不出去，所以他不得不将自己的妻子凯瑟琳和11个孩子送到了岳母家。他头脑里仿佛酝酿了一场风暴，根本无法静下心来绘画。1676年12月，他开始变得易怒易躁。凯瑟琳清楚地记得维米尔"疯狂"爆发的那一天，一贫如洗的生活境遇最终压垮了她的丈夫。尽管维米尔在艺术上登峰造极，名气也很大，但这也无法改变他无法供养一个家庭的事实。在这次痛苦至极的爆发之后，维米尔彻底崩溃，一天后就离世了。当时维米尔只有43岁。

XVI

维米尔去世后，凯瑟琳只能独自面对巨额的债务。为了不至于穷途末路，凯瑟琳将丈夫留下来的画作交给了那些债主。迄今为止，这些画作仍旧下落不明。范·吕凡收藏的画作也遭遇了同样的命运，吕凡的岳父去世后，雅各布·迪索斯继承了这批非凡的画作，但他没过多久就决定用它换现金。1696年，迪索斯带着全部的收藏坐马车来到了阿姆斯特丹，5月19日，维米尔创作的21幅画全部拍卖了出去，这之中就包括了《牛奶女佣》《代尔夫特风景》《戴珍珠耳环的少女》和《小街》。

1696年的拍卖会名录上，《小街》的介绍内容是"代尔夫特一间小屋的景色，J.凡·德梅尔"。这件作品以27荷兰盾又50分镍币的价格售出。这份名录的下一件作品和这幅完全一样，只不过售价是48荷兰盾。拍卖会之后，这件作品就下落不明，至今都再未露面（我们很难判断如今悬挂在阿姆斯特丹国家博物馆的《小街》到底是哪个版本）。总而言之，1696年的这场拍卖会一共拍得了1503荷兰盾又50分镍币。

XVII

维米尔留下的作品寥寥可数，在他过世后不久，他的作品就陷入了默默无闻的状态，更有甚者，他创作的一些作品还被当成其他画家的作品。不过，相当一部分品质优良的作品还是幸存了下来。关于维米尔本人，还有他那充满神秘色彩的一生，后人都知之甚少，所以他后来又多了一个绰号叫"代尔夫特的狮身人面像"。一直到19世纪，维米尔被一位细心的鉴赏家泰奥菲·梭罗-博格发现后才得以重见天日。

《小街》这幅画虽然看起来简单，但这简单之中却隐藏着画家的画艺绝技。1822年，这幅画由阿姆斯特丹的摄政家族希克斯家族继承。一个世纪之后，家族的某个后人将这幅画送到了拍卖会拍卖。卢浮宫对这件作品十分感兴趣，但是高达200万法郎的价格令博物馆一时间只能望而却步。

最后，荷兰皇家壳牌石油公司的创始人亨利·德特丁以625000荷兰盾的价格买下了这幅画。之后，他将这幅画送到了阿姆斯特丹国家博物馆展出。

XVIII

几十年来，人们一直都在猜测《小街》这幅画中的房子的确切位置，试图还原到真实生活中来。1982年，代尔夫特科技学院对位于新兰亘迪克街（Nieuwe

《小街》，维米尔，约 1657 — 1658 年，阿姆斯特丹国家博物馆藏

Langendijk）上的一些建造了几个世纪的房子进行了一次深入的研究，这些老房子在此之前已经列入了拆除名单之中。研究仅过了4天，其中一个学生发现了新兰亘迪克26号的房子和维米尔那幅画里的房子有很多相似之处。艺术史家基斯·恺尔登巴针对这一发现进行了更为深入的研究，最后得出了令人兴奋的结果。

建筑元素是找到《小街》画中建筑所在位置的一个至关重要的因素。这栋建筑是典型的晚期哥特式风格，带有攀堞的城堡形建筑，代表了15世纪末或16世纪初的建筑风格。很长一段时间以来，人们一直都是把代尔夫特福德运河旁的建筑当成是《小街》里描绘的建筑，因为这一处的建筑是1632年维米尔出生的地方。不过，也有证据表明这里绝无可能是画中建筑的所在地。

诚如画上描绘的那样，薄薄的砖墙垒砌于中世纪的木质框架之上。建筑本身由壁锚固定支撑，这是防止山墙倒塌的最常见的方式。至今代尔夫特还保留了好几套这样的建筑，也正因为如此，那个年代一场堪称灭顶之灾的大火才能一瞬间就席卷了整座城市。

1536年，一道闪电击中了代尔夫特的新教堂。木制的尖顶刹那间燃起熊熊烈火，火苗很快就蔓延到周围的建筑。最后，城市的五分之四毁于一旦，福德运河一带的房子全部化为灰烬。毕竟，木结构的房子根本不可能在如此大规模的火灾中幸存。当时，城市东部得以幸免于难，所以《小街》里描绘的建筑位置就很有可能是在这一区域。

XIX

首先引起人们注意的是作品的构图。《小街》这幅画很有可能被剪裁过，因为画面上房子的右侧十分靠近画面边缘。山墙的顶部看起来也像是被裁过。不过，X光检测表明，这幅画是画家在1658年刻意画成这样的。画家的构图理念是大而化小，使之看起来像是大图里的一幅局部小景，所以他十分机智地将观赏者的目光吸引到前景的几个人物上。这一次对于《小街》的研究还表明，这幅作品并不存在画家平时作画时常用的底稿。这就引出另外一个理论：维米尔在创作这幅作品的时候，很有可能采用了一个光学装置来协助构图。不过，不论有没有照相暗盒（现代照相机的前身）的使用，《小街》这幅二维线性透视画作在细节上的把控已经到了出类拔萃的境界。

有一个迹象表明房子确实存在，就是画面上的房子立面上有一处破损，而且画家将其描绘得非常写实。衔接处有裂缝，一些砖块的损坏也十分明显，到处都有剥落的油漆。这些很有可能是年久失修的痕迹，但更能为人所接受的说法是，这是源于代尔夫特当时的爆炸袭击。其实，这场灾难对维米尔的影响确实十分严重。

1654年10月12日，代尔夫特的弹药库发生爆炸，9万磅火药几乎同时爆炸，一时间，城市陷入一片火海，据说就连特塞尔岛上的居民都听到了当时的爆炸声。这次的爆炸致使数百人死伤，维米尔的导师画家卡尔·法布里蒂乌斯也在此事件中不幸身故，他当时正在工作室里作画。维米尔对于这场灾难十分痛心，所以导致几年后，他很有可能仍然想要记录下这次事件留下的痕迹，以此来作为一种无声的见证。《小街》中描绘的损坏痕迹都处在颓败比较明显的位置，这也是另一个表明维米尔这幅画描绘的是生活中确然存在的房子的证据。

XX

不过，关于《小街》建筑所在位置的最有说服力的证据还是来源于考古研究。维姆·维夫当时就读于代尔夫特科技学院，向来细心周到的他发现了维米尔画中墙壁的尺寸维度和新兰亘迪克街22号和26号的建筑墙壁的维度完全一致。24号房子是在1830年代前后建造的，在此之前，这里是条小路，就像维米尔画中描绘的那样。至此，《小街》建筑的确切位置终于有了确凿的证据。维米尔还在小路到画布下边缘这一段画了一条小排水沟，现实中排水沟通往的运河对应到画作上的位置恰好就在画布平面之外。新兰亘迪克街就在运河边上，直到1890年之后，这条运河才被弃用填埋，所以这一点又和画作相互吻合。

1982年的调查研究中，学生们发现了新兰亘迪克街建筑残留下来的木质结构。经过技术评估之后，这些木头大都来自于1450年前后，这和维米尔笔下的那栋晚期哥特式风格建筑属于同一年代。此外，新兰亘迪克街所处的地区正好是1536年城市火灾中幸免于难的地区。卡尔登巴赫甚至还去数了画作里的那些砖块。按比例放大，这幅画右侧的房子正立面在现实中差不多应该有6.58米宽，1982年在针对新兰亘迪克街26号的建筑基座进行测量的时候，人们发现原始的正立面宽度为6.83米，这一测量结果和画面上的比例放大值相近。将所有这些细节和其他事实基础结合，艺术史家基斯·卡尔登巴赫总结出《小街》中的建筑就是新兰亘迪克街26号建筑。这栋建筑在1980年代被拆除了，当时这栋建筑的文化艺术价值并没有得到世人和当局的重视。

第二十二章

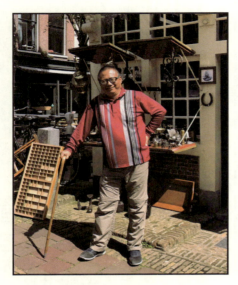

这支有腔调的拐杖陪伴了我后来的
整个行程

I

从代尔夫特火车站出来，一条大道在修路，沿着导航，从巷子里往新教堂广场走，也很脏。要不是事先研究过这个城市，我很怀疑来这里是否有必要。

越往里面走，小城镇的气氛越浓。代尔夫特的建筑和氛围比不上阿尔克马尔美，但要好过哈勒姆。

离开阿姆斯特丹公寓时，因为楼梯陡峭，沉重的大箱子完全靠大腿一步一步往下挪，接连两个大箱子从三楼搬下来后，我把腿给拉伤了。

到海牙后，大腿的伤情越来越严重。去代尔夫特的早上，去海牙的药店没买到拐杖，却在代尔夫特广场上的小店里买到了。拐杖有个金属尖头，在石子路上有些打滑，但叮当作响，蛮有腔调。这根拐杖陪伴了我后来的整个行程，最后去巴黎机场前把它扔了，还有些不舍。

我是第一次在旅途中受到脚伤困扰。我们出游喜欢到处走，尤其是参观博物馆，脚力太重要了。我一直很担心最后脚不能走动了，幸好没有这样。

卖给我拐杖的小铺所在的建筑，起初是储肉的仓库，肉的买卖交易是在大厅内进行的，后来是粮食集散市场。它的左侧是过去的鱼市场。

我在鱼市边小桥的长椅上坐了一会儿，突然大风起，一顶帽子朝我头上飞了过来，眼看就要掉进河里。我伸出手，一把接住。我以为是儿子头上的帽子，没想到跑来一个老头，与我握手，是他头上的帽子被大风差点吹到河里啦。看来脚暂时残了，身手还是敏捷的，我有了些自信，继续逛街。

代尔夫特的新教堂广场也是热闹的集市，我们吃吃喝喝，不亦乐乎。唯一遗憾的是不能清楚地领略广场周边的全貌，我们特意在黄昏的时候又来广场喝茶吃晚饭，好好感受一下气氛。广场上有17世纪荷兰大名鼎鼎的国际法学者格劳秀斯的塑像，他被安葬在身后的新教堂（Nieuwe Kerk）内。

从荷兰国父威廉·奥兰治开始，几乎所有的王室家族的成员墓葬都在这里。

II

威廉·奥兰治这个人蛮有意思。他出生在德国迪伦堡村，父亲是个小贵族，但并非很富有。

威廉的伯父的财富、土地和头衔比他父亲多，伯母名下的财产更是可观。这对夫妇的儿子在成年后不幸战死沙场，于是11岁的威廉得以继承他们的财富，成为全欧洲最富有的贵族之一。

当时神圣罗马皇帝和西班牙国王查理五世是威廉伯父的童年旧识，他要求威廉住在自己的皇宫里。查理很喜欢威廉，他们两人非常相像，书读得不多却机智聪明，充满冒险精神。所以威廉20岁时就成为今天包括荷兰、比利时、卢森堡在内的低地国家的皇家中将。

查理之所以在威廉儿时就把他留在自己的身边，也有地缘政治的考虑。威廉的德国父母已经改信路德教派，这是查理的天主教帝国不能容忍的。这个一夕致富的年轻人威廉继承的土地涵盖了法国、德国与低地国家的不少地区，查理计划亲自抚养这个孩子，让他和他的资产脱离新教徒，成为自己帝国的一部分。

后来，查理已经把威廉视为亲子，把他培养成荷兰诸省的代理统治者。

但在查理五世主动让位给自己的儿子菲利普后，情况发生了变化。

查理五世对待荷兰等帝国的摇钱树地区，主要是从政治出发，对当地的新教倾向睁一只眼闭一只眼，以稳定其为主。

代尔夫特市集广场

新教堂

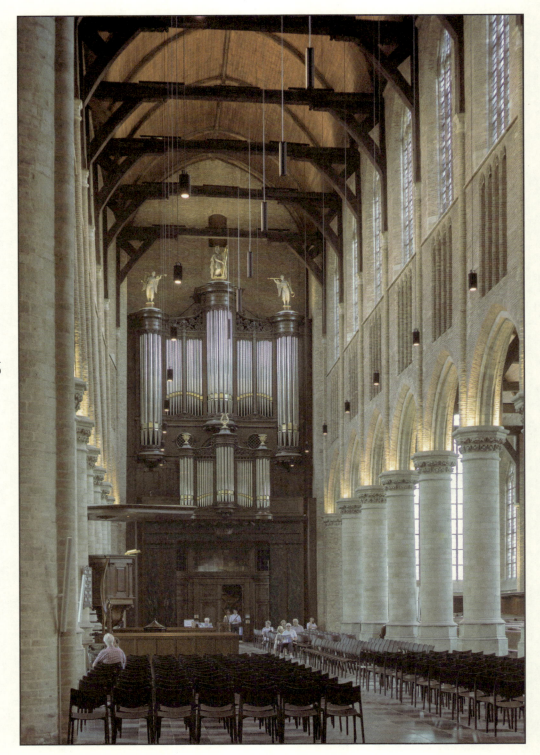

新教堂内景

新教堂内景

　　但菲利普是个宗教狂热信徒，他要让荷兰人彻底服从天主教的权威。

　　菲利普以为威廉是自己人，于是把他准备残酷镇压所有荷兰新教徒的计划告诉了威廉。威廉则装出一副完全明白理解的样子，因此被称为"沉默者威廉"。

　　威廉本来不是个有野心的人物，过去他也只不过在荷兰人与西班牙人两边搞平衡，自得其乐。但菲利普对荷兰新教徒的残暴把威廉推到了对立面。

　　也正因为威廉非常了解菲利普，所以他对菲利普没有任何侥幸心理。当菲利普指派的镇压大军压境时，几位主要的荷兰贵族领袖不听威廉的劝告，仍然留在首都布鲁塞尔，结果全部被处决。

　　如果没有足智多谋、资源丰富、知己知彼的威廉，荷兰人群龙无首，恐怕很难脱离西班牙的统治。

1580年，恨透了威廉的西班牙国王菲利普悬赏重金谋杀在代尔夫特领导荷兰独立运动的威廉。1584年，27岁的木匠学徒热拉尔谎称自己是加尔文派烈士的儿子，骗取了威廉的信任。7月10日，热拉尔在威廉居所的餐厅外面向威廉连开两枪，子弹穿过他的面颊，烧焦了他的头发和胡子。威廉挣扎了5个星期之后，还是去世了。

　　热拉尔被愤怒的荷兰人打死，但他的家人获得了西班牙人丰厚的奖赏。

　　现在威廉的居所改成了普林森霍夫博物馆（Stedelijk Museum Het Prinsenhof），一楼到二楼的楼梯口附近仍然残留着子弹弹痕，还有枪杀场面的多媒体展示。

　　作为博物馆，里面展示的图画、瓷器和家具等，乏善可陈。

　　博物馆旁是老教堂，内有维米尔的墓地。

普林森霍夫博物馆

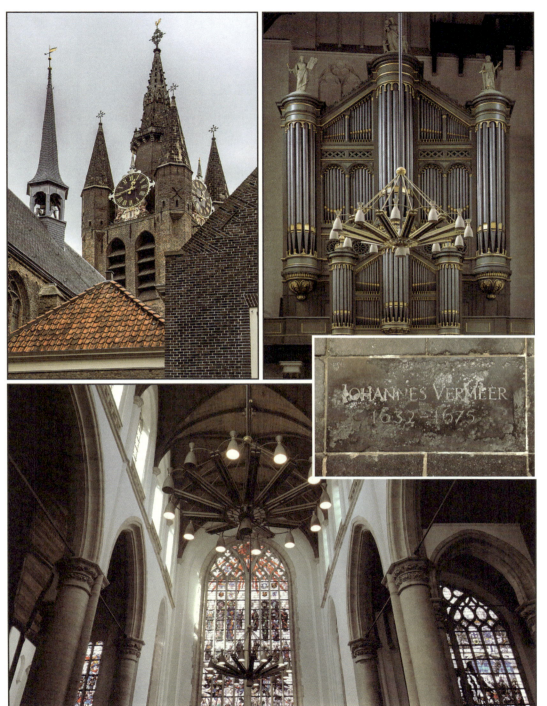

JOHANNES VERMEER
1632 - 1675

代尔夫特老教堂

Ⅲ

代尔夫特曾经是各种市场的集散地，如马市场、其他的牲畜市场、鱼市场以及花卉市场等，现在变成了餐饮露台。其中一个叫比斯腾市场（Beestenmarkt），就在新教堂的后面的大树底下，有大量的桌椅和吃客，微风吹来，很舒服。我特意从新教堂广场的海鲜排档买了些硕大的虾仁和虾，再点些意大利面和比萨，感觉非常快乐。

从这里出发，走个10分钟，就是东城门，它的历史可以追溯到1400年左右，这是代尔夫特仅存的一座城门。东城门由水陆两个城门组成，并有城墙将之连为一体。

这里有郊外田野风光之感。

代尔夫特没有一个非常出挑的景点或博物馆，但总体上可观。

我下面根据马克·杰格林的《海边的小王国：荷兰文化遗产》，编译几篇有关代尔夫特建筑的"野史"，在美丽的景色背后，多少增加一些当地生活的风貌与历史的厚度。

众多吃客云集在一个叫比斯腾市场的餐饮点

代尔夫特东城门

中世纪的时候，代尔夫特大多数的房屋建筑都集中于旧代尔夫特和新代尔夫特这两条人工运河之间。这些房子的名称全部来源于"delf"这个词，意思是"挖"，其动词形态则指的是代尔夫特这座城市的起源。尽管城市中心地带河流畅通，水源充足，但是在那个年代，毁灭性火灾也是相当普遍的。

为了保护城市居民，当地立法机构通过了一项法案，强制居民建筑一律采用砖块垒砌，禁止使用木材。因此，代尔夫特所有16世纪的新建筑几乎都用砖块垒砌，禁止使用木材。因此，代尔夫特所有16世纪的新建筑几乎都带有令人印象深刻的晚期哥特式风格的石立面。

制绳大师安德烈斯·赫洛恩施在沿着新代尔夫特运河的沿岸建造了一栋房子，房子的阶梯式山墙是典型的文艺复兴风格。建筑的地面一层是他的工作室。在希波吕托斯伯特（Hippolytusbuurt）26号门前的码头上，他把大麻和亚麻纤维纺成纱线，再把这些纱线捻成细股，然后捻成一团，最后再延展成绳子。制绳师本人和他的太太还有儿子格斯丹就住在工作室楼上。

Ⅴ

1620年，格斯丹继承了他父亲的制绳作坊，这栋建筑在此之后又转手了14次。18世纪中期，约翰尼斯·吉斯特拉努斯在买下了这栋建筑之后就紧锣密鼓地对其进行了必要的修缮和翻新。17世纪的立面已然十分颓败，需要整个儿替换。当时代尔夫特市中心的大部分建筑都没有逃脱这种衰败的命运，这是因为这些建筑在建造初期使用的原材料质量都相当劣质，无法承受动不动就风雨交加的荷兰气候。修复完成后，这栋建筑的山墙就是一个简单大气的钟形山墙，顶部还装饰了一个路易十四风格的皇冠。

1832年，皮耶特·贝耶尔在这栋建筑的一层开了家酒类商店。商店的周边地

代尔夫特运河

区也变得越来越商业化。到了世纪末，住在希波吕托斯伯特地区的人们便开始琢磨给这个地方换个名称，他们"希望给这个区取一个比希波吕托斯伯特更加适合且更响亮的名字"，他们想将这一地区改名为"希波吕托斯运河"，这一诉求被当地政府以不符合历史背景为由而驳回。

19到20世纪之间，希波吕托斯伯特26号辗转经历了好几种商店，其中包括理发店、书店和临时工中介等。从2003年开始，这栋建筑的一楼就是出售中国西藏、尼泊尔和孟加拉国纪念品的商店。商店楼上是学生宿舍，里面住了五个学生以及他们的宠物小金鱼，这些学生管这三条小金鱼叫作"三个小笨蛋"，但不幸的是，最后只有两条小金鱼存活了下来。

VI

代尔夫特的希波吕托斯伯特附近的街道是以古罗马的意大利士兵希波吕托斯的名字命名的，他在公元253年皈依基督教，他的这一行为与他效忠的皇帝瓦勒良的意愿背道而驰，于是，皇帝下旨对他严惩，将他的下肢拴在野马腿部，让奔跑的野马将其活活拖死。这就是他殉道的惨烈过程。

自1396年以来，这位烈士的名字就一直与代尔夫特的历史密切相关，那一年的8月13日（即圣希波吕托斯日），荷兰伯爵阿尔布雷克特·范·贝洛伦将1359年因为起义而丢失的城市自治权还给了代尔夫特。希波吕托斯也因此成为这座城市的守护圣人，从那时候起，新代尔夫特（Nieuwe Delft）那部分的运河就叫作希波吕托斯伯特（Hippolytusbuurt中的buurt的意思是附近、邻近）。

1585年，运河东岸建起了一排带有阶梯式山墙的房子。希波吕托斯伯特8号的第一任主人是酿酒厂厂主德克·文森滕，他经营的酿酒厂名叫蜡烛台。1620年，一个酿酒商同行的儿子范·德尔·威尔买下了这栋房子，并且在一楼开了家药房，这家药房除了供应一些药用植株和药剂，还供应"糖浆球、去皮大麦、李树叶片和玫瑰果糖"。

VII

14世纪开始，代尔夫特的商家和小贩就组织了一个商业协会；他们公认的守护神就是圣尼古拉斯。作为一名"药剂师"，范·德尔·威尔也是这个协会中的一员，1626年，他还当选为商会主席。作为代尔夫特企业家的领军人物，拥有商会最崇高地位的扬在1646年过世后，商会的所有成员都出席了他的葬礼以示哀悼。而他位于希波吕托斯伯特8号的药房则由商会里的另一位同行接手。

一直到18世纪末，这栋房子几乎完全损毁，只有大规模的整修翻新才能挽救这栋建筑，从而避免其惨遭拆迁的命运。作为整修项目的一部分，一个更为时髦的钟形山墙取代了陈旧衰败的阶梯山墙。直到20世纪中叶，这座建筑才再度成为一家商店对外开放，店内保留了一部分16世纪的原始装饰，比如砂岩材质的狮子面首。

第二次世界大战之后，这栋建筑被改成了一间咖啡馆和一家餐厅。1948年，克莱因中心在此开张，它在代尔夫特年轻人中间是非常受欢迎的，许多人在这里找到了值得终身相交的知己，收获了牢不可破的友谊。不仅如此，很多人还会选择在这里求婚。1970年代，这家机构差一点破产，不过新任的主管成功挽救了它，并且将其改名为菩提树。20世纪末，这栋房子再度换了主人，原本的菩提树也变成了奥兰治宫廷餐馆，但是没过多久，这栋建筑再次整修，变成了一家墨西哥餐馆。

VIII

2006年开始，希波吕托斯伯特8号就成了姻缘餐厅的所在地，这家餐厅的主人和他妻子十分恩爱，烹调出的餐品也是他们幸福婚姻的浓缩，所以这家餐馆叫作姻缘餐厅。

2013年2月，这对夫妇开始了一项专门针对代尔夫特单身人群的特殊项目，他们决定在每个月的第一个星期二，邀请所有的单身人士以及那些可以独自出门吃饭认识新朋友的人士来店里用餐，这些人都会受到志愿者伊娜的热情款待，和伊娜共进晚餐，即40位单身人士坐下来一起用餐。这一项目取得了巨大的成功，并且还成功输出到了其他城市。

IX

1500年左右，一位不知名的馅饼师傅和他的太太一起搬进了代尔夫特的卫海丰（Wijnhaven）16号。他们的这所房子就位于贯穿城市中心的两条主流运河之一的新代尔夫特运河沿岸，16世纪的大部分年月里，这栋房子是作为烘焙鱼肉馅饼和各种肉类馅饼的烘焙坊而存在的。

1535年，一块带有"馅饼师玛丽"肖像的代尔夫特琉璃瓦被嵌在建筑一层的立面上。我们对这位所谓的玛丽几乎一无所知。

1536年5月3日，代尔夫特上空雷暴肆虐，瓢泼的大雨肆无忌惮地凌虐着这座城市。大约下午两点的时候，突如其来的一道闪电划破了幽暗的天际，直接劈向了新教堂的木制钟楼，钟楼上瞬间燃起熊熊烈火，并迅速蔓延到了邻近的建筑。

这场大火烧死了几千人，玛丽的丈夫也在这场火灾中不幸离世。

大火持续了整整三天，代尔夫特因此沦为废墟，满目疮痍。卫海丰16号那晚期哥特式风格的低立面虽然也被烧焦了，但所幸还是留存了下来，与之一同留存于世的还有建筑地面一层的装饰有梨形枕梁的中世纪橡木天花板。四年之后，这栋房子宛若凤凰浴火重生般被重新建造，重建的建筑带有崭新的代尔夫特–多德雷赫特式风格的阶梯式山墙。

X

16世纪末，一位布料商人兼城市警卫队的队长范·德尔·布鲁根买下了卫海丰16号。下一任买主则是葡萄酒商人范·德尔·博施，他也是城市警卫队的成员之一，他将这栋建筑改名为黄金桶。博施主要出售法国葡萄酒，当然也包括其他产区的葡萄酒。他在这栋房子的地窖里储藏了3500升的法国葡萄酒、350升的西班牙葡萄酒，以及少量葡萄酒醋。

1620年，一位雄心勃勃的年轻商人艾萨克·范格特在一场拍卖会上花了3200荷兰盾买下了这栋建筑。一年之后，艾萨克鼓起勇气向他的女朋友、教堂牧师的女儿卡特琳娜求婚。艾萨克和卡特琳娜彼此深爱，于是他们于当年10月31日在她父亲供职的教堂里举行婚礼。几年之后，鼠疫席卷了代尔夫特，尽管卡特琳娜日夜祷告，但是她深爱的丈夫最后还是离开了人世。由于家人在经济上的大力支持，这位悲伤的寡妇在卫海丰16号开办了一家布料商店，尽管卡特琳娜从未想过再嫁，但是1631年她遇见了一个鳏夫，两人迅速坠入爱河。这个鳏夫是当地学校的校长，为了娶她，他以一批价值500荷兰盾的藏书为聘礼向她求婚。

黄金时代，这栋建筑几经转手。有一段时间，代尔夫特的称重师傅乌巴努斯·范·布朗吉斯特就住在这栋建筑里，从这里到称重室只有一箭之遥。

1672年是荷兰四面楚歌之年，与英国、法国以及德国的科隆公国和明斯特公国同时开战，被史家称为"灾难之年"。1673年，这场动乱才最终结束，但共和国的经济危机还远远没结束，房价大幅度下滑，在这个时候，来自海牙的纽扣制造商扬·德·格鲁特仅仅花了1530荷兰盾就买下了卫海丰16号。

18世纪初，这栋建筑改为咖啡馆，在之后的150年里，这里一直都是人们约会谈事情的好去处。差不多到了世纪之交，法国占领了荷兰，这家店的名字改成了黄金玫瑰。1849年，咖啡馆关门大吉，紧接着，齐林伯格四姐妹（艾莉德、伊丽莎白、安特耶和柯内莉亚）在这里开了一家专门卖扫帚和刷子的商店。

XI

20世纪初，饼干制作商维卡第成为卫海丰16号的新主人。那个时候，这栋极具历史意义的建筑年久失修，颓败不堪。16世纪的那块琉璃画像"馅饼师玛丽"在1920年的时候被人从建筑立面上拆了下来，并转送到了阿姆斯特丹国家博物馆收藏。

1934年，人们在卫海丰16号的立面上装饰了心形的山墙石。之后，一家男子服饰用品商店盘下了这栋建筑，但这颗心背后的故事却一直不为人所知。两年后，一个叫A.斯洛克的屠夫搬了进来，在之后的50年里，他在这里的屠宰生意都相当兴隆。1988年，这栋房子的修缮工程终于开始了。

代尔夫特街景

这次修缮结束后，建筑得以回归原来的样子，并且再度对外开放，现在卫海丰16号是一家叫"封面"的书店。

XII

1536年5月3日的那场大火，也烧掉了市场47号的建筑。一直到很多年后，这座城市才开始重建。与此同时，代尔夫特居民的生活可谓是一贫如洗。祸不单行的是，四处蔓延的饥荒更是迫使一些上层阶级人士也不得不通过清扫街道来换取一点点连塞牙缝都不够的食物碎屑。

16世纪的时候，恰逢皇帝查理五世当政，这位皇帝1541年的时候巡视了代尔夫特这座城市。当时代尔夫特一蹶不振，目睹了这一切的皇帝当场决定减免代尔夫特20年的赋税，以帮助城市居民重建家园。

就在当初那一场大火过后差不多80年之后，1618年3月4日晚上，另一场大火再度席卷这座城市，这次火灾就连老市政厅都没有幸免，一并化作了灰烬，差不多同一时间，鞋匠范·布雷施维克重置了市场47号的建筑，并且将其改成了一家带有晚期哥特式立面的商店。17世纪的时候，这栋建筑几经易主，最后变成了一家药店。

1759年，药剂师范·登·阿贝勒作为建筑的新主人在建筑入口悬挂了一个"打哈欠者"的雕像。"打哈欠者"在荷兰是十分典型的药店标志，到现在，荷兰境内带有这样的雕像的建筑已不足50个。石料或是木料材质的雕像头部通常都会刻画成非洲摩尔人的样子，大张着嘴巴的雕像人物并非真的在打哈欠，而是打算伸出舌头接住药片。这个雕像人物有着典型的摩尔人的外貌，这也是用来表示药品的异域起源。

那个时候的市场上总会有一些稀奇古怪的药品，比如青蛙油、鼹鼠油，还有用苍鹭的脂肪制成的乳霜，据说它可以缓解风湿痛。毕竟，苍鹭大半辈子都是站在水里的，但是它们从未抱怨过关节痛。

为了纪念代尔夫特那些早期的大师，药剂师在自己的老式药店里还会出售一些不同寻常的东西。比如，试管里那充满了好像龙血的天然色素，还有动物皮或鱼皮制成的胶水。诸如维米尔这样的艺术家都会用这种色素来作为颜料绘画。

XIII

1808年，40岁的药剂师比特·穆勒接手了这家药店，并且将其更名为火蜥蜴。一方面，火蜥蜴这种动物象征了弹性、保护性和稳定性，按照中世纪的迷信思想看，据说这种动物是唯一可以在火里幸存下来的。烈火清除了它的邪恶，只保留了善良的部分，另一方面，火蜥蜴这个名称也是用来纪念代尔夫特之前那几次可怕的城市火灾。

几个世纪以来，万灵药的种类数量稳步上升，其中有一种格外特别的药叫人类脂肪，这种灵药通常都是来自于被处决的犯人，据说这些犯人在处决后如果没有人前来认尸，行刑官就会将这些无主的尸首扔到水里煮沸。沸腾之后，这些罪人的脂肪就会浮到水面上，接着就会有人拿着铲子将这些浮油盛出来，分给那些药剂师，药剂师再将其提炼成乳霜，用来治疗疾病。

比特·穆勒在当地的名声很响，1810年的时候，他还成了代尔夫特医院的药品供应商，为各大医院提供自制药品、鱼肝油和吸血的水蛭。不光如此，他年年都被评为业内标杆。1832年，荷兰境内爆发了大规模的霍乱，全国各地的药剂师为了控制疫情四处奔走，忙得脚不沾地。代尔夫特的这次霍乱导致354人感染和155人死亡。1848年，霍乱病毒再度卷土重来，两年后，杰拉德·穆勒从药剂师父亲那里继承了这家药店，这一次死于霍乱的人数更多，571人。

1890年前后，这家药店转手给了药剂师范·欧弗德。10年之后，欧弗德又将其卖给了亨利·富路格特，他将药店内部进行了现代化的装修。很快，亨利的药店业务就蒸蒸日上，并且在代尔夫特另外开设了两家分店。

1930年，亨利的孙子在药店下面的地窖里发现了一些有趣的玩意儿，当他拆除地窖里的一面墙体的时候，他发现了一批青铜材质的杵和研钵，这些都是18世纪的时候药剂师用来处理药品的器具，其中一个研钵上还刻着日期：1759年。想来当时的药剂师把这些器具藏起来是为了使其免遭拿破仑军队的劫掠，当时的荷兰是法国的傀儡国，法国士兵很有可能会抢了这些杵和研钵将它们熔炼成武器。

XIV

1536年那场大火的一年后，玉米市场（Koornmarkt）81号那儿建起了一座带有哥特式立面的建筑。建筑带有阶梯式山墙、天然石料加工的水平饰带和装饰了精美图案的拱形窗户。这些装饰，比如一个戴有头盔的男子、盾牌纹章和圆形肖像等，无一不说明这栋建筑很有可能是某个射弩协会的会所。熟铁制成的弓箭形状的墙锚也指代射弩协会。

1500年左右，代尔夫特的酿酒厂差不多有200多个。城市的城墙上竖立了10多架风车，这些风车不知疲倦地运转着，为当地的农民提供丰富的粮食供应。水作为酿酒工艺中必不可少的元素之一，则是取自老代尔夫特和新代尔夫特这两条主流运河。

在大部分的城镇里，运河都是作为开放式的下水道而存在，所以那令人窒息的恶臭常常弥漫于整个城市上空，令人难以忍受。但是代尔夫特却不是这样的，这里不允许向城市运河倾倒夜壶或任何生活排泄物。所以，代尔夫特的运河始终都是如同水晶般清澈见底，代尔夫特出产的啤酒更是品质卓越，远销海外。

XV

1575年，25岁的酿酒商范·德尔·威尔花钱买了个城市身份。他已经来到代尔夫特5年了，除了买身份，他也通过这种方法证实了他的经济实力。城市身份还给了他合法从商的权利，于是他毫不犹豫地建立起自己的商业帝国。威尔买下了玉米市场81号的房子，这栋建筑里的壁炉至少有8个，这是用来体现主人财富的完美象征，此外，他还在后院开设了自己的酿酒作坊。他给这个作坊起名为弩，渊源就是那个射弩协会。玉米市场每周三开市，届时这里就会挤满了玉米商人、酿酒商和市场交易者。

头脑精明的威尔将他的作坊经营得很好，他的资产也越来越多，不多久，他便成为代尔夫特排名前40的富豪之一。这40位富豪都是当地精英，他们成立了一个组织叫40人理事会。每一年，这个理事会都会选出一个行政官，4位市长和7位市府参事共同管理代尔夫特。时年33岁的威尔也当选为4位市长之一，并且连任了4届。

后来，理事会决定将公司商业迁出代尔夫特市区，这一决定对弩的影响也很大。17世纪上半叶，酿酒作坊拆迁到其他地方重建，但是威尔却没有等到这一天，这位代尔夫特市长早在1621年的时候就过世了。

黄金时代的玉米市场81号辗转换了好几任主人。有一段时间，东印度公司代尔夫特分部的创始人之一范·德尔·杜森和他的家族以及风景画家皮耶特·莫莱恩都曾在这里住过。

XVI

1654年10月12日，灾难再次降临代尔夫特。上午十点一刻，囤积了66138磅火药的火药库突然发生了爆炸，其威力之大，就连北部125公里外的特克塞尔岛上都能听到爆炸声。这次爆炸使得代尔夫特500多座建筑被毁。玉米市场81号的建筑虽然并没有被爆炸夷为平地，但是受损也相当严重，人们不得不重新砌了山墙。19世纪的时候，这栋建筑没有再作为住宅使用，而是成为仓库。出于其作为仓库实用性的考量，人们对建筑进行了改造，并且装上了适合货物进出的大门。自此，晚期哥特式风格的上层立面就成了"一个优秀而罕见的土木建筑实例"。

1911年，极具历史意义的玉米市场81号的新任主人重新翻新了这栋楼，使其恢复了昔日的辉煌，但是针对16世纪阶梯式山墙和尖顶的重建却引发了社会各界激烈的争论。

1967年脚手架再度包围了这栋建筑，这次修缮工程堪称史无前例，房子的新主人代尔夫特学生住房基金会决定将这栋楼和与之相邻的三栋楼改成共计有54间宿舍的宿舍楼。大多数的学生宿舍面积只有12平方米，入住的都是代尔夫特学生社团的成员。

XVII

16世纪末，第一批载满了香料和草药的荷兰船只从远东探险归来，这批船队还带回了中国的瓷器和华美的丝绸。这次远洋贸易利润非常大，因为他们直接绕过了中间商这一环节。

整个荷兰，包括西兰省在内，商人们都在积极筹备远洋的船队。1601年10月1日，总共包括45艘船只的十一只舰队安全返航，12个富豪家庭联手成立了代尔夫特合资企业。他们计划由德·海伊领队前往东亚进行远洋贸易。这些企业家害怕船队不能顺利出航，进而错过商机，因为当时激烈的竞争已经使得远洋贸易的利润滑到了压力边缘线。

XVIII

荷兰联合共和国的总督毛里茨王子以及他的副手大议长约翰·范·奥尔登巴内费尔特尤其希望强强联合，因为只有通过强强联合，才有可能击破葡萄牙和英国的联盟。出于这一目的，1602年3月20日，荷兰东印度公司成立。共和国授予东印度公司海上贸易的垄断权，公司股东可以自由征服海外领土，建造殖民地，并且拥有以共和国名义和外邦首脑独立谈判的权力。来自6个城市、包括代尔夫特在内的企业家在东印度公司购买了价值总计650万荷兰盾的股份。换算成今天的计价单位欧元的话，荷兰东印度公司当时的市值已高达1亿欧元。

东印度公司的代尔夫特分部是由当地的三大家族，米尔曼家族、范·洛登斯坦恩家族和范·德尔·杜森家族共同组成。这三个家族共同出资469400荷兰盾，换得了东印度公司7%的股份。代尔夫特的董事们都有明确的分工。两人分管账目往来，三人负责船队补给和武器，另外还有两个人负责货物销售。代尔夫特分部的重要会议都是在董事的家里或者是代尔夫特市政厅召开。

阿姆斯特丹、米德尔堡、鹿特丹、代尔夫特、霍伦和恩克赫伊曾的富豪企业

代尔夫特市政厅

家们集中在一起，为荷兰东印度公司提供了启动资金，这些企业家中的大部分都是在80年战争期间逃难而来的外国人。阿姆斯特丹提供的资金最多，有3679915荷兰盾，其次是米德尔堡（1300405荷兰盾），恩克赫伊曾入股的企业家人数相对较多，提供了540000荷兰盾，代尔夫特的份额为469400荷兰盾，霍伦为266868荷兰盾，鹿特丹最后募集到的资金为173000荷兰盾。全部这些加起来，筹措的启动金额总额为650万荷兰盾——这是第一家跨国企业创造的另外一项纪录。

XIX

没多久，东印度公司的船队数量就大幅度上升，公司成立之初，为了扩大船队规模，投入了大量的资金成本，开头几年整个公司的运营几乎无利可图。祸不单行的是，相当一部分的船只在和海盗的交战中不幸失踪。这些股东们直到公司成立八年之后才正经拿到了些红利，而这些红利也不是我们以为的货币，而是诸如肉豆蔻和胡椒之类的香料。

靠近土耳其边境线上的叙利亚城市阿勒颇是中亚地区著名的香料市场，一公斤胡椒的成本大概在10到14克白银。威尼斯港口的商贩通常会要价18克白银，欧洲内陆地区的价格则更高。相对来说，一公斤胡椒的价格在欧洲大陆上基本处在20到30克贵金属之间。

胡椒可以用作提高性欲的兴奋剂，同时它也是用来治疗癫痫的药物。胡椒的气味可以刺激人打喷嚏，所以它可以促进大脑清醒和活跃脑思维。

荷兰东印度公司很快就跃升为全世界第一家跨国公司。在代尔夫特，这家公司一直是当地最大的雇主，征募了无数中青年加入到前往东方的远洋航行中。每年三次，前往亚洲的船队都会从代尔夫特的港口代尔夫特港启程，船队的每艘船上有200名船员，这也导致了船上的人生活得非常拥挤。东印度公司曾经统计过，经历8个月的航行之后，只有一半的船员得以生存下来。

XX

代尔夫特分部董事们的钱袋子开始膨胀。1620到1631年间，为了存放源源不断舶来的异域货品，他们买下了好几间仓库，而代尔夫特39号的两栋楼则改成了分部办公室。这两栋楼建于1580年前后，建筑上都带有文艺复兴风格的阶梯式山墙。东印度公司大楼的主入口就设在正中央，大门上方的石头上雕刻着代尔夫特分部的标志，其中包括字母V.O.C（东印度公司）和D（代尔夫特）及年份1631年。阶梯式山墙顶部竖立着两个船形的风向标。

大楼的前半部分是庄严的会议室，职员办公室、出纳和会计办公区域则设置在大楼后方，水手和士兵就是在这里签订合同的，领航员和舵手也是在这里接受考试，船员们领薪水的地方也是在这里。

1648年，东印度公司大楼扩建，并且在运河的另一边建造了另外一座仓库，和公司大楼两两相望。1722年，公司业务再度腾飞，于是办公室再度扩建，建筑工人推倒了右边的阶梯式山墙，为大楼的扩建释放了更多的空间，从而另外建造一个路易十四风格的直檐来替代。1764年，该分部买下了大楼右侧的仓库，并将其和大楼衔接了起来。接连不断的扩建和收益，代尔夫特的董事很快就自我膨胀到以为自己就是这座城市的主人，尽管企业投资和虚张声势还在继续，但是东印度公司却难逃末日将近的命运。公司内部的腐败，高筑的债台，还有来自英国和法国的东印度公司的激烈竞争预示了世界第一家全球贸易公司的终结，不过它的企业运作和金融结构仍然是现在主宰世界经济的大型企业争相学习的典范。

XXI

尽管荷兰东印度公司的消亡和1795年巴达维亚共和国宣告成立几乎发生在同一时间，但这绝非偶然的巧合。18世纪末，普罗大众对于精英阶层的权力游戏和种种特权感到厌倦。法国大革命的浪潮鼓舞了欧洲大陆上相当一部分惨遭权力阶层压榨的人群，他们纷纷揭竿而起，各个国家的领导人或多或少都遭到了驱逐流放。当时的荷兰总督威廉五世逃往英国，在法国人的帮助下，终结了荷兰共和国，成立了巴达维亚共和国。曾经作为这个国家骄傲的东印度公司在当时也因为"公司缺乏大方向、秩序和过于奢靡"而备受责难，新成立的政府将东印度公司国有化，其原来的股票也在一夕之间变得一文不值。

1803年，和国内其他分部一样，荷兰东印度公司代尔夫特分部正式宣告解体。之前的东印度公司分部大楼也转归到军政部门的名下，之后闲置了很长一段时间，再之后就被用作军服仓库。

1933年，大楼经历了一次大规模的翻修，之后就成了代尔夫特科技大学的建筑系综合大楼。差不多又过了一个世纪，大楼改成了办公楼，旁边的仓库也改成了学生宿舍。

XXII

第一次世界大战的战火席卷了整个欧洲，光是凡尔登一战就阵亡了263000名士兵，另外还有492000多名士兵身受重伤。1916年的时候，中立国荷兰就成了战火纷飞中为数不多且氛围平静安宁的安全堡垒之一。

但是这种安静氛围似乎过了头，事实上，作为荷兰经济贸易支柱的国际贸易几乎处于停顿状态，许多公司被迫关门，失业率直线飙升。民众的生活成本一下子上升了75%，面包和肉类也变成了定量配给。在荷兰的一些大城市里，因为粮食短缺引发的暴乱一触即发。

1916年，在这个经济萧条风雨交加的岁月里，一家名叫皇家烟草的加工厂，原J. H. 德瑞亚咖啡烘焙公司的企业搬到了位于代尔夫特玉米市场87号的新址。多年以前，这家企业的原址在一场大火中毁于一旦，企业的主人委托建筑师E. H. 卢森堡在代尔夫特中心的河边上重建一座新的公司总部。这栋新建的建筑外表看起来干净利落，简约大气，同时又极具传统风格，此外还结合了当时流行的新艺术元素。这栋建筑的设计灵感源自于荷兰建筑大师H. P. 伯利奇设计的作品。不仅如此，代尔夫特之后的一些历史性建筑的设计都采用了伯利奇的设计灵感。

玉米市场87号的山墙的立面顶部是一个风向标，下方则被天然石料制成的饰带拦腰截成两段。高处的一块瓷砖上镌刻着房子的建造年份：1916年。建筑顶部那带有窗框的窗玻璃以及建筑内部则装饰有一系列20世纪的风格元素，比如华丽的灰泥天花板上就装饰了烟草叶的图案。顺带提一句，那个时候的左邻右舍对于这家烘焙公司并不十分满意，相当一部分的文献资料都记录了烘焙咖啡豆过程中产生的恶臭时常惹得四邻怨声载道。然而，1921年，建于1873年的德瑞亚公司因为不敌竞争对手——荷兰安彻蒸汽咖啡烘焙公司，只能宣告破产。

代尔夫特运河

XXIII

与此同时，代尔夫特的城市扩张也在进行，当地政府委托委员会监理，试图以街道和有轨电车取代原本的运河。人们显然迫切想要摆脱过去老旧的一切，对于速度和进程的要求也是迫在眉睫。旧代尔夫特运河和玉米市场的运河被逐一填满，当时人们认为在这一区域修建有轨电车线路就能横穿城市的历史中心区域。

委员会固然成员居多，但是只有H. P. 伯利奇的建筑风格真正影响到了玉米市场87号建筑的设计风格。不过，他本人对这次城市扩张和87号的建筑却兴味索然，他曾说过："就怕所有的如意算盘到头来全都沦为一厢情愿。"他的这一直觉显然是正确的。运河的消失会对城市旅游造成极大的冲击，出于这一考量，城市扩张计划被撤销。已经填满的运河道路自然也不能以代尔夫特运河来命名了。

万幸的是，代尔夫特的运河，包括玉米市场在内，全部保留了下来。不过那位于玉米市场87号的荷兰安彻蒸汽咖啡烘焙公司却不属于被保留的部分，出于对左邻右舍生活环境的保护，这家公司没多久就跟前任一样从这栋建筑里撤出。后来的计划是将这栋楼改成一家酒店，但是从未真正实现。最后，一家教育出版商搬了进来，到了1950年代，这座建筑才真正意义上成为一栋住宅楼。

第二十三章

I

从海牙去鹿特丹，这是我们荷兰之旅的最后一站。到荷兰，鹿特丹是必须去的，可能够在那里看到什么，我并没什么把握。

翻阅一下马克·杰格林的《海边的小王国：荷兰文化遗产》，看到三栋有关鹿特丹房子的故事。我未必会去拜访那些房子，可它们牵出了当地的历史与人文，还有逸闻趣事。

第一篇：《被人遗忘的鹿特丹历史中心》。

想象一下：引领毛纺产业的布拉邦人里有一对极具野心的兄弟，这两人凭借自己的努力将他们的毛布厂一步一步打造成鹿特丹数一数二的龙头企业。想来17世纪黄金时代的这一股东风也为他们助力不少。

两兄弟中的哥哥生了个儿子叫阿德里安·凡·贝克尔，他后来成为一名布料商人。不过，在他的父亲去世后，这家人因为继承的问题发生了不小的争执。当时的毛布厂里外外加起来大概值28930荷兰盾（相当于今天的50万欧元）。争执僵持不下，他的叔叔也随之去世。毛布厂创始人的遗孀为了争夺遗产不惜大打出手。阿德里安受够了这无休无止的争吵冲突，于是他毅然放弃了布料生意，用之前积累的财富买了一家肥皂加工厂。生产肥皂的利润很低，但因为竞争很少，所以这家位于鹿特丹市中心的肥皂加工厂生意兴隆，阿德里安本人也因此过着不错的生活。不仅如此，阿德里安·凡·贝克尔还成功迈入了鹿特丹的上流社会，成为鹿特丹的市议员，1634年，他被任命为海军部的税司。与此同时，他名下的肥皂加工厂，如今已经改名为马蹄肥皂厂，还在继续生产盈利，继续散发着恶臭。木炭和动植物脂肪在一个大缸里被熬煮成一种褐绿色的胶状物，附近街区的空气中始终弥漫着鱼油和其他油脂散发出的令人作呕的气味，让人难以忍受。然而，阿德里安·凡·贝克尔本人却并不为此感到烦恼，因为一年中的大部分时间，他都是居住在距离鹿特丹50公里之外的史丁柏根（Steenbergen）的城堡里。

II

1660年5月1日，阿德里安和他的家人一起搬到了鹿特丹城区距离马斯河很近的新港（Nieuwehaven）59号。这栋北岸边的运河建筑是黄金时代初期建成的，宽度大概有6米。4年后，他又在自己家后面的格洛嫩达尔地区买下了一个仓库。1668到1679年间，阿德里安又在与之相邻的地块上陆续买下了两个仓库。

阿德里安·凡·贝克尔过世后，他的儿子皮耶特继承了父亲的房子，接掌了肥皂加工厂，也承袭了父亲的市议员一职。1715年，这位新主人对新港的房子进行了一次全面的外部翻新，房子的外立面添加了源自于希腊式风格建筑的古典主义元素，新添加的直檐口则让建筑保留了一丝现代的时尚气息。富丽堂皇的柯林斯立柱凸显出主入口，主入口右侧的门是供别墅仆从雇员出入的，左侧的门则可以通往仓库。

这栋时髦别墅的内部装潢十分富丽堂皇，在一定程度上反映了其住户的高雅品位和内心对美的追求。别墅巨大的木制前门打开时，参观者就可以进入这5米高的接待大厅，大厅地面是精致的蓝色阿拉斯卡多大理石和石膏装饰，左侧是一座华丽的旋转楼梯，楼梯上是工艺细腻的古巴红木雕刻装饰，门上用作装饰的扇形上更是布满了珍奇的中国鸟类。然而，皮耶特·凡·贝克尔却没有这个福气好好享受这一切，别墅翻新完工后3年，他就不幸离世了。贝克尔家族在此之后又继续在这里居住了将近一个世纪。

创作于1755年前后的一幅描绘别墅建筑的画作上，可以清晰地看见两尊石膏雕像分别列于别墅山墙两侧，檐口上方的屋顶则装饰了两个砂岩材质的花樽。18世纪中期，别墅的立面、接待室里的壁炉架和后头的舞厅都添加了路易十五风格的雕刻装饰。高高的窗户给游客们提供了一个全新而奇妙的视野，风景穿过运河，映入游客的眼帘，再加上墙上优美的风景画，窗外的实景和画上的虚景交相辉映，彼此衔接，给人带来了一种无与伦比的视觉体验。

Ⅲ

这座精致奢华的商人别墅在新港伫立了200多年，一直到1940年5月14日，一场突如其来的灾难彻底摧毁了这栋别墅。而就在4天前，德国对荷兰宣战，没想到短短4天的时间，他们就把这座城市的历史中心夷为平地。德军此次残酷袭击的目的是为了将荷兰的反纳粹力量消灭于萌芽状态。之后，德国的轰炸机又横扫了乌特勒支。当天下午，荷兰就宣布投降了。荷兰皇室已于此前一天撤离，而国家政府官员也在此刻逃亡伦敦。

针对鹿特丹的轰炸仅仅持续了15分钟，但是后果却是彻底摧毁了这座城市。大约有800人在这次事件中丧生，2.5万个家庭分崩离析。新港的街道标志所幸得以保存了下来，但是它所指代的运河街区却已不复存在。1940年那个灾难性的日子过后，人们为了纪念这场满目疮痍的浩劫，城市街道上都设有鹿特丹火线的永久性标志，以警醒世人不忘历史。

1940年德军在鹿特丹的轰炸摧毁了这座荷兰第二大城市里的很多地标性建筑。之后，人们重建了这座城市，750栋二战前的建筑得以幸存了下来：其中520栋是国立建筑，230栋是市政建筑。然而，与之形成鲜明对比的是，作为荷兰首都的阿姆斯特丹反倒毫发无损，留存下来的战前建筑大概有7150栋。为了纪念这场战争，鹿特丹市内修建了60座纪念性建筑，其中最为著名的是出生在俄罗斯的法国雕塑家奥西普·查德金（Ossip Zadkine，1890—1967年）在1953年创作的《城市的毁灭》。

Ⅳ

第二篇：《海上霸王和私掠船缔造史上最大的劫案》

毋庸置疑，皮埃特·海因，这个既是海盗又是海上英雄的家伙算得上是代尔夫斯港历史上最著名的人物了。1628年，他带领拥有31条船只的舰队在古巴海岸

鹿特丹街景

俘获了运送宝藏的西班牙船队，并成功将其带回了荷兰。这批宝藏里除了沉甸甸的9吨白银，还包括黄金、珍珠、丝绸和大量的异域珍宝，如玳瑁和羽毛做成的画等。

南美洲的西班牙殖民者拥有世界历史上规模最大的赏金，其价值大概有11510437荷兰盾（相当于现在的1亿欧元）。

近200年过后，私劫西班牙珍宝船队的故事仍然激发着人们的想象力，但是对皮埃特·海因的个人崇拜却已然消失殆尽。1820年，这位海上英雄的房子被拆除，土地也被用作垃圾场。数年之后，富有的鹿特丹玉米商艾布拉姆·凡·里克沃塞尔在这块区域大肆买入地皮，以建造两个新仓库。很快，乌海汶（Voorhaven）的这块空地吸引了他的注意力，这里距离1577年出生的皮埃特·海因的出生地只有50米。

捕鲸业和鲱鱼贸易带来的繁荣虽然维持了好几个世纪，但是后来的代尔夫斯港人只能依靠生产金酒来谋生。镇上大概有40多家酿酒厂，所以不用担心没有存放粮食的地方。1824年，艾布拉姆·凡·里克沃塞尔委托建造了一座双门仓库，并且将其命名为丹麦。来自海牙的假发商的儿子约翰·亨克斯也在代尔夫斯港定居了下来，他和他的两位随从买下了乌海汶27号的奥伊瓦拉酒庄。自此，这家酿酒企业发展迅猛，很快，以亨克斯这个名字命名的品牌就享誉世界。艾布拉姆·凡·里克沃塞尔在商业上则显得不怎么成功，这位玉米商人在1858年的时候再次卖掉了自己名下的仓库。

V

工业革命刺激了经济的飞速腾飞。1850到1870年间，和许多城市一样，代尔夫斯港也是一片繁荣景象。冒险分子从来不介意风险，阿尔贝特·豪特曼和伦德特·凡·佩尔特在乌海汶12号办起了自己的酿酒厂，原来那个叫丹麦的双门仓库如今也改名成了棕榈树，专门用来生产利口酒。由于当时已经有一家酒厂使用了棕榈树这个名字，所以这两人不得不重新命名注册。灵机一动的两个人看自己在乌海汶12号的这家酒厂是个双门建筑，就干脆将自己的酒厂命名为双棕榈树。

1868年的一个寒冷冬夜，来自代尔夫斯港的三个好朋友遥想起了海上英雄皮埃特·海因，他们偷偷地用雪和冰给这位伟大的邻居造了一座英雄雪人雕像。这尊雪人伫立了整整五天才开始融化，自此，人们开始意识到这位被长时间遗忘的代尔夫斯港之子理应享受到他应有的殊荣。1870年10月17日，国王威廉三世揭幕了一尊比真人还大的青铜雕塑，这位海上英雄雕塑手中的指挥棒指向大海，以代表他在海上的丰功伟绩。当地的一个木匠对这位英雄的事迹佩服得五体投地，于是他买下了英雄出生的地方，并在那儿重建了一座带有荷兰古典风格的建筑。

皮埃特·海因的雕像一共有两尊，一尊距离他出生的地方十分近。另外一尊海洋英雄的雕塑则处在可以俯瞰古巴的马坦萨斯海湾（Matanzas Bay）的位置。而这个马坦萨斯海湾就是当年皮埃特劫掠西班牙珍宝船队并将其带回荷兰的地方。今天，所谓的海上霸王在某些时候还是会被定性为海盗，尽管现代历史学家更乐意委婉地称呼其为私掠船船主。最起码从荷兰人的角度看，皮埃特不是我们通常意义上所谓的万恶的海盗，而是带给他们财富的伟大英雄。

阿尔贝特·豪特曼经营乌海汶12号的酒厂一直到1871年他本人过世，后来这里的仓库建筑就被煤炭商人J.G.凡·德尔·克鲁特征用了。之后，一家名为H. 尼基曼的机箱厂入驻双棕榈树。1910年，工厂扩建，并且开始投产家具，这栋双门仓库就变成了工作室和家具展示间。与此同时，1886年的时候，代尔夫斯港和鹿特丹合并，成为后者的辖区市。1940年5月，德军对鹿特丹轰炸期间，代尔夫斯港古老的城中心得以独善其身，但是因为战后物资匮乏，经济萧条，那些重要的古老建筑也无法得到必要的维护和修缮，所以情况也是每况愈下，有些建筑的破损十分严重。1948年，尼基曼被迫关掉了自己的营生工具，而乌海汶的这间仓库也自此空置了很多年。

1967年，鹿特丹市议会买下了双棕榈树的仓库建筑，准备将其维护修缮后作为文化遗产保留下来。市政完成了大量的建筑修缮工作，并且用两块17世纪优雅的钟形山墙替换了其带角的山墙，这样一来，这栋建筑和代尔夫斯港的城市景观就显得更加相得益彰了。1975年，双棕榈树建筑合并给了鹿特丹博物馆。将近40年过后，2012年的10月份，荷兰财政在保护文化遗产上的财务分配缩水，这栋楼不得不再次关门。从那之后，这栋建筑就一直空到了现在。

VI

第三篇：《"恐怖之屋"的嗜血传说造就的旅游名胜》

1555年，处于权力巅峰的查理五世从这个连太阳都无法全部照耀的庞大帝国的皇位上退位。彼时的他十分失意，因为他"统一欧洲"的计划遭到了各个国家的反对，而他也无法让所有的臣民都依照他的意愿皈依天主教。

欧洲爆发了一场宗教战争，迫使很多非天主教人士不得不在匆忙间背井离乡。荷兰北部的地区相继从西班牙政权的压迫中独立出来，成为这些自由信仰人士的避难天堂。于是，旷日持久的80年战争随即爆发……

1570年，鹿特丹大市场（Groote Markt）28号角落里建起了一座荷兰南部风格的房子。这栋建筑拥有两个阶梯式山墙，立面的窗户上向上突出的是竹篮柄形状的圆拱。我们对于这栋房子的初代主人知之甚少，只知道是费德里克斯夫妇和他们的女儿科斯蒂安。不过，好景不长，他们在这里的安宁时光没过多久就被一场激战残忍地打破了，当时的嗜血伯爵博苏一声令下，西班牙军队进攻了鹿特丹。

城市陷落的时候，西班牙士兵挨家挨户逮捕反对分子。这些士兵烧杀抢掠，所到之处无不是哀鸿遍野，更有甚者，他们还随机杀害了40名普通市民。"侵略军咆哮着向大市场区挺进，西班牙的王旗竖立在大市场上。所有的市民在死亡面前战战兢兢，如履薄冰。"

位于大市场角落的这栋房子里躲藏了很多身处惊恐之中的城市难民。据传，这里的屋主为了拯救这些吓得半死的城市难民，用山羊血涂抹在建筑立面上，以说服西班牙军队相信这里的人都逃光了，再没有人居于其中。正是由于这个原因，到了1572年，这栋建筑就多了个昵称"恐怖之屋"（In Duijsent Vreesen）。

80年战争期间，西班牙一直都在试图镇压荷兰北部的反叛势力。当时的西班牙军队里大概只有8000人是西班牙人，剩下的士兵中有2.5万人是从荷兰雇佣的那些唯利是图的小人，另外2.5万人则是来自日耳曼的内陆地区。

科斯蒂安·费德里克斯的父母很快就因为这种动荡不安的局势而相继去世，他们的女儿也因此成了孤儿。1575年6月9日，科斯蒂安的监护人将这套住宅卖给了阿德里安·迈克尔茨，迈克尔茨过世之后，1590年1月24日，他的遗孀又将这栋住宅卖给了巴托洛梅乌斯·简茨。简茨应该对这栋建筑进行了翻修，因为建筑石制立面的检测年份是在1594年左右。之后这栋房子几经易主，最后的主人是鞋匠科内利斯·亨德里克茨。

80年战争之后的1648年，这栋房子立面的建筑名称上方安上了一幅描绘了西班牙如何攻占鹿特丹的场景画。1758年，人们对这栋角落里的住宅进行了大规模的翻新，喷射形的山墙取代了原来面朝广场的阶梯式山墙。立面的下部也进行了重建，以迎合其作为商店门面的需求。

早在19世纪初的旅行指南上就解释了"恐怖之屋"这一名称的由来。1873年，意大利作家埃德蒙多·德·阿米西斯（Edmondo De Amicis，1846—1908年）环游了欧洲，在他自己的编年史《奥兰达》中，他提到了鹿特丹的行程，这栋"恐怖之屋"的历史和那段耸人听闻的传说故事，以及建筑立面上的那幅场景画。这栋建筑很快就成了旅游地标，建筑立面上的名称也添加了法语、德语和英语的翻译。尽管这栋建筑在世界上声名卓著，但也难逃年久失修的境遇，直到

1895年，这栋建筑才得以重新翻修。遗憾的是，1940年5月14日，德军的轰炸使得这栋房子遭受了毁灭性的破坏。自此，这座"恐怖之屋"成为历史上又一座曾经存在但如今已无迹可寻的历史尘埃。

VII

出了鹿特丹中央火车站，直接往前走，据说这里有一些先锋建筑。二战时，鹿特丹被纳粹给炸没了，它倒是可以发展新建筑了，有人还认为它是现代主义建筑的天堂。

比起周围的德国、瑞士、法国与北欧，包括鹿特丹在内的荷兰现代建筑，不是很强调细节，显得有些"粗糙"。《荷兰的密码》的作者褚冬竹认为，这与荷兰的传统有关。历史上的水患肆虐造成了荷兰建筑特有的"经济性"——大多荷兰建筑造价不高，不奢侈浪费。在水患扰民的时代，建筑难免受侵害，常常被摧毁后重建，因此，荷兰建筑具有某种意义上的"临时性"。这样的特点直接渗透到今天荷兰人的价值观中。

再往前走，可以看到几家中餐馆和食品店，我尝了尝店里的点心，味道还挺正宗的。可惜刚在海牙吃过早饭，否则就在这里吃中餐了。没有人告诉我这里是不是唐人街，但我就姑且称之吧。在阿姆斯特丹的老城区，也有这么几家中餐厅，就被称为唐人街。在我到过的其他荷兰城市，没见过类似的场面。

参观完伯宁恩美术馆已是黄昏，我赶紧乘坐出租车去老海港附近的立方屋（Cubic-shaped House）。

这里是个交通枢纽，布拉克火车站（Blaak Station）。如果游者时间有限，不想参观博物馆，从海牙坐火车，可以直接从这一站下，直接游览鹿特丹的精华。

1977年，人们决定再开创一种新方式让这里充满活力。1984年，建筑师皮伊特·布洛姆修建了39栋立方屋。

鹿特丹的中餐馆和食品店

可惜我们来晚了，唯一的"示范"屋也已关门，我们只能在外面观察了。中国驻荷兰前大使朱祖寿的描述是："每个立方体呈45度倾斜，仅靠一个角像单臂倒立似的站立在一个六角形的柱子上。走近察看，每个立方体自成一幢单独的房屋，有三个漆成黄色的面朝向地面，另外三个灰蓝色面上朝天空。立方体共有三层，在六角柱一侧的入口，沿着陡峭的旋梯上行，便来到一层。这里是起居间，有小客厅、厨房、卫生间。你会发现，你立足于上的是与地面平行的楼板，墙面则向外倾斜，不与楼板垂直成直角。量身定做的家具都贴着墙边布设。二层是卧室、浴室和书房，是面积最大的一层。书桌和床紧贴着墙角，向外倾斜的玻璃窗提供了比一般房屋更为宽广的视角。三层是三角锥形的阁楼，三面天窗构成的尖角直指天空。在屋里呆过，最大的感觉一是'斜'，除了水平的地板，其他一切都是倾斜的；二是视野广阔，采光充足。透过窗户可以看到，排列成行的立方体房屋下面是由柱子围起来的长廊，里面有许多生活服务设施和活动空间，供孩子们玩耍、大人们聊天。"

我在立方屋长廊闲逛，发现里面有家旅舍。如果在鹿特丹过夜，倒是能够在这里住的。

立方屋旁边的布拉克塔（Blaak Tower）也叫"铅笔楼"，同样建于1984年。

老海港附近的立方屋

铅笔楼

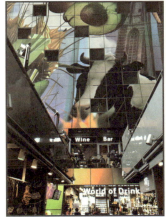

美食广场

　　最惊艳的是立方屋对面的美食广场（Markthal），拱门造型，进去后，整个天花板都是水果、蔬菜、鱼类和植物，像盛开的鲜花，五彩缤纷。这让我想起半年前在卡波迪蒙特博物馆（Museo di Capodimonte）看到的那不勒斯巴洛克水果鱼鲜画，铺天盖地，漫无边际，只是色彩没有如此新鲜斑斓。我真被迷住了。

　　美食广场很大，食品很丰富，但要比我们在普通集市里买的贵多了。里面的餐厅也不是很有吸引力，可为了多看两眼头顶上的图像，我们还是选择了这里一家由温州人开的餐厅，在二楼好好感受一下。

在去立方屋的路上，我特意让出租司机先在伊拉斯谟大桥前停一下，让我看一眼。据说802米长的伊拉斯谟大桥是世界上最长的斜拉索桥。

但我真正感兴趣的是伊拉斯谟这个人。还在上海时，我特意看了茨威格的《鹿特丹的伊拉斯谟：辉煌与悲情》。伊拉斯谟（Desiderius Erasmus Roterodamus，1466—1536年）出生于1466年，是一个教士的非婚生子，由于父母早逝，他被亲戚打发到修道院。但他忍受不了修道院的闭塞和思想狭隘，在26岁时离开并去了巴黎大学。他的成名作是《赞美傻气》。

伊拉斯谟爱好写诗，爱好哲学，爱好书籍和艺术品，爱好各种语言和各个民族。对所有世人一视同仁，不抱任何偏见，为的是要完成他自己的使命——提高人的品德。他只憎恶人世间一件事：狂热。他将狂热视为真正违背理性的幽灵。

伊拉斯谟反对任何狂热，无论是宗教的狂热还是民族的狂热，抑或是意识形态的狂热，他都一概反对。他把狂热视为是达成任何谅解的致命和天生的破坏因素。

他憎恶一切固执己见的人和思想片面的人，不管他们身上披的是教士的长袍还是教授的外衣。他憎恶一切刚愎自用的思想家和宗教狂人，不管他们来自哪个阶层和哪个种族，因为这些人处处要求世人盲目服从他们自己的看法，这些人把任何一种不同的观点都轻蔑地斥之为异端邪说或者越轨行为。所以，正如伊拉斯谟本人不愿意将自己的观点强加于他人一样，他坚决抵制别人把某种宗教信条或者某种政治信条强加于自己。对他而言，思想上的独立是天经地义的事。

他在内心深处始终清楚，狂热是人的本性中无可救药的幽灵，狂热将会扰乱伊拉斯谟自己温情的精神世界和他自己的生活。

他不到50岁就已经成为了全欧洲最著名的人文主义学者，成为欧洲思想界的领袖。

IX

按照茨威格的看法，伊拉斯谟个人命运的悲情恰恰在于：他这位众人之中最不狂热的人被卷入到历史上群众性宗教狂热最野蛮的一次发泄中，这就是所谓的宗教改革运动，即新教对天主教的造反。

他成了马丁·路德革命的对象。

作为宗教改革家，马丁·路德当然更有名。但他比伊拉斯谟出名要晚。当时，伊拉斯谟看出了天主教已经病入膏肓，内部的没落日趋表面化。他建议采用缓慢渐进的治疗——通过细心点滴"理性和揶揄的盐水"使血液逐渐净化，而马丁则采用动手术的流血方法。

当其他人文主义者把马丁·路德的行为当作拯救天主教会和德意志人的国土而欢呼时，伊拉斯谟却从中认识到：普世教会将会分裂——世界统一的教会将会分裂为各国的教会，从而使德意志人的国土脱离统一的西方世界。伊拉斯谟更是从内心深处预感到——这种预感比通过理性认识更能明白：神圣罗马帝国和其他日耳曼民族的各国要摆脱教皇至高无上的权力不可能不经过最血腥、最惨无人道的冲突。由于在伊拉斯谟看来，战争意味着倒退——意味着倒退到早已经历过的野蛮时代，所以他要竭尽全力阻止基督徒内部这样一种最可怕的灾难。于是，一项伊拉斯谟力不从心的历史使命突然降落在他自己身上：在各种亢奋者中间独自一人体现清醒的理性并且只依靠一支笔捍卫欧洲的统一、教会的统一、人性的统一、天底下世人的统一，以免天下陷入崩溃和毁灭。

X

伊拉斯谟想做调停者，一方面通过自己的朋友规劝马丁·路德写文章不要如此"咄咄逼人"；另一方面警告教皇和主教们、君王们不要仓促以过激的行为对付马丁·路德。他说："马丁·路德写的许多文章与其说怀有恶意，不如说写得

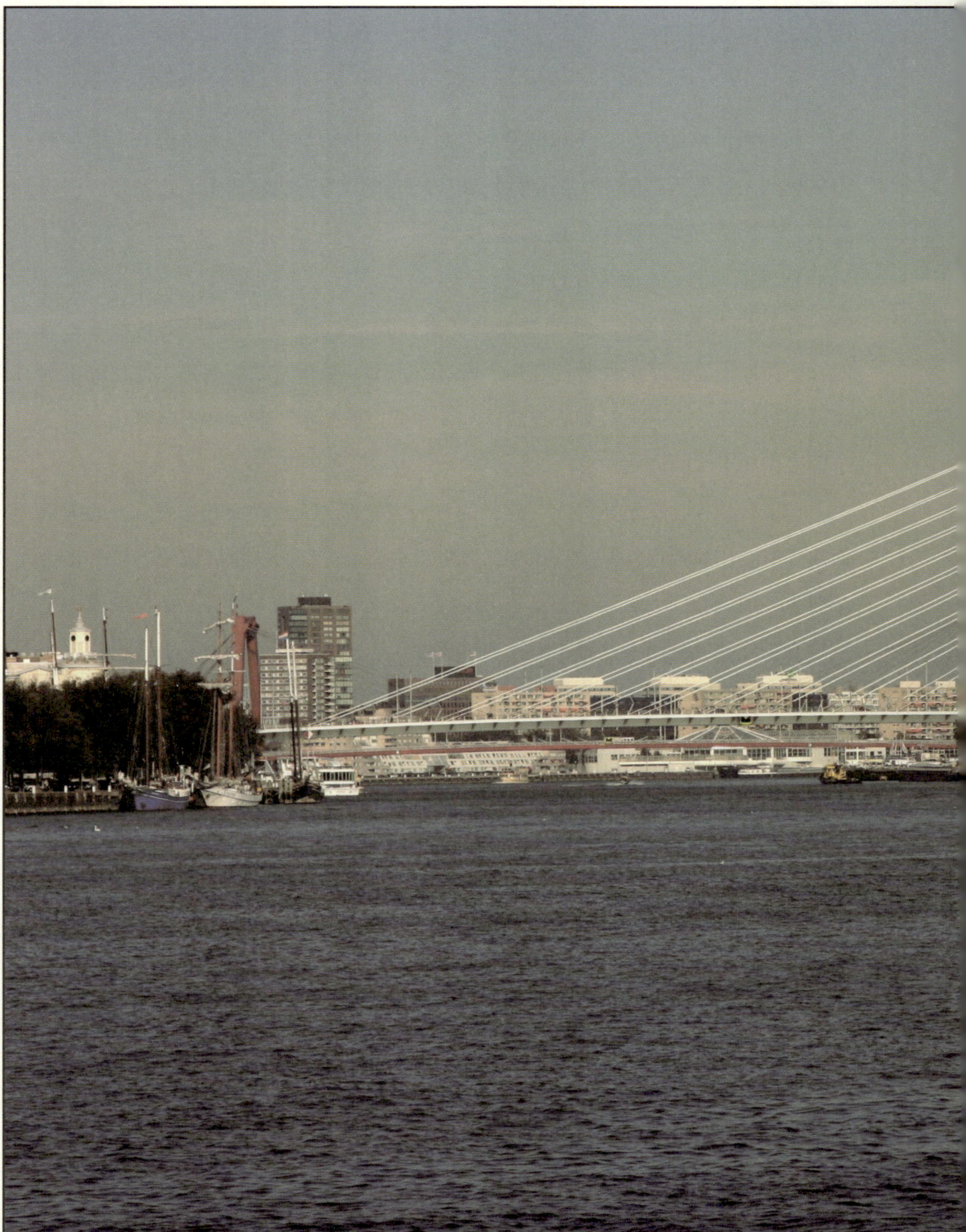

伊拉斯谟大桥

过于仓促。"

但梵蒂冈罗马教廷没有听从他的劝告，匆匆将马丁·路德革出教门。

这时，马丁·路德的性命危在旦夕。因为神圣罗马帝国皇帝查理五世宣布马丁·路德不受法律保护，这也就是说后者可以被任何人杀害。马丁·路德所在的邦国——萨克森选帝侯弗雷德里希三世虽是其幕后的支持者，这时也拿不定主意，他不想为了马丁·路德而反叛自己的皇帝。他正好在科隆碰到伊拉斯谟，就直截了当地问：马丁·路德到底对不对？

作为一个明白人，伊拉斯谟是知道马丁·路德的能量的，如果他要从现实政治出发，就应该说马丁·路德不对。这样一来，弗雷德里希三世极有可能放弃对马丁·路德的保护。

但伊拉斯谟没有。他非议了马丁·路德几句，如"滥用了教皇的容忍"，但在关键性的论点上站在马丁·路德一边。他建议这事通过有威望、不偏袒的裁判者进行调解。"世人渴望真正的福音之道。这是时代的总趋势。世人不应该以如此仇恨的方式对付马丁·路德。"

第二天，也即1520年11月6日，弗雷德里希三世完全按照伊拉斯谟的建议向教皇特使要求：马丁·路德应该由公正的、独立的、不偏袒的裁判者公开审理。

这就是公开支持马丁·路德了。

但马丁·路德并没有感谢伊拉斯谟。

XI

宗教改革蓬勃展开，伊拉斯谟没有站在教皇和马丁·路德中的任何一边，想完全退回书斋。他不愿意在一个天主教或新教独霸的城市居住，只能跑到瑞士中立的巴塞尔（Basel）。

但伊拉斯谟的名声太大，希望他明确表态的期待太急切，尤其是各方领袖更是殷切期望。

伊拉斯谟就是不表态。

这时一个叫胡滕的性情暴躁的新教徒找上门来了。年少时，崇拜伊拉斯谟立志成为人文主义者的胡滕曾得到过伊拉斯谟的赏识。但这时35岁的胡滕被德意志国家逐出国门，随时可能被罗马教廷以火刑处死。而且，他一贫如洗，未老先衰，可怕的梅毒使他已病入膏肓，全身长满了脓疮。

胡滕来到巴塞尔这个当时的小城，要求拜访伊拉斯谟，但后者婉言谢绝。这么可怜的一个人在巴塞尔流浪了数个星期后，带着一颗受伤害的心离去。几个月后就去世了。但他还是写了复仇之作《忠告伊拉斯谟》，用辛辣的讽刺迫使伊拉斯谟走出隐居之处，就像用刺鼻的消毒剂把狐狸从洞穴中熏出来一样，伊拉斯谟不得不站起来与马丁·路德派划清界限。

伊拉斯谟的论辩出发点是找了个似乎是次要问题，而实际上是马丁·路德那个根基尚且相当不稳固的神学体系中的一个核心要点：探讨人的意志是否自由。

这让马丁·路德也不得不承认："在我所有的对手中，唯独您抓住了事情的核心——您是唯一看清整个事情的症结和在这场论战中狠狠抓住要害的人。"

XII

尽管如此，马丁·路德永远不会原谅伊拉斯谟公开和他对立。好斗成性的马丁·路德除了完全彻底消灭自己的对手之外不容许论战会有别的结局。伊拉斯谟则不同，他用一部题为《反驳马丁·路德过于恶毒的攻击》的著作作了一次回应之后就不再说了，重去做自己的学问，尽管这部著作的标题对伊拉斯谟的宽厚性格而言显得相当激烈。然而马丁·路德心中依然燃烧着仇恨的怒火，他不会错过任何机会大肆辱骂伊拉斯谟——这个仅仅敢于反驳马丁·路德某一论点的人。他谩骂道，"谁把伊拉斯谟踩死，就像捏死一只臭虫一般，而他这只死臭虫比活的更臭"，称伊拉斯谟是"千年以来耶稣基督最大的敌人"。

当然，朋友们也提醒马丁·路德如此侮辱整个欧洲备受尊敬的伊拉斯谟老人不智，于是他写了一封带玩笑性质的信，就他自己粗暴对待伊拉斯谟表示道歉。

不过，现在的伊拉斯谟断然拒绝和解，他毫不客气地回应道："我还没有天真幼稚到如此程度，以致在我遭到大肆谩骂之后不久就会被几句奉承话或者打哈哈而忘了伤痛——你诽谤我是一个无神论者、一个宗教信仰的怀疑论者、一个亵渎天主的人——我不知道，你的所有这些卑鄙谎言和无端搬弄是非究竟目的何在——我不知道你还说了什么——我们两人之间发生的事并不重要，至少对我这个行将就木的人并不重要。但是，你的那种狂妄自大、厚颜无耻和搬弄是非的行为破坏了所有世人的行为准则，这会使任何一个像我这样正直的人感到气愤——我们之间的争论原本是件私事，但是使我痛心的是这场争论所引起的普遍困惑和无法补救的思想混乱——这只能归咎于你不愿倾听他人好言相劝的桀骜不驯的态度——我希望你有和你现在如此神魂颠倒截然不同的另一种思想方式。你也可以向我提出各种希望，但是你不能指望我会有和你相同的思想见解，因为只有天主能改变我的思想见解。"

伊拉斯谟现在用一种和自己平时完全不同的强硬态度拒绝了与马丁·路德和解，因为马丁·路德彻底破坏了伊拉斯谟的生活。

巴塞尔很快陷入了宗教狂热中，新教徒大肆破坏天主教堂内的圣像。60岁的伊拉斯谟不得不移居奥地利君主管辖的弗赖堡，他疲惫不堪，知道自己一生讴歌的人文主义理念在这个疯狂的时代已经失败。他不得不感叹道："所有这些争执不休的人嘴上都挂着这样五个词：福音之道、圣经、信仰、耶稣基督、圣灵。可是我却看到他们中的许多人表演得像是中了邪魔似的。"

伊拉斯谟一辈子是用拉丁语说话和写作，但他临终前却说了人生中第一句荷兰话："我主和我同在。"

XIII

茨威格认为，伊拉斯谟其实是唯一一位宗教改革家，因为其他人与其说是宗教改革家，不如说是宗教革命家。然而命运却使他——一个目光远大、善于思考的哲人兼进化论者，遇上了马丁·路德——一个诉诸行动的人和革命家、一个具有魔力而被德意志民众的暴力暗中牵着鼻子走的人。马丁·路德博士用农民般粗壮的铁拳一下子就粉碎了伊拉斯谟用一只仅仅能握住笔杆的纤巧的手勉力而写的婉约生动的一切思想言论。而后，基督教世界——欧洲世界——出现四分五裂的局面长达数百年之久。

当时的西方人，只有一种抉择，要么站在教皇一边，要么站在路德那一边，只有伊拉斯谟拒绝了，他哪一边都不站。因为他对双方都难以割舍，他不能割舍福音派的教义，因为是他出于信念第一个要求有福音派教义并促使福音派教义的产生，他也不能割舍天主教会，因为他要在天主教会内部捍卫一个濒临崩溃的统一世界的最后精神形式。可是，在他的右边是偏激，在他的左边也是偏激，在他的右边是狂热，在他的左边也是狂热。而他——一个始终不渝反对狂热的人——只愿意侍奉。

公允——这是他自己的永恒尺度。

伊拉斯谟的同时代人和后辈把他这种不作抉择的态度干脆称之为懦弱。事实是：伊拉斯谟不是那种敞开胸膛迎接敌人的战场英雄。伊拉斯谟小心翼翼侧身于一旁，像一根芦苇似的随风弯腰，时左时右，但仅仅是为了不让自己被折断并随时能够重新挺身直立。他并不自豪地炫耀自己信奉思想独立，而是将自己的信念像一盏窃贼用的手提灯似的隐藏在斗篷里。当民众的疯狂导致最野蛮的冲突时，伊拉斯谟有时候会蜷缩在隐蔽的角落里，有时候会在悄悄溜走的旅途中。但是他将自己的精神财富——对人性的信念——从自己那个时代可怕的仇恨风暴中完整无损地保存了下来。

这一点至关重要。斯宾诺沙、莱辛、伏尔泰以及所有后来的欧洲人能够从伊拉斯谟的闪烁着微光的小小火苗上点燃自己的火炬。在伊拉斯谟的那一代思想界中，他是唯一始终忠于全人类胜过忠于某个宗派的人。伊拉斯谟远离战场，不属于任何一支军队，他在两面夹攻中孤独、寂寞地死去。寂寞，但独立和自由——这正是关键之所在。

XIV

然而，茨威格感叹，历史对待失败者并不公正。历史不太喜欢冷静克制的人——进行调解与平息争端的人；他们可是最富有人心的人啊！历史的宠儿是充满激情的人——不讲克制的人、在思想和行为上肆无忌惮的冒险家。所以，历史对这样一个默默侍奉普世的伊拉斯谟几乎是轻蔑地视而不见。在宗教改革的巨幅画像中，伊拉斯谟是处在背景的位置上，其他的人——所有那些醉心于自己的天才和信仰的人——都以戏剧性的命运而告终。

然而，在这些宗教战争的风云人物身后不远处，伊拉斯谟却置身于一片喧嚣之外。他从未受过刑讯，手中从未拿过刀剑进行对抗，脸上也从未流露过激情。不过，他的高瞻远瞩的眼睛时至今日还在注视着我们这个同样动荡不安的时代。他的面容是一副无可奈何、听天由命的神情——他知道世人永远改变不了这样一种傻气——狂热！不过，他的嘴角却露出一丝淡淡的自信的微笑。阅历丰富的伊拉斯谟知道，一切激情终有一天会感到困倦，任何一种狂热思想的命运必然是自行销声匿迹。理性——永恒的理性：静悄悄、有耐心的理性——能够等待并且能够坚持。有时候，当另类人物如痴如狂不可一世的时候，理性不得不保持沉默，但是，理性的时代终究会到来，而且往往会再次到来。

第二十四章

伯宁恩美术馆

I

在鹿特丹，我们把大部分时间花在博伊曼斯·范·伯宁恩美术馆（Museum Boijmans Van Beuningen）上了。

伯宁恩美术馆与阿姆斯特丹国家博物馆、莫瑞泰斯皇家美术馆不同，它将现当代艺术和古典艺术的作品混搭在一起，让观众的艺术感观不断跳跃。

一般来说，欣赏古典艺术和现当代艺术的是两拨人，伯宁恩美术馆则让他们互相欣赏彼此钟情的艺术。我是两者都喜欢看看的人，因此对此并不反感，可它毕竟打破了参观博物馆的习惯，还是有些不适应。

好在我对伯宁恩美术馆没什么预期，不是非要看哪几幅杰作不可，所以边走边看。

伯宁恩美术馆是以现代艺术品开始，以达利（Salvador Dalí，1904—1989年）的作品为重头戏，据说这里是除法国与西班牙之外收藏达利作品最多的地方。我年轻时也对达利很感兴趣，可对毕加索、蒙德里安和马格里特（René Magritte，1898—1967年）等，不是很有兴趣。尤其是人到中年，对玩世不恭的艺术，更是没有什么兴趣。

II

首先让我一愣的是汉·范·米格伦（Han van Meegeren，1889—1947年）的《以马忤斯的晚餐》（*The Supper at Emmaus*）。我曾多次看到这幅画的复制品，也曾记得是收藏在鹿特丹的美术馆，可等到看见真迹，还是有些吃惊。

我观察了一会儿，没有人在这幅画面前驻足，博物馆的收藏图册也没介绍它。可我对这幅画和其作者很熟悉。

米格伦早年曾在代尔夫特学习建筑设计，但他更喜欢绘画，尤其着迷于荷兰及意大利绘画大师的古技法。第一次婚姻之后，他当上了职业画家。但他的作品

博伊曼斯·范·伯宁恩美术馆

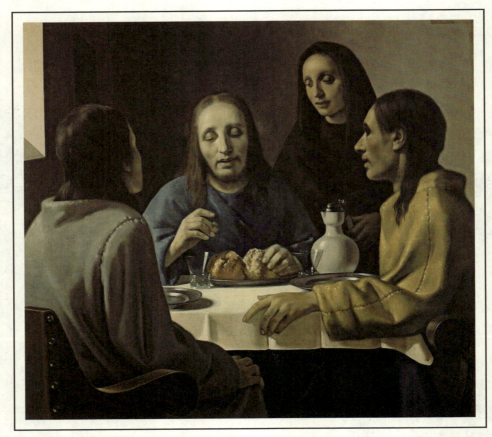

《以马忤斯的晚餐》，汉·范·米格伦，1936 年，伯宁恩美术馆藏

似乎不是很受欢迎，"它们从技术上看是制作精心而出手重拙，他青睐的那种超现实主义与隐晦色情交合而成的题材也不属于高雅水平的趣味"。

　　于是米格伦到法国的蔚蓝海岸隐居，开始制作古画赝品，目的不单单是牟取暴利，还在于他想要证明自己有能力骗过最知名的美术鉴定专家的眼光。

　　据让·布兰科的《维米尔》介绍，米格伦买了一些17世纪出产的画布及画板，把画板表面刮净之后，他在画板上画上自己的作品。他不使用绘画油彩，因为油彩要彻底干透起码需要一个世纪的时间，他在颜料当中添上一些合成树脂，然后用火慢慢地熬。

米格伦最初的几幅伪作是模仿荷兰经典画家哈尔斯和维米尔风格，但没有卖出去。

当时荷兰有一位著名艺术史家布雷德休斯，业界称之为"教皇"。他很有权威，而且自命不凡，常常傲慢地把自己的想法强加于众。在不掌握任何证据的前提下，布雷德休斯推测维米尔曾去过意大利，并很有可能在那里学习卡拉瓦乔的绘画，而且创作过许多历史画，只不过人们不知道这些画罢了。

非常讨厌他的米格伦决定投其所好，在1936年画了这幅《以马忤斯的耶稣和门徒》。这是一幅历史画，他尝试着用维米尔的手法去画，但整个构图还是立足于卡拉瓦乔就此题材所创作的同名油画。

1937年9月，米格伦通过律师让布雷德休斯看到了这幅画。

所以布雷德休斯无比激动，在一份著名杂志上写道："在一个艺术爱好者一生当中，能突然面对一幅无人知晓、从未修复过的古画，一幅好似刚从画室里拿出来的古画，这一时刻真是太美妙了！既不用看那个漂亮的签名（花体缩写签字IVM），也不要看基督降福过的面包上的斑点，就足以证明摆在我们面前的这幅画，我敢说，这正是代尔夫特的约翰内斯·维米尔的杰作。"

在伦敦基金会和包括布雷德休斯在内的艺术爱好者和收藏家的赞助下，《以马忤斯的耶稣和门徒》以30万美元被收购，送入了伯宁恩博物馆。整个1938年夏季，有无数的观众观赏了这幅画。

Ⅲ

米格伦原想当众戳穿这场滑稽剧，但为了获得暴利，他只能继续默默地制作荷兰古典画家的赝品。1942年，他的一幅伪作以160万荷兰盾的价格成为当时

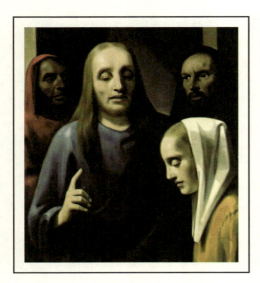

《基督与罪女》，米格伦，1942年，
伯宁恩美术馆藏

艺术市场上成交价最高的作品。1943年，他伪冒维米尔的《基督与罪女》（*Christ and the Adulteress*）卖给纳粹空军司令戈林，换取了200幅德国掠夺的荷兰绘画。

1945年5月，美军在一座盐矿里发现了隐藏的《基督与罪女》，还有维米尔的其他作品。

人们因此查到了米格伦，他便因叛国罪被逮捕。开始的时候他保持沉默，想出狱后继续制造赝品。最后他发现极有可能没命的时候，才表示这是自己的伪作。

在法庭上，布雷德休斯作为证人，坚决否认世上竟然会有任何人能伪造出一幅被他进行了真实性认证的"维米尔"作品。

无论米格伦提供了多少制作伪作的细节，人们就是不相信他。

这时，一位审判员提出，如果米格伦真的画过《基督与罪女》，那么他就应该能够再凭记忆画出一件复制品。

米格伦回答道："画一幅复制品证明不了什么艺术天才。在我整个职业生涯中，我从不曾画过一幅复制品！但我将给你画一幅全新的维米尔作品，我将给你画一幅大师杰作！"

米格伦被单独关到一间屋子里，在人们的密切监视下，他画了一幅《耶稣与圣师》。

1947年，他以伪造罪被判处一年有期徒刑，后因心脏病发作在狱中去世。

我在伯宁恩博物馆内认认真真地看了《以马忤斯的晚餐》，它确实与维米尔没什么关系，可画得还是可以的。

Ⅳ

我们来看伯宁恩美术馆的一些现当代艺术家的作品。

巴斯·扬·阿德尔（Bas Jan Ader，1942—1975年）高深莫测的作品，引发了人们对这位艺术家坎坷的生活及其悲剧性离世的一连串的疑问。

阿德尔曾在阿姆斯特丹艺术学院（Amsterdamse Hogeschool voor de Kunsten）就读，但很快就离校去追求其他的兴趣。他19岁就去了美国，在那里待了1年之后，他经由西班牙移居摩洛哥。在那里，他坐上一艘游艇，航行11个月后，回到美国。1963年，他开始在洛杉矶学习艺术史和哲学。

阿德尔从未参与过任何艺术团体或运动。他对艺术提出了概念化的方法，这与国际先锋艺术理念不谋而合。

1970年，阿德尔运用地心引力为媒介，拍摄了第一部电影系列作品《跌落1》（*Fall 1*）：他坐在加州克莱蒙特家中的屋顶上，晃动椅子，导致自己摔倒在地。他往下掉落的途中，鞋子掉了下来，椅子就落在屋顶的边缘，而自己消失在房子周围的灌木丛中。

在其他"跌落电影"系列中，阿德尔从一棵树上滚落下来，他骑着自行车掉入阿姆斯特丹运河等等。这些电影作品让人想起了经典的闹剧，但阿德尔宣称他是想表达人生的悲剧性。

阿德尔的《请不要离开我》（*Please Don't Leave Me*）的名字取自自己母亲和极度痛苦的童年孩子的对话，当时他的父亲刚过世。电影中，灰暗的字母组成的文字画在了他画室的墙上，仅由一盏灯照亮。

电影短片《伤心到不能告诉你》中，有一个镜头是阿德尔在号啕大哭。阿德

《跌落 1》，巴斯·扬·阿德尔，1970 年，
伯宁恩美术馆藏

《伤心到不能告诉你》，巴斯·扬·阿德尔，
1970 — 1971 年，伯宁恩美术馆藏

《请不要离开我》，巴斯·扬·阿德尔，
1969 年，伯宁恩美术馆藏

电影短片《伤心到不能告诉你》的画面中
自己号啕大哭的镜头

尔从电影画面中捕捉到一个镜头制成一张明信片，寄给了欧洲的朋友和熟人。

1975年，阿德尔生活与工作之间的边界不再清晰，混为一体。当时阿德尔驾驶一艘小船出发横渡大西洋，船上装着他的胶片和摄影器材。这次航行是一项艺术计划，目的是为他的三部曲《寻找神迹》中的第二部寻找灵感，这一系列作品在格罗宁根博物馆（Groninger Museum）的一个单独展览中展出。

阿德尔和他的船在穿越大洋的中途消失了。一年后，阿德尔的船在爱尔兰海岸附近被发现，但没有发现他的遗体。

我看了阿德尔的《伤心到不能告诉你》的短片，觉得他是真实的。男儿有泪不轻弹，可真到伤心处，又怎能不痛哭流涕？

V

比利时概念艺术家马赛尔·布达埃尔（Marcel Broodthaers，1924 — 1976年）起初是一位诗人，后来成为艺术家。然而，语言在他的艺术中继续发挥重要的作用，他的作品不仅包括测试、字母和数字，还包括双关语和含混不清的暗示，使其意义并不明显。伯宁恩博物馆还收藏了他的版画和大量电影作品。

《毒蛇》是由一个手提箱和一幅上面刻着"毒蛇、吸血鬼、玻璃"（Une vipere，un vampire，une vitre）字样的图片构成。这些法语单词都以字母"V"开头，字母V还出现在绘画的顶部。而法语

《毒蛇》，马赛尔·布达埃尔，1974 年，
伯宁恩美术馆藏

中的"箱包（valise）"也是以字母"V"开头的。

Vipere既是"毒蛇"，也是"诽谤者"的意思，Vampire则兼具"吸血鬼"和"敲诈勒索者"的意味。

我看得一头雾水，看了博物馆的解释才了解其含义。我不认为这样的文字游戏就能构成一件作品。即便是懂法语的观众，也不会觉得这是多么有趣吧。

VI

莫瑞吉奥·卡特兰（Maurizio Cattelan，1960年至今）是一个出其不意者，他曾经参加了一个团体展览，然后拿着他的医生的一张便条，请求博物馆馆长允许他离开展览。结果那张病假条被装裱成作品并展出。

《无题》，莫瑞吉奥·卡特兰，2002年，
伯宁恩美术馆藏

作为一名自学成才的艺术家，卡特兰在29岁首次展出他的作品。卡特兰自始至终认为自己是艺术界的局外人。

参观伯宁恩博物馆的人经常被他的《无题》吓一跳。在一间挂着19幅油画的房间里，一个人的头从地板上的一个大洞里露出来，并好奇地凝视着来者。这是一幅栩栩如生的卡特兰自画像。

洞的底部是一个杂乱无章的储物间。

从地板的边缘向上看，主人公站在一堆旧的展览传单上，这些传单叠在一个摇摇晃晃的凳子上，而凳子在一个由装满传单的纸板箱支撑着的木制托盘上。

无论是从字面还是从形象上看，卡特兰的作品都是在一个不稳定的艺术史基础上进入了博物馆。

VII

一个晒黑的年轻女子身穿桃色比基尼泳装在海滩上摆姿势，她背后的大海风平浪静，天空蔚蓝。她那化好妆的眼睛凝视着相机的镜头，同时抬起右手向后捋她脸上那长长的金色卷发。

她的左腿轻微弯曲，身体形成一条优美的曲线，让人想起意大利文艺复兴时期的波提切利（Sandro Botticelli，1445—1510年）的名画《维纳斯的诞生》。

但她不是古典美人。她身体紧绷，双腿紧紧并拢，左手自觉地放在大腿上。

她凝视着镜头，不是模特那种诱人的凝视，而是一种青春期女孩特有的羞怯的目光。她似乎对自己成熟的身体感到不适应。

这张照片摄于1992年6月24日，地点是在美国西海岸的希尔顿黑德岛（Hilton Head Island）海滩。1992到1996年，在美国、英国、比利时、波兰、乌克兰和克罗地亚，莱涅克·迪克斯特拉（Rineke Dijkstra，1959年至今）先后拍摄了14幅青少年的海滩肖像。在这些照片中，他想办法隔离主人公与家人朋友间的亲密关系，得以捕捉到他们青春期的脆弱性。

1992 年 6 月 24 日，美国西海岸的希尔顿黑德岛海滩，莱涅克·迪克斯特拉，1992 年，伯宁恩美术馆藏

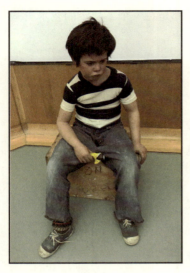

《坐着的小孩》，杜安·汉森，
1974年，伯宁恩美术馆藏

VIII

参观博物馆的游客偶尔会在展览厅里遇到一个坐在板条箱上发呆的小男孩。当他们知道这是一件艺术品而不是真正的孩子的时候，都有些惊讶。它是由美国艺术家杜安·汉森（Duane Hanson，1925—1996年）制作的。1970年代，汉森开始制作有机聚酯树脂人物像。

他先给人物涂上逼真的颜色，然后加上头发、用玻璃做的眼睛以及日常服装，完成后，它们几乎与真实的人一模一样。这位男孩的身份不详，他是匿名的，和汉森大多数的模特一样，他代表着工人、游客、孩子等类型。一个类型，汉森只制作一个模型，所以每件作品都是独一无二的。

1980年代出版的一本书里有一张这个男孩的照片，他手里拿着一块夹心巧克力。但小男孩手上的巧克力已经消失多年。也许汉森的想法是，人们不应该在博物馆里吃东西。

IX

伯宁恩美术馆的餐厅无论装饰还是食物都很不错。无意间，我发现餐厅的厕所也是一件当代艺术品。据介绍，整个厕所的形状像阴茎，里面的男女卫生间分别在两个"睾丸"内。不说我还真不知道。

厕所的外观采用迷彩绿的图案，暗示了创作者的反叛态度，同时确保延伸区域与其周围环境的和谐。

这是鹿特丹艺术家琼普·范·莱斯豪特（Joep van Lieshout，1963年至今）的

《厕所》，琼普·范·莱斯豪特，1999 年，伯宁恩美术馆餐厅的卫生间

作品。据说，画家从学生时代就开始专注于标准化产品的尺寸和比例，他偶然发现，某种混凝土砖的长度与两箱"多姆麦斯"啤酒的高度相等，这两件物品的清晰线条和功能设计深深吸引他用混凝土砖和红色啤酒箱建造雕塑。他还制作了色彩鲜艳的简约主义的玻璃纤维雕塑和家具。

1995年，艺术家在鹿特丹港建立了范·莱斯豪特工作室（AVL）。

莱斯豪特的作品模糊了艺术、设计和建筑之间的差异。例如，AVL生产自给自足的可移动房屋，旨在促进独立甚至是生存的方式。

为了减少环境污染，AVL设计结合了可回收性、处理废物和污水的功能，或者将其转化为堆肥。艺术家的许多作品都受到人体的启发，他认为人体本身就是一种设计，AVL的可移动房屋和室内设计都是来自人体器官的形状——膀胱、肾脏乃至完整的消化系统。

AVL旨在使醒目的物品各得其所，各司其职。AVL频繁使用聚酯是有理论依据的，因为它是一种可以模制成任何形状的材料，而且硬化后非常坚固耐用。

X

巴西艺术家埃内斯托·内托（Ernesto Neto，1964年至今）邀请公众进入他的《细胞船，它在时间的身体里诞生，那儿有真理在尽情地舞蹈》。

这个装置有狭窄的通向迷宫的入口，在那里，现实世界很容易被遗忘。尼龙是这里大部分物件的材料，朦胧的光线穿过半透明的尼龙，并将内部空间与外界隔绝开来。观众会发现自己置身于像迷宫一样的地方，里面有柔软的有机形状的豆袋——一些舒适的能坐下来放松身心的地方。

在这个空间雕塑中，基本材料是弹力尼龙、沙袋和金属梁。内托称它们为naves，在葡萄牙语中，这个词不仅指的是教堂中的一个长方形的中央大厅，而且也意味着一艘船或一艘宇宙飞船。

《细胞船，它在时间的身体里诞生，那儿有真理在尽情地舞蹈》，埃内斯托·内托，2004年，
伯宁恩美术馆藏

XI

　　一个流泪的年轻女子躺在床上，双手拉过床单紧紧裹住自己。她的身子抱成一团，周围的黑暗暗示她此前经历了让她不舒服的事情。

　　这张照片来自于辛迪·舍曼（Cindy Sherman，1954年至今）的不知名电影剧照系列，这一系列的电影剧照向人们展示了那些演绎虚构电影角色的演员们不为人知的私生活。通过使用化妆、假发、服装和灯光效果，舍曼营造了一个电影场景，她自己则成为电影剧照的女主角。每一张类似的照片都提供了足够的画面信息，把观众带入舍曼所要表达的场景之中。

《无题 93 号》，辛迪·舍曼，1981 年，伯宁恩美术馆藏

　　例如在这张93号照片中，舍曼抓住了人物那绝望的神态，这种神态的处理不仅暗示了此前人物所经历的不愉快，也暗示了未来她所要面对的困境。

　　这一系列照片的女主角大都是以熟悉而刻板的人物形象出现的，比如意大利美女、天真烂漫的女学生，或者是廉价的海报女郎。舍曼向我们展现了"在我们熟悉的视觉文化中，女性总是被视为一种性别象征，反而失去了她们的本来面貌"。她后来的作品更是强化了这一点。舍曼之后的性爱图片合集里更是大胆使用了真人，以展示那些充满挑逗意味的诱人姿势。

XII

　　自画像在查莉·托罗普（Charley Toorop，1891—1955年）的作品中占有重要的地位。她创作了大约30件作品，其中4件在伯宁恩博物馆。一些画作上只有她独自一人，另一些则与她的孩子和朋友或圈子里的艺术家在一起。

　　托罗普在人生的转折点创作了《朋友间的晚餐》（*The Meal Among Friends*）。当时年纪轻轻的她已经是3个孩子的母亲，离异，事务缠身又居无定所，于是她决心重新开始。

《朋友间的晚餐》，查莉·托罗普，1932 — 1933 年，伯宁恩美术馆藏

在40岁的时候，查莉·托罗普回
到北荷兰卑尔根村，她的父亲扬·托
罗普（Jan Toorop，1858 — 1928年）
也是画家，几年前在此建造了一所房
子。她的大儿子爱德格后来也成了画
家。托罗普把自己看作是这一传承的
一部分，于是她在二战开始后创作了
《三代人》（*Three Generations*），由
于父亲已经去世，她没把他画出来。

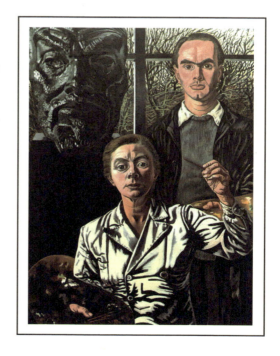

《三代人》，查莉·托罗普，
1941 — 1950 年，伯宁恩美术馆藏

伯宁恩美术馆的几位表现主义画家是我在以往的走读中提及的。

先是"中欧之行"系列中柏林遇见过的马克斯·贝克曼（Max Beckmann，1884—1950年）和弗朗兹·马尔克（Franz Marc，1880—1916年）。

因为纳粹谴责贝克曼是颓废艺术家，禁止他在德国办画展，贝克曼1937年流亡荷兰，在阿姆斯特丹过着孤独和艰难的生活。但这也是画家职业生涯中最硕果累累的时期，他在这里待了10年，一生中有三分之一的作品是在位于罗肯街的家中画室里完成的。《吕特杰恩斯的全家福》（*Portrait of the Family Lütjens*）就是其中一幅。

卡尔·卡西赫德国艺术公司荷兰分公司主任吕特杰恩斯是画家最主要的支持者。贝克曼描绘了吕特杰恩斯夫妇和他们18个月大的女儿。吕特杰恩斯在贝克曼的画室中看到成品后深受感动，当场买下。

我在柏林的时候，也被马尔克的画深深打动，回到上海写"中欧之行"系列，对这位画家的作品有了更深的理解。所以，我在伯宁恩美术馆看到《羊》，就像是老友重逢。

《吕特杰恩斯的全家福》，马克斯·贝克曼，
1944 年，伯宁恩美术馆藏

368

马尔克创造了一种纯色和纯线条的精神艺术。他鄙视现代社会的颓废，把艺术视为得到救赎的关键。他想通过无辜的动物向世界展现他在自然界中发现的纯粹。

马尔克的许多作品描绘了马、鹿、羊与自然和谐相处的画面，他运用的颜色大胆而又丰富，起到了象征的功能。他将蓝色与男性气质和灵性联系起来，黄色与女性气质和情感相对应，红色则是"物质"的颜色。他认为绘画是蓝色、黄色和红色等颜色之间的永久碰撞和冲突。

XIV

《北欧彩虹》中，我们在挪威奥斯陆遇见过表现主义画家爱德华·蒙克（Edvard Munch，1863—1944年）。伯宁恩博物馆中的《苹果树边的两个女孩》（*Two Girls near an Apple Tree*）是荷兰收藏的唯一一幅蒙克的作品。这幅画看似不像蒙克的代表作《嚎叫》（*The Scream*）那般焦虑和紊乱，它描述来自渔村的两个普通女孩，画家在这个渔村度过了好几个夏天。

然而进一步观察的话，女孩不自然的姿势和前景中开花的旋涡唤起了一种不祥之感。开花的苹果树可能被视为女孩从青涩向成熟过渡的符号化的表达。

XV

1926年，奥地利艺术家奥斯卡·科柯施卡（Oskar Kokoschka，1886—1980年）在伦敦度过了一个夏天，他成天在动物园里画动物，《山魈》（*The Mandrill*）是该系列的第一件作品。

这只叫乔治的山魈体形硕大，占据了图画大部分的空间，也因此掩饰了它被囚禁的窘况。相反，背景中的棕榈树和右边多彩的通道暗示着一个自然栖息地。

画面的主色调是棕色，用红色与白色来表现这只大猴子，但是它周围丰富的绿色、黄色和蓝色让作品凸显出光明和活力。这些颜色增添了动物的异域情调，

《苹果树边的两个女孩》，爱德华·蒙克，1905 年，伯宁恩美术馆藏

《山魈》，奥斯卡·科柯施卡，1926 年，伯宁恩美术馆藏

正如野蛮的笔触强调了它的野性。

科柯施卡的早期作品色调柔和，但是后来他发展出了一种更加多变的调色板和更加动态的绘画方式，成了表现主义画家。

1899年，出生于鹿特丹的画家凯斯·凡·东根（Kees Van Dongen）搬到巴黎。在那里，他被介绍到野兽派中，这是一批前卫艺术家团体，他们用充满活力的、不饱和的颜色作画，他们的作品是大平面的，很少或根本没有涉及透视法。凡·东根受到野兽派风格的强烈影响，他用大胆强烈的色彩创作咖啡馆的人们、双人芭蕾舞演员和街上的行人。

在东根的许多画作中，他创作的女性都有夸张、黑边的眼眶和绿色阴影的肤色，这让她们的外表看起来很特别。

野兽派的影响可以从这幅不知名的西班牙女子《用手指托脸》（*A Finger on her Cheek*）的画像看到。主人公睡衣上深蓝色的花朵与橙色黄色的背景形成了强烈的对比；她乌黑发亮的秀发和紫黑的眼睛衬托着苍白的皮肤。

这幅画可能作于1910年夏天，当时画家正在游历西班牙和摩洛哥。他认为女性是"最美丽的风景线"，他被旅途中遇到的南欧女性迷住了，用画笔热情洋溢地描绘这些弗拉明戈舞者和形形色色的美女。

从那时起，东根的作品就成为一种不同寻常的野兽派和异国情调的混合体。

XVII

六年前，我在伦敦泰特美术馆认真看了美国抽象表现主义画家马克·罗斯科（Mark Rothko，1903—1970年）的作品，很有感触。这次在他的《褐红色上的灰色和橙色8号》前坐了一会儿。

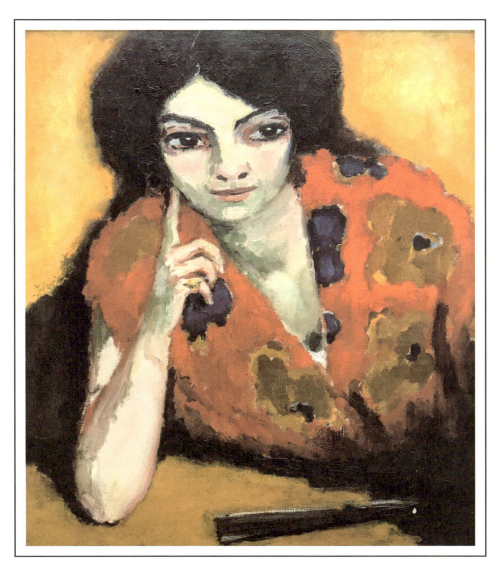

《用手指托脸》，凯斯·凡·东根，约 1910 年，伯宁恩美术馆藏

1947年，这位俄裔美国艺术家转向一个不再试图呈现外部现实的艺术领域。他以抽象的有机形态创作了梦幻的图像，让人联想到动物或植物。

1950年左右，罗斯科创作了第一幅彩色水彩抽象画。从此以后，他的作品仅仅是不超过两个或三个对称排列的矩形平面组合。罗斯科觉得这就是他最直接的表达自我的方式。

他的画经常让人热泪盈眶。

罗斯科说，这是因为其作品激发了他在创作时经历过的同样的心灵体验。十年后，画家饱受忧郁症的折磨，笔下的色彩变得昏暗，《褐红色上的灰色和橙色8号》是他在那个时期作品的一个例子。伯宁恩美术馆是在1970年，即罗斯科自杀的那年购得此作品的。

《褐红色上的灰色和橙色8号》，马克·罗斯科，1960年，伯宁恩美术馆藏

在阿姆斯特丹国家博物馆，我们讨论过乔治·亨德里克·布莱特纳的两幅作品。布莱特纳是19世纪末阿姆斯特丹街头生活最重要的记录者，他创作了记录动态快速发展的城市的油画、素描和照片。在1890年代初期，布莱特纳患病一段时间后，创作了一系列风格相对柔和的画作，展示了他个性的不同侧面。

这些画描绘了身穿日本和服的年轻女人和女孩，她们中的大多数都是坐在或躺在沙发上。然而，在这幅画上，一个亭亭玉立的女人正对着镜子调整她的耳环，左边是东方屏风。该系列的灵感来自于当时正在流行的日本版画，画家本人也收藏了一些。

画中的女模特吉斯耶·夸克也出现在布莱特纳的其他作品中，如阿姆斯特丹国家博物馆中的《白色和服女孩》。虽然现在这幅画被称为《耳环》，但画家自己命名的是《镜子中》。

XIX

伯宁恩美术馆收藏有不少的家具和器物，我对艾米勒·盖勒（Emile Galle，1846—1904年）的三件"时钟配件"更感兴趣些。

盖勒是法国著名的新艺术风格玻璃器皿工匠，他的这套早期作品展示了新洛可可和日本风格的影响。

盖勒父亲的公司订购了这座钟，公司位于南锡的阿尔萨斯–洛林。这座钟是在1875年左右由18世纪的模具铸造而成，之后被盖勒印上了日本的"伊万里风格"图案。

南锡欢迎洛可可复兴不足为奇。那时，南锡就以斯特尼斯拉斯广场及其镀金的洛可可风格的大门著称。

装置上的一些小细节暗示当时夹在法国和德国之间的阿尔萨斯–洛林经常性

《耳环》，布莱特纳，1893 年，伯宁恩美术馆藏

《时钟配件》，艾米勒·盖勒，约 1875 年，伯宁恩美术馆藏

的紧张政治局势，比如时钟上关于伞和太阳的装饰图案，意味着雨过就是天晴。它表达了盖勒家族的信仰，阿尔萨斯–洛林很快将从德国统治下解放。

XX

伯宁恩美术馆有一些不错的古典作品，例如荷兰黄金时代的绘画，但我们在阿姆斯特丹国家博物馆与海牙莫瑞泰斯皇家美术馆已经观赏了不少了，就不多费笔墨了。

这里只说几位古典大家的名作吧。

尼德兰伟大的画家扬·凡·艾克（Jan Van Eyck， 约1385 — 1441年）和他兄弟休伯特·凡·艾克（Hubert Van Eyck，约1366 — 1426年）的《坟墓之玛利亚们》（ *The Three Marys at the Tomb* ），描写的是耶稣从死里复活，前来收拾尸体的几位女人（玛利亚）发现棺木已空，几名守卫的罗马士兵还在呼呼大睡，中

《坟墓之玛利亚们》，扬·凡·艾克 & 休伯特·凡·艾克，约 1426 年，伯宁恩美术馆藏

间的天使告知她们，耶稣已经复活。我在"中欧之行"系列中说到过扬·凡·艾克，接下来去比利时的旅程中，会更详细地分析他的作品。像维米尔一样，凡·艾克的作品很少，所以只要是他的作品，我都会认真看一下。意大利的西蒙尼·法拉利对此画的看法是：

画面场景层次清晰，构图复杂，部分评论认为充满了视觉"骗局"。画面的组成主要依靠一系列对角线，将人、天使、士兵、棺材盖、岩石乃至远处作为背景的城市等所有要素串联在一起。所有的人体形象都略呈菱形，而其他细节通过光线的运用、画面的现实主义氛围以及沉睡中的士兵盔甲上的光影效果等得到完美的体现。画面的背景不是童话王国，而是现实中真实的耶路撒冷。据此，也有许多学者坚持画家本人曾亲身到访过圣城。

《猫头鹰的巢》，希罗尼穆斯·博斯，约 1505 — 1516 年，伯宁恩美术馆藏

XXI

凡·艾克去世后不到10年，另一位天才画家希罗尼穆斯·博斯（Hieronymus Bosch，1450 — 1516年）出世了，他的作品充满了奇异的想象力，我曾在"意大利看画"系列中介绍过他。伯宁恩美术馆声称收藏他多幅作品，但保持得不够完好，比较有名的是一幅素描《猫头鹰的巢》（*The Owl's Nest*），刻画细致入微。

受博斯影响的老彼得·勃鲁盖尔，我们在"中欧之行"系列中，尤其是维也纳艺术史博物馆有过很详细的分析。

伯宁恩美术馆拥有不少老彼得·勃鲁盖尔的版画，还有一幅著名的《通天塔》（*The Tower of Babel*）。勃鲁盖尔另有一幅《通天塔》在维也纳艺术史博物馆，它比伯宁恩美术馆这幅几乎要大一倍。

《通天塔》，老彼得·勃鲁盖尔，约 1563 年，伯宁恩美术馆藏

　　《圣经》上说，当时地上的人要建一座通天塔（巴别塔），挑战上帝的权威。上帝让这些人的语言不通，造成一片混乱。这两幅画中的塔都受到罗马斗兽场建造风格的启发。16世纪，巴别塔是很受佛兰德斯人欢迎的题材，在安特卫普长大的勃鲁盖尔当然也很熟悉它。

　　当时，在繁忙的安特卫普港能看到相似的场景，那里是全世界各地的商人经常光顾的商业中心。勃鲁盖尔精确地描绘了在海港和施工场地过程中的喧哗和骚动，可以看到成百上千的正在使用的运输设备、砌砖和建筑材料。但与维也纳版本相比，伯宁恩美术馆的《通天塔》中没有出现繁荣的市镇，取而代之的是周围贫瘠荒凉的土地。

文艺复兴时期的德国画家丢勒（Albrecht Dürer，1471 — 1528年）也是"中欧之行"系列的重头戏。他的版画也极为精彩，如脍炙人口的《犀牛》。伯宁恩美术馆的丢勒素描《两脚的习作》（*Study of Two Feet*），是根据跪着的使徒保罗的双脚绘制的，我们在画中还能看到保罗右脚上的斗篷下摆。

出人意料的是，我在伯宁恩美术馆看到了伦勃朗的《桌边的提图斯》。有着一双大而黑的眼珠的提图斯一脸沉思的表情，他的手就搭在大大的木桌子上，脸也靠着桌子。我们永远都不可能知道他到底在书写什么，也不知道他的脑子里到

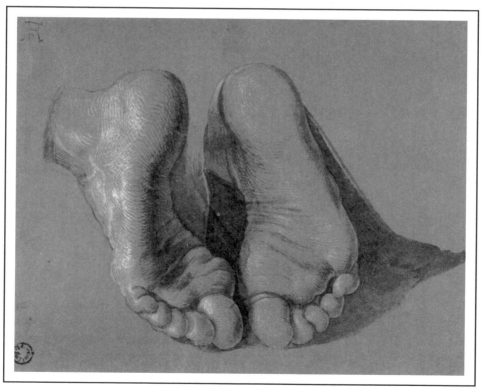

《两脚的习作》，丢勒，约 1508 年，伯宁恩美术馆藏

《桌边的提图斯》，伦勃朗，1655 年，伯宁恩美术馆藏

底在想些什么。伦勃朗在这幅作品中对于光线的处理，柔和的色彩以及旋转的笔触，真是令人赞叹。当然，画家也渗入了自己对失去母亲关爱的儿子提图斯的无限深情。

伦勃朗在提图斯成长的各个阶段反复画他，最有名的是维也纳艺术博物馆的《看书的提图斯》（详见"中欧之行"系列）。我是第一次看到《桌边的提图斯》（*Titus at his Desk*），立刻给我以情感冲击。后来发现这并不仅限于我。

跋

离开荷兰三个月后，我在秋天的上海参观《伦勃朗、维米尔、哈尔斯莱顿收藏荷兰黄金时代名作展》。虽然没有在荷兰美术馆时那股兴奋劲，但是毕竟在自己家门口看画，很轻松。

我试图完全用自己的眼光和语言来看这些作品，结果效果还可以。

维米尔的《坐在维金纳琴边的少女》是我的首选。它是目前世界上唯一一幅由私人机构收藏的维米尔作品，也没有列入被权威认可的35幅画中。在照片上是没法判断是否与维米尔的主流风格相符，可在画作面前长久凝视，让我觉得真实性很高，至少要比35幅画中的所谓早年画作更加真实，比如海牙莫瑞泰斯皇家美术馆那幅《狄安娜和她的同伴》。

我何以做到能够在名作前凝视很久又不影响其他人观看的？第一，高昂的票价让参观者本来就不多；第二，我能等待，而且见缝插针，多次往返来看自己喜欢的作品。

维米尔画作的最大的特点就是，内容虽然不多，却经得起你反复看，越看越有味道。

伦勃朗的不少作品都不错，但能给我惊喜的不多。伦勃朗早年在家乡莱顿的作品很有戏剧性，类似漫画，如寓意嗅觉、触觉和听觉的三幅作品。伦勃朗到了阿姆斯特丹的作品《红衣男子像》《穿金边斗篷的少女》《白帽妇女像习作》等都是高质量的，尤其是《智慧女神密涅瓦在书房》可称代表作之一。而他的素描《休息中的幼狮》尺幅虽小，也是不能忽视的。

哈尔斯的两幅人物肖像，从画册看，是差不多的。但在现实中，其中的大幅《康拉德斯·维埃特像》（82.6厘米×66厘米）实在精彩，可以说是哈尔斯的精品。相比之下，《萨穆埃尔·安普津肖像》（16.4厘米×2.4厘米）就显得逊色了。

扬·斯特恩有多幅作品参展。同样，我们在画册中也很难判断他的哪幅作品最好，必须在看真品的情况下，才能作出判断。我觉得是《餐前祷告》，不仅内容真诚没有一丝调侃，画艺也属上乘。这里无须画家惯用的各种小故事小细节的技法，朴素直接，打动人心。

《农民在小酒馆外的狂欢》就是斯特恩的套路了，也就是上梁不正下梁歪，大人表现得很粗俗，小孩子也跟着乱来。当然他也明显受到了老勃鲁盖尔的影响，如屋子里人头伸出来呕吐，还有人们在狂放地跳舞。总体上，斯特恩这种画风要比勃鲁盖尔还要野性十足。

斯特恩的历史画，我平时关注不够，这次有三幅展出，例如《伊菲革涅亚的牺牲》，描述的是古希腊的阿伽门农王和他女儿的悲剧故事，中规中矩。

博尔奇的画风真是很典型，几乎一眼就能认出，如《妇人叫醒熟睡的士兵》《卫兵室里士兵们抽烟打牌》和《乐团》。这种调调很难描述，可你看多了，马上能辨认出来。

梅曲的画就不是一眼即可辨认出的那种，他风格多变，质量也都可以，可阻碍了他进一步的提升。

赫里特·道的作品，我看得并不多，这次他的作品在画展中成了一个小小的专题。道被称为精细派画家，参展的作品也证明他当之无愧，这是人们了解他的画风极好的机会。

《夏甲与天使》一直被认为是伦勃朗的作品，只是人们后来才发现左下角写着"法布利契亚斯"，才知道是《金翅雀》的作者画的。由于代尔夫特发生炸药爆炸事故，他在画室里也没有幸免，真是悲剧。

画展中的保罗·鲁本斯的两件作品名头很响亮，那是我们下面的比利时走读主题之一。在这众多的作品中，并非代表作的鲁本斯的作品仍然凸显出来，他的画艺确实鹤立鸡群。

　　我现在能比较自如地把握这样一个西方艺术的画展，真是要感激走读给我带来的学习和进步的机会。能让我坚持一本本写下去的动力，首先也来自这里，得以让自己在知天命之年继续成长。

2017年12月于上海浦东花木张家浜河畔

参考书目

1.《17世纪的荷兰文明》，[荷]约翰·赫伊津哈著，何道宽译，花城出版社，2010年。

2.《阿尔克马尔城市漫步》，西莫内·舒尔廷克著，荷兰北部VVV核心旅游局出版。

3.《阿姆斯特丹》，[意]克劳迪奥·卡纳尔等著，凌洁明译，人民邮电出版社，2012年。

4.《阿姆斯特丹》，凯瑟琳·勒·内维兹，卡拉·齐默尔曼著，陈薇薇等译，中国地图出版社，2016年。

5.《阿姆斯特丹》，苏瑞铭著，太雅出版社，2016年。

6.《阿姆斯特丹：一座城市的小传》，[荷]黑特·马柯著，张晓红，陈小勇译，花城出版社，2007年。

7.《阿姆斯特丹：一座自由主义之都》，罗素·修托著，新北八旗文化，2017年。

8.《阿姆斯特丹梵高博物馆》，[意]保拉·拉佩里编著，郑昕译，译林出版社，2014年。

9.《阿姆斯特丹国家博物馆》，[意]达尼埃拉·塔拉布拉编著，孙迎辉译，译林出版社，2016年。

10.《阿姆斯特丹国家博物馆250件精品杰作》，阿姆斯特丹国家博物馆，2013年。

11.《阿姆斯特丹国家博物馆——埃克河边的磨坊》，西摩·斯利夫著，阿姆斯特丹国家博物馆，2013年。

12.《阿姆斯特丹国家博物馆——海洋的孩子》，杜沃杰·德克斯著，贝弗利·杰克逊译，阿姆斯特丹国家博物馆，2013年。

13.《阿姆斯特丹国家博物馆——受惊的天鹅》，丽萨尼·卫普勒著，贝弗利·杰克逊译，阿姆斯特丹国家博物馆，2014年。

14.《阿姆斯特丹国家博物馆——严冬景致中的滑冰者》，彼得·鲁洛夫斯著，贝弗利·杰克逊译，阿姆斯特丹国家博物馆，2013年。

15.《阿姆斯特丹国家博物馆之代尔夫特"郁金香花瓶"》，弗里茨·舒尔腾著，迈克尔·霍伊尔译，阿姆斯特丹国家博物馆，2013年。

16.《阿姆斯特丹国家博物馆指南》，埃里克·斯潘斯著，阿姆斯特丹国家博物馆，2013年。

17.《阿姆斯特丹运河旅游指南》，汉斯·图伦纳斯著，城市书籍制作公司，2006年。

18.《阿姆斯特丹运河上的房子花园》，萨斯基亚·阿尔布雷希特，东克·格列弗著，兹沃勒W书籍公司（WBOOKS）与阿姆斯特丹范隆博物馆联合出版，2014年。

19.《暗夜之光：伦勃朗传》，[荷]约安尼斯·凡·隆恩著，周国珍译，金城出版社，2012年。

20.《缤纷郁金香——荷兰》，朱祖寿著，上海锦绣文章出版社，2012年。

21.《勃鲁盖尔》，[意]威廉姆·德洛·鲁索著，姜亦朋译，北京时代华文书局，2015年。

22.《残酷美术史：解读西洋名画中的血腥与暴力》，[日]池上英洋著，台北时报文化，2017年。

23.《DK旅途目击导览手册：阿姆斯特丹》，罗宾·帕斯科，克里斯托弗·卡特林著，多琳·金德斯利出版公司，2016年。

24.《代尔夫特》，卡雷尔·司波佐伊克著，阿尔默勒比尔斯出版社。

25.《低矮的天空：荷兰表情》，[荷]汉·凡德霍斯特著，高江宁译，天津人民出版社，2004年。

26.《冬日西西里》，张志雄著，2017年。

27.《东印度公司：巨额商业资本之兴衰》，[日]浅田实著，顾姗姗译，社会科学文献出版社，2017年。

28.《凡·艾克》，[意]西蒙尼·法拉利著，洪申，吴江译，北京时代华文书局，2015年。

29.《梵高博物馆的杰作》，梵高博物馆工作人员，罗烈·兹维科，丹尼斯·威廉姆斯泰因著，阿姆斯特丹梵高博物馆，2011年。

30.《凡·高的花园》，[英]拉尔夫·斯基著，张安宇译，北京美术摄影出版社，2014年。

31.《凡·高的秘密》，[荷]莉丝贝瑟·欣克著，何积惠译，上海书画出版社，2015年。

32.《凡·高的树》，[英]拉尔夫·斯基著，张安宇译，北京美术摄影出版社，2014年。

33.《凡·高书信全集》，荷兰凡·高博物馆海牙惠更斯历史研究所主编，上海书画出版社，2016年。

34.《范隆博物馆游客导览》，范隆博物馆。

35.《弗莱艺术批评文选》，[英]罗杰·弗莱著，沈语冰译，江苏美术出版社，2010年。

36.《弗兰斯·哈尔斯博物馆》，安东·尔弗特梅耶，亨利埃特·弗里·施奈斯拉格，尼尔杰·科勒著，哈勒姆弗兰斯·哈尔斯博物馆，2014年。

37.《GEB——一条永恒的金带》，道格拉斯·霍夫施塔特著，乐秀成编译，四川人民出版社，1984年。

38.《阁楼上的基督博物馆》，安妮·沃斯鲁特著，萨姆·赫尔曼译，阁楼上的基督博物馆，2015年9月。

39.《馆长的选择：莫瑞泰斯皇家美术馆》，埃米利·戈登克著，斯卡拉艺术与文化遗产出版社，2014年。

40.《哈勒姆》，安娜丽丝·卢森著，诺德里希特译，贝金与布里茨公司，2017年。

41.《海边的小王国：荷兰文化遗产》，马克·杰格林著，马克媒体与艺术公司，2015年。

42.《和平宫》，玛约林·凡·路易伦，克里斯蒂安·乌林加著，和平宫图书馆，2016年。

43.《荷兰》，凯瑟琳·勒·内维兹，丹尼尔·C·谢克特著，中国地图出版社，2016年。

44.《荷兰的密码》，褚冬竹著，中国建筑工业出版社，2012年。

45.《荷兰风景》，伯特·凡·鲁著，安娜·王·休·科尔译，伯特·凡·鲁商品公司。

46.《荷兰共和国兴衰史》，[美]房龙著，施诚译，河北教育出版社，2002年。

47.《荷兰共和国艺术（1585～1718年）》，[荷]马里特·威斯特曼著，张永俊，金菊译，中国建筑工业出版社，2008年。

48.《荷兰牧歌——家住圣·安哈塔村》，丘彦明著，生活·读书·新知三联书店，2007年。

49.《荷兰史》，张淑勤著，台北三民书局，2012年。

50.《荷兰式快乐：做自己，不需要说对不起的人生观》，陈宛萱著，台北启动文化，2014年。

51.《荷兰文化》，鲁成文著，上海社会科学院出版社，2013年。

52.《绘画中的食物：从文艺复兴到当代》，[美]肯尼思·本迪纳著，电子工业出版社，2016年。

53.《克劳德·莫奈》，娜塔利娅·布罗茨卡娅，尼娜·卡利蒂娜著，赵晖译，人民美术出版社，2016年。

54.《渴望生活·梵高传》，[英]欧文·斯通著，常涛译，北京十月文艺出版社，2014年。

55.《鹿特丹的伊拉斯谟：辉煌与悲情》，[奥]斯蒂芬·茨威格著，舒昌善译，生活·读书·新知三联书店，2016年。

56.《伦勃朗、维米尔、哈尔斯：莱顿收藏荷兰黄金时代名作展》，龙美术馆编，上海书画出版社，2017年。

57.《伦勃朗》，[意]斯蒂芬尼·祖菲著，蒋文惠译，北京时代华文书局，2015年。

58.《伦勃朗故居博物馆》，菲克·蒂辛克著，琳恩·理查兹译，泰拉出版社，2016年。

59.《论荷兰绘画》，[法]保尔·克洛岱尔著，罗新璋译，吉林出版集团股份有限公司，2016年。

60.《洛曼汽车博物馆》，马丁·凡·德尔·泽乌著，菲尔·西德，格哈恩·陶菲克译，海牙洛曼汽车博物馆，2015年。

61.《M.C.埃舍尔的魔镜》，[荷]布鲁诺·恩斯特著，李述宏，马尔丁译，重庆出版社，1991年。

62.《M.C.埃舍尔的奇妙世界》，米奇·皮勒，帕特里克·埃利奥特，弗兰斯·皮特斯著，苏格兰国家画廊受托人出版，2015年。

63.《美国政治王朝：从亚当斯到克林顿》，[美]斯蒂芬·赫斯著，严春松译，上海社会科学院出版社，2017年。

64.《莫瑞泰斯皇家美术馆》，查尔斯·彭沃登，德克·杜欣贝瑞译，法国艺术推广协会。

65.《纽约史》，[法]弗朗索瓦·维耶著，吴瑶译，社会科学文献出版社，2016年。

66.《欧洲视野中的荷兰文化：1650～2000年，阐释历史》，[荷]杜威·佛克马，[荷]弗朗斯·格里曾豪特编著，王浩，张晓红，谢永祥译，广西师范大学出版社，2007年。

67.《千年金融史：金融如何塑造文明，从5000年前到21世纪》，[美]威廉·戈兹曼著，张亚光，熊金武译，中信出版集团，2017年。

68.《日常生活颂歌：论十七世纪荷兰绘画》，[法] 茨维坦·托多罗夫著，曹丹红译，华东师范大学出版社，2012年。

69.《世界名画家全集：蒙德里安》，何政广主编，河北教育出版社，1998年。

70.《收藏书籍：博伊曼斯·范·伯宁恩美术馆》，伊维特·罗森伯格译，博伊曼斯·范·伯宁恩美术馆，2012年。

71.《外国名家精读：文森特·梵高》，[德]维多利亚·夏尔编，赵晖，贾非译，人民美术出版社，2014年。

72.《微观阿姆斯特丹国家博物馆》，玛丽·巴斯普尔，欧克耶·斐黑斯特著，基斯特和基利恩译，阿姆斯特丹国家博物馆，2017年。

73.《威力霍图森博物馆》，胡伯特·伏瑞肯，瑞克斯特·韦林佳著，温蒂·谢弗译，阿姆斯特丹博物馆，2012年。

74.《维米尔》，[法]让·布兰科著，袁俊生译，北京美术摄影出版社，2016年。

75.《维米尔》，[意]莫莉琪亚·塔萨提斯著，杨翕如译，北京时代华文书局，2015年。

76.《维米尔的帽子：17世纪和全球化世界的黎明》，[加]卜正民著，黄中宪译，湖南人民出版社，2017年。

77.《威尼斯与阿姆斯特丹：17世纪城市精英研究》，[英]彼得·柏克著，刘君译，商务印书馆，2014年。

78.《伪造的艺术》，[美]诺亚·查德著，颜勇译，广西美术出版社，2017年。

79.《文森特·梵高与日本》，路易斯·凡·蒂尔伯格著，琳恩·理查兹译，凡·高博物馆出版社，2017年。

80.《相册之梅斯达全景画》，约翰·西利维斯，马里安·博尔斯，洛·凡·辛德伦著，海茵·J.霍恩译，海牙梅斯达全景画馆，2015年。

81.《伊拉斯谟传：伊拉斯谟与宗教改革》，[荷]约翰·赫伊津哈著，何道宽译，广西师范大学出版社，2008年。

82.《艺术的力量》，[英]西蒙·沙马著，陈玮等译，北京美术摄影出版社，2015年。

83.《艺术的历史》，[英]保罗·约翰逊著，黄中宪译，上海人民出版社，2008年。

84.《艺术的对话：带一本书去欧美博物馆》（修订版），[美]菲利普·德·蒙特贝罗，[英]马丁·盖福特著，马洁译，上海人民美术出版社，2016年。

85.《约翰·亚当斯传》，隋肖左编著，吉林出版集团有限责任公司，2015年。

86.《赞斯安斯风车村步行指南》，菲利普·凡·埃克伦，威廉·库伊曼编著，杜奥·沃泰尔布洛译，阿姆斯特丹塔斯克尔出版社，2015年。

87.《直面文森特·凡·高》，欧克耶·斐黑斯特著，阿姆斯特丹凡·高博物馆出版，2015年。

88.《住荷兰，不只小确幸》，布尔·丁夫人著，城邦文化事业股份有限公司麦浩斯出版，2015年。

89.《追忆似水年华》，[法]马塞尔·普鲁斯特著，许渊冲，周克希等译，译林出版社，2012年。

90.《走遍全球——荷兰·比利时·卢森堡》，李禾，张旭著，日本大宝石出版社，中国旅游出版社，2011年。

91.《走进博物馆——经典汽车》，[英]戴维·利里怀特主编，刘淑华译，上海科学技术文献出版社，2007年。